驻村笔记

红日/著

作家出版社

上卷：2015 年度

【乙未年九月初五傍晚，我与冰儿、国令以及阿扬和阿才抵达红山村村部。联络员阿才同志向"前指"报告，河城县天马乡精准扶贫攻坚第七小分队奉命到达指定位置，进入前沿阵地。这既是报平安，也是报考勤，相当于往出勤栏上画了一个圈。这个圈，圈定了我们的具体位置和攻坚方向。进入具体位置，我们闻到具体的味道，树木的味道、泥土的味道、谷物的味道和牛粪羊粪猪粪的味道。这是一种召唤的味道，浓郁而执着。对面是一座山，崖壁仿佛涂了油漆，猩红一片，像依依不舍的晚霞。晚霞也是有味道的，炊烟的味道。夕阳照在二楼栏杆横挂的一幅标语上，似乎提示我们阅读。冰儿从面包车上卸下行李，喁喁细语，当心，当心。国令问她，你行李箱里装有鸡蛋？冰儿朝栏杆上努努嘴，大伙的目光就投到那幅标语上：扶贫攻坚，当心所向，民心所依。毋庸置疑，标语打错字了。打字员打的不是五笔是拼音。四位村干部闻声从楼上下来迎接，招呼的语气有些仓促，到了，到了。楼是一栋两层小楼，墙面灰粉掉了不少，像艺人隔夜的妆，欲盖弥彰或者顾此失彼。来，来，来，阿扬将一瘦高个儿中年人引导到我跟前，把我介绍给他，这是从市里下来担任红山村党支部第一书记的市文联主席毛志平同志。瘦高个儿中年人一瘸一瘸地迎上来，他面孔黢红，俨如崖壁上的那一抹晚霞，眼里布满血丝，似乎欠了几个晚上的觉。他的手很有力，毛、毛主席你好……我纠正他道，叫我志平同志，我单位的同志都这样叫我，以后大伙就叫我志平同志。因为我的这个姓，因为我的这个职务，我经常要在很多人面前进行纠正或者更正。众所周知，我什么都可以实事求是，这个称谓我是无法实事求是的。瘦高个儿中年人右手挠着脑壳，挠了一阵子后说道，毛一你好！欢迎你来红山村主持工作。阿扬介绍瘦高个儿中年人，村党支书兼村委主任韦鸣炮同志。我握着韦鸣炮的手，韦书记你好！韦鸣炮同志纠正道，你叫我老跛，红山群众都叫我老跛。我们这对搭档，一见面就互相纠正，这是一种互信，一个良好的开端。老跛一个"一"字高度概括我的新职务，巧妙地把我的新职务与他的现职区分开来。后来全乡驻村第一书记的称谓就这样固定下来，姓的后面带个"一"字，并约定俗成。阿扬介绍三位副主任，我跟他们一一握手认识，默记他们的名字：吴海龙、胡宗强和黄春龙。他们皮肤黢黑，年龄跟老跛差不多。第三副主任黄春龙稍小一些，看上去也差不了几岁。和老跛一样他们眼里布满血丝，眼底蜡黄，眼圈乌黑。基层一线的同志确实不容易啊！上面千条线下面一根针，我心底涌起一股热浪。我给他们介绍新来的同事。阿扬、阿才是乡府干部，我说你们都认识了吧？老跛说，认识了，老朋友了。我重点给他们介绍冰儿和国令。我说冷暖同志是从省里下来的扶贫工作队员，是全乡唯一的一个。村干部们抢着跟冰儿握手。黄春龙说，去年春节来乡府演出的歌星都没你漂亮，你简直就是从挂历上走下来的。冰儿笑呵呵道，你过奖了。悄然抽出被黄春龙捉住不放的手。我再介绍国令：中国农业大学人事处干部、博士研究生。吴海龙"啧"的一声，又"啧"的一声，这么年轻就当博士了。

原以为村部就两块牌子，村党支部（总支）和村委会的牌子。没想到办公楼大门两侧及门楣上挂满了牌子：红山村精准扶贫攻坚指挥部，红山村政务服务中心，红山村公共服务活动中心，红山村老年活动中心，红山村老年协会，红山村老年协会支部委员会，红山村农事村办服务站，红山村养殖合作社协会，红山村网络化服务管理工作站，红山村警务室，红山村调解委员会，红山村村务监督委员会，红山村计生协会会员之家，红山村农民工之家，红山村青少年之家，红山村青年民兵之家，红山村妇女之家，红山村青年妇女就业创业基地，红山村干群连心室，农家书屋，人口文化大院，人口文化示范村，党建带团建示范村，基层民主法治示范村，信用村，人口计生党员远程教育平台示范试点，党员干部现代远程教育终站点，村民兵营……细数一遍，整整28块牌子。这么多的牌子，意味着村干部要承担大量的工作任务。老跛一脚高一脚低站在我身旁，他应该和我处在一个年龄段，他的脊背有些弯了。我指着墙上的牌子，这么多的事务，你们顾得过来吗？老跛说牌子是上面统一制作下来挂上去的，不挂就扣掉绩效分。大多牌子只是挂挂而已，我们的工作主要还是村委这摊。听老跛这么一说，我才发现大门两边没有悬挂村支委和村委会的牌子。老跛解释道，一楼门面没有位置了，村支委和村委会的牌子只能挂到楼上。我后退两步仰望，果然看见楼上墙面挂了两块牌子，远远地看，像农家神龛上两块祖宗牌位。照我理解，这两块牌子应该挂在大门左右两边，其他牌子围绕它们依次悬挂，可那些牌子反客为主把它们挤到楼上去了。村两委那两块牌子的位置高是够高的了，却给人一种莫名其妙的感觉，一种被边缘化了的感觉，就像我供职的单位一样。

见面会在一楼会议室进行。实际上大家已经见面了，但程序或者仪式是必须要有的。程序或者仪式在任何场合都是不可或缺，还得庄重严谨，堂堂正正，不能马虎走过场。关键是要照相摄像，作为档案资料或者证据保存下来。现今不但审讯、办案、做手术要照相录像，开会、学习以及各种活动也要照相录像。比如"三同"的佐证材料，就需要提供"同吃"的食材发票、食材煮前煮后照片、同食照片。"同住"需要提供贫困户家中床铺照片、帮扶干部躺在床上的照片、同住心得体会文章照片。"同劳动"需要提供帮扶干部使用农具照片、劳动前劳动中劳动后土地或生产物质照片、群众幸福感获得感照片等等。圆角会议桌上摆了座位牌，都写了我们的名字。没想到座位牌也摆到村里来了，就像没想到村部的牌子那么多一样。阿扬脖子上吊一个照相机，手上拿着微型摄像机，忙前忙后。老跛摊开笔记本，望了一眼镜头，咳嗽一声，拉开腔调，尊敬的市文联主席、驻村第一书记毛志平同志，尊敬的省扶贫工作队员冷暖同志，尊敬的中国农业大学派驻红山村扶贫工作队员钟国令同志，各位领导，同志们！金秋时节，瓜果飘香。正当红山村各族干部群众……加快脱贫摘帽步伐之际，我们迎来了上级派驻红山村的扶贫工作队员，尤其是迎来了红山村党支部第一书记毛志平同志。这是全村各族人民翘首以盼的大事喜事和盛事，我谨代表红山村各族人民对各位领导的到来表示热烈的欢迎和衷心的感谢！老跛带头鼓掌，吴海龙、胡宗强和黄春龙跟着鼓掌。掌声有些单薄，却充满了真情实意。我们五个队员也鼓掌，相当于自己欢迎自己，自己感谢自己。老跛往下简要介绍红山村基本情况。我在笔记本上记下这几个数据：全村29个村民小组、35个自然屯、701个农户，总人口3506人，耕地面积1596亩，人均耕地不足0.5亩。老跛解释道，所谓耕地就是山地，也叫畬地，形象的说法是"碗一块，瓢一块，丢个竹帽盖两块"。全村有3个片区（全村分为4个片区）21个村民小组不通公路，部分农户饮水困难，正常年份缺水达3个月以上，全村脱贫摘帽任务异常艰巨和繁重……老跛话锋一转，不过你们来了一切都好办了，红山脱贫摘帽指日可待。老跛说，其实红山村很有发展潜力，这里盛产野生山葡萄、金银花。本地黑山羊、黑山猪、黑黄牛和裙子鸡很出名……冰儿插话，什么鸡？老跛解释道，裙子鸡，就是鸡腿上有一圈蓬松的毛，像穿了蓬蓬裙，故而得名。老跛进一步推介，裙子鸡毛色鲜亮，野性极强，能飞几十米远。其皮脆肉嫩，营养丰富，很有市场。老跛代表村干部表态，我们将全力以赴配合工作队的工作，确保如期完成全村脱贫摘帽任务，决不撂担子当旁观者。这一点请毛一、请各位领导放心。老跛口齿伶俐，表达能力强，像是接受了系统培训。记忆力也很强，他虽然开着笔记本，眼睛却没往上面瞄去一眼。老跛说，下面请毛志平第一书记做重要讲话。

　　我感觉很不自然，不自然来自老跛的两个定语"尊敬"和"重要"。我下来扶贫天经地义，理所当然。至于我能不能受人尊敬，这要看我的表现。这个表现不是一个时段的表现，而是一生一世的坚持，像坚守婚姻或者道德，像毛主席说的那样，一个人做一件好事并不难，难的是一辈子做好事。又像领导的安全着陆，不是光荣退休了就算安全着陆，而是要躺到棺材推进火炉烧成一盒骨灰之后。"重要"就更谈不上了，我何德何能何才配得上"重要"，一辈子都配不上的。就是我包里那份打印好了的讲话稿，也跟"重要"沾不上边。这份讲话稿是县里统一为驻村第一书记准备的，村名留了空白，由各位自己填上，其余内容一模一样，统一了调子，也统一了格式。我没有照念讲稿，而是传达市委贺书记在派驻动员会上的讲话精神。我要讲的话，应该讲的话，贺书记都讲得一清二楚，讲得明明白白了。我把贫困村第一书记的任命文件、脱贫工作队员名单通知文件、我们五位同志的组织介绍信，一一交给老跛。这也是个仪式，接收仪式。我说，我们这次下来的主要工作、目标任务就是扶贫。现在全国人民都在扶贫，各行各业在扶贫。从今天起，大伙就是一根绳索上的蚂蚱、一个战壕里的战友了，没有你们我们之分了。历史和使命把我们召唤到一起，工作在一起，这是一种缘分，更是一份担当。扶贫工作搞了几十年搞到现在，剩下都是硬骨头，严峻的形势和艰巨的任务需要我们同舟共济，同甘共苦。需要我们牺牲一切甚至生命，我们必须义无反顾，勇往直前。这些话听似口号，空洞，但必须喊，就像冲入敌阵就得发出缴枪不杀的怒吼声。讲到最后我特别明确两点，关于"尊敬"的问题，到此为止，下不为例。关于"重要"的问题，也是到此为止，下不为例。"重要讲话"不要随意提，也不要随意接受，要有自知之明。只有重要领导同志的讲话，才能称为重要讲话。讲话不要跟风，不要领导说"我讲三句话"，我们下边的同志也跟着学"我讲三句话"。我们这种身份的人，讲一句就已经多余了。会议研究了近期需要做的一些工作。老跛汇报说，眼下需要制作一幅精准扶贫攻坚作战图挂到墙上，上面要求挂图作战，可我们不会画，制作不出来。国令当即表态，这个作战图他来制作。老跛猛地拍了大腿，就是嘛，你们来了就不一样。冰儿问道，楼上栏杆的横幅标语谁写的？老跛解释，上面统一制作的，上个星期才从乡府拿回来挂上去。冰儿说，这幅标语有问题，"当心"这个词值得商榷和推敲。"当心"是什么意思？就是注意、小心的意思，这个词用在标语里显然有迟疑扶贫攻坚甚至有违抗之嫌。黄春龙将信将疑，上面制作下来应该不会错吧。冰儿瞥了他一眼，不要以为上面什么都是对的，上面也有做错的。老一辈革命家陈云同志就说过，对待问题处理问题不唯书不唯上只唯实。冰儿建议取下这幅标语，再说精准脱贫不是挂出来的，不是喊出来的，而是干出来的。我同意冰儿的意见，同时建议将楼上村两委的牌子拿下来，挂到大门左右两侧，把那些重复的可挂可不挂的牌子撤下来。老跛战战兢兢道，这恐怕不好吧，上面那些要我们挂牌子的单位和部门会怪罪的。我安慰老跛，不用担心，上面也有规定不许乱挂牌牌的，那些牌牌就是典型的形式主义。见面会后，大伙立即动手，将有疑问的横幅标语和几块徒有虚名的牌子摘下来，在大门两侧挂上了村两委的牌子。干完这一切，天已完全黑下来了。村小学覃剑校长打着手电筒来到村部，接我们到学校食堂去吃晚饭。

学校距离村部大约有一里路，建在一个坡岭上。我们傍晚从盘山公路进入红山村见到第一个建筑物，就是村小学教学楼。学校现有一至六年级学生370名，教师29名。校园里静悄悄的，只有几间窗户亮着昏暗的灯。覃剑校长说今天周六，学生都回家了，外乡的老师也回去了。原来今天是周末，这个周末我们五位同志就在村里度过了，恐怕以后有很多这样的周末我们都要在村里度过。食堂里，一个中年妇女在忙着端菜。覃剑校长介绍道，我内人，学校食堂工友。听到"工友"一词，我有一种强烈的亲切感，我朝覃剑校长爱人伸过手去，同行你好！矮胖的校长夫人使劲地在围裙上抹着手，一脸羞涩地说，主席好！我哪能跟你同行呢？我告诉她，我当年高考落榜后在公社食堂当了一年的工友，给公社干部做过饭，现在家里也是这个角色。

饭菜很丰盛，有老跛推介的裙子鸡肉、腊猪肉和蓝皮鸡蛋，还有我们在城里吃不到的野菜、野菌。负责斟酒的吴海龙首先给我倒了满满的一大杯，我把杯子移开，我说我不喝酒。阿扬、阿才、国令和冰儿见状也表示不喝，我说你们能喝就喝一点吧。我确实不喝酒，我的肝脏和血压不允许我喝酒。由于我不喝酒，场面就有些沉闷，桌上是乏味的咀嚼声。大伙面面相觑，谁也不动杯子。我只好端起酒杯站起来，感谢同志们的热情款待，我先干为敬。大伙一听，就端起杯子喝开了。酒是农家自酿的米酒，度数不高，20度左右，很香，有一股浓郁的玉米味道。喝的时候很顺畅，没什么感觉，可是一旦喝醉了，两天都起不来床，浑身软绵绵的。严格来讲，这种米酒我们自己喝可以，但不可以当作接待用酒，因为它和农家的腊肉、粽子一样没有产品合格标识。

吴海龙再给我倒酒时，我提醒他道，这种低度酒少喝点，它含铅的比重大，容易伤肝伤胃。吴海龙说了一句，我们也想喝高度酒，可惜喝不起，只能喝低度酒。我听得出他话中有话，也就不再说了，以免伤了和气。心里话不宜声张，知心话儿也要点到为止。这是交际常识，我心里明白。到市直机关工作之前，我在乡里待过，在基层干过，知道喝酒就是一种工作方法。下村跟村干部不喝两杯，跟农户不喝两杯，感情就出不来，凝聚力就出不来。在农村喝酒就是这样，喝酒是次要的，主要是利用酒向别人表达敬意，所以，要不停地敬酒。敬了就要喝，不停地敬，不停地喝。

垌场里黑咕隆咚的，我们借助手机电筒的光亮返回村部。老跛他们跟覃剑校长继续喝，我知道我们离席了他们才能彻底地放开手脚。我听一位村干部说过，喝酒喝不过瘾，宁可不喝，那样很难受。才走不远，果然听到学校传来猜码划拳的声音。吴海龙的嗓门特别高特别大，仿佛在跟对手叫板，抑或是向潜在的目标示威。刚才在桌上，覃剑校长特别介绍，吴海龙曾在省电视台综艺频道举办的"天龙泉杯"猜码比赛中，摘取"码王"桂冠。

楼上两个房间，成了我们五人的寝室。平常四位村干部是不住在村部的，白天也没人值班，公章轮流带回各自家里，群众要盖章就到家里去找他们。楼下大门只有开大会的时候才开一次，平时都是铁将军把门。我和阿扬、阿才及国令住进靠近楼道的第一间房。床是两张学生架床，上下各一铺。冰儿单独住里间的那间房，她那间房既是她的寝室，又是我们的厨房，窗台下摆满了锅碗瓢盆和方便面。我说冰儿，委屈你了，一个大机关的干部居然住到这样一个地方来。冰儿笑着说，毛一啊，我觉得真正委屈的是你，一个正处级干部睡到中小学生的床上来了。冰儿说，我在省委组织部驻村第一书记的QQ群里发现，你有三个"最"。我问哪三个"最"？冰儿说，年龄最大、资历最老、级别最高。我说，我排不上号的，陕西旬阳县城关镇李家台村第一书记刘满堂同志，他可是副部级的（中核集团公司党组成员、总会计师）。冰儿说，你这次为啥主动报名下来？恐怕是有创作任务吧。我小声说道，你还真猜对了，不过这可是机密。我提醒她，你得替我保密。冰儿说，明白，你这是双重任务，不容易。我说，你这次下来，也不是单纯的"新闻扶贫"吧。过去媒体部门的同志下来扶贫，主要以"新闻扶贫"为主，即帮助当地上上报纸版面，甚至"上头条"，就算是扶贫了。冰儿说，过去的"新闻扶贫"那一套虽已过时，但也不能说完全过时了，该发挥作用还是要发挥作用的。毛一，只要你一声令下，指到哪里我就写到哪里。阿才进到房间来，说冰姐如果你感到害怕可以住到我们寝室去。冰儿笑道，如果组织安排，我个人完全服从。又自言自语道，居视其所亲，富视其所与，达视其所举……她突然问我，后两句是什么？我回答道，窘视其所不为，贫视其所不取。阿扬说，你们在念什么台词？冰儿说，战国时期李构的"识人五法"。

　　这是我们驻村的第一个夜晚，大伙都有一种莫名的寥落。洗漱后，我们一字排开坐到走廊上聊天。我们上午在河城集合时才认识，上车后彼此方熟悉，交换了号码和微信号，现在已是一个屋檐下的人了。使命就是这样，它有一种强大的魔力，将不同岗位不同职位的人凝聚到一起，战斗在一起。我们这支小分队中，我是60后，冰儿是70后，阿扬、阿才和国令是80后（附带说明一下，冰儿是冷暖同志的笔名和微信名，阿扬、阿才的大名分别是陈飞扬、覃德才）。小分队成员年龄呈梯次结构，搭配上属于男女组合，可见组织如此安排是费了心思的，不是随意的。冰儿的真实身份是省报记者，专门写内参的。国令去年受中国农业大学的委派，下到河城挂职，担任过县长助理。这次作为中直机关优秀干部，再次下来担任脱贫攻坚工作队员，二进河城了。五人中阿扬和阿才的行李最多，他们各带了两只纸箱的书籍来。他们现在还是事业编制，发誓要考上公务员，成为真正的国家干部。行李最简单的是国令，除了衣物之外，只有一副红色的拳套。我女儿跟阿扬、阿才和国令同属80后，阿才说毛一，我们可不可以叫你干爹？我说不可以，我们组织不兴这样，也不允许这样，我们之间只能是同志。阿才说当年红军长征，刘伯承元帅还跟彝族头领义结金兰呢。那是战争年代特殊时期……国令接过话道，现在再搞这种就是立山头、拉帮派，就是搞"西山会"的性质了。别看国令年纪不大，他大二时就已经是正式党员了。是夜，我们聊了红山村脱贫摘帽面临的严峻形势和挑战，聊了村干部热衷喝酒猜码的陋习……我们聊得很晚，直到我们的说话声中融入四周此伏彼起的鸡鸣声。10月18日】

【6点醒来，早起晨练的国令急匆匆跑回寝室，说大门外面聚集了一帮群众。我一骨碌坐了起来，穿上外衣匆忙爬下床铺，问他大概有多少人。国令说起码有五六十人。这是意料中的事，没想到来得这么快，我们驻村第二天就来了。来得这么早，天刚亮就来到了。脸也顾不上洗了，也没时间洗了，我招呼大伙拿笔记本迅疾下到一楼。我们是有预案的。什么叫预案？理论上是指

根据评估分析或经验，对潜在的或可能发生的突发事件的类别和影响程度而事先制定的应急处置方案。这是大预案，我们的预案很小很具体，具体到三张桌子，我、冰儿和阿扬一人一张，负责接待来访群众。阿才和国令作为引导员，逐个将来访群众引导进会议室来。大门一开，屋檐下的群众蜂拥而上。阿才劝阻道，大伙都别挤，一个一个来。劝阻没有用，群众还是往前挤，场面出现了混乱。人群中一老者大喝一声，都退出去，像过去排队买肉一样排好队来。前面一句是断喝，相当于暂停比赛，后面一句是指导，像教练一样出招。效果出现了，大伙一下子排好队。老者在我对面坐下来，他约摸70来岁，目光炯炯，精神矍铄。老者打量我，你就是小毛吧。我说我叫毛志平。老者说，我叫你小毛没错吧。我说，没错，在您老人家面前我永远是小字辈。老者说，我也只能叫你小毛，不可能叫你老毛，更不能叫你主席，你晓得的。我说，我晓得。老者问道，你晓得我是哪个吗？我说对不起，我不晓得。老者皱着眉头，露出失望神情，这说明小毛你有些孤陋寡闻，连我是哪个都不晓得，全市在册的县处级领导干部没有哪个不晓得我的。我说，很抱歉，我真的不晓得。老者将身子靠到椅背上，我就是当年市组部干审科的老伍。我急忙站起来向他鞠躬，伍老您好！您路上辛苦了！伍老说，你应该晓得干审科吧。我说，晓得。伍老说，我所出具审查材料给拟提拔的干部，数量超过外面的群众10倍以上。目前坐在主席台上的一些省市县领导，他们当年的审查材料就是我出具的，他们挨人家举报啊，晓得不？我说，晓得。伍老说，我不出具审查材料，证明他们清白无污点，他们一个卵仔都提拔不了，晓得不？我说晓得。伍老说，退休后，我完全可以在市里安度晚年，可我还是回到家乡来了，目的是为父老乡亲做一些实事，发挥余热作用。老夫喜作黄昏颂，满目青山夕照明嘛。伍老扬了扬眉头，我已经退下来了，无职无权了，但我可以明白地告诉你小毛，我现在点头是不管用了，但我摇头还是管用的，你晓得我的意思吧。我点着头，晓得。

我朝邻桌的冰儿望去一眼，她在接待一个中年男子。男子头上缠着一根白布条，看得出那是一根孝布，他现在守孝在身。用村里道公的话说，他现在是个"孝男"。"孝男"跟冰儿反映，他家里正在办丧事，来帮忙的人很多，租来的冰柜因为停电无法冰冻食品，猪肉都腐烂了，丧事办不下去，希望我们反映上去，尽快恢复供电（过后得知，"孝男"是个老光棍，是全村年龄最大的光棍之一，59岁了才找到一个60岁的寡妇做老婆，没想到喜事才办三个月就办了丧事，老婆突发急病去世了）。我当即招呼阿扬，让他立即给乡供电所打电话，尽快下来抢修线路，恢复供电。

阿扬出去打完电话进来说，供电所的人答应马上下来检修线路。"孝男"听了还是没离开，阿才已引导另一名群众来到冰儿跟前。冰儿只好说，这位阿叔，你反映的问题正在解决，请你坐到一边去吧。"孝男"说，我还有情况要反映，现在群众看病太难了，大病根本看不起，我的老婆就是去不了大医院才死的。冰儿问他，你们不是都缴纳"新农合"了吗？"孝男"说，交是交了，大病住院要交3000元，新农合给报销1500元，自己掏腰包1500元，比以前负担还要重，我们哪进得了医院！

伍老敲了敲桌子，提醒我将注意力集中到他这边来。伍老像考官一样对我提问，你们这次下来是搞精准扶贫吧，那么我考考你，什么叫"精准"？我想起驻村前接受的培训，回答道，所谓"精准"，就是精确、准确的意思，具体到扶贫工作中就是要做到"六个精准"，即扶贫对象要精准，项目安排要精准，资金使用要精准，措施到位要精准，因村派人要精准，脱贫成效要精准。用老百姓的话说就是对症下药，药到病除。伍老说，这是大道理，我晓得，我要跟你讲的是小道理。照我理解，这个"精准"应该是群众盼望什么就给他什么，群众需要什么就给他什么。比如他要吃饭，你给他饭吃；他没有老婆，你给他老婆。这才是真正的"精准"。伍老说，这些年来，红山村年年都有扶贫工作队来。你们总动员群众养猪养羊、种果种树，这些东西，你们不来，群众也会养也会种的。你们不动员不号召，群众也会养也会做的。你们动员群众养猪养羊、种果种树，目的是什么？就是希望群众发家致富嘛。可是群众养的牲畜、种的果子都运不出去，成不了商品，怎么发家致富？你知道红山村群众祖祖辈辈最大的愿望是什么吗？就是修公路，就是要彻底解决行路难的问题。现在公路已经修到村部这里，可全村还有21个村民小组不通公路。路都不通，怎么奔小康？你看看我们隔壁县，人家屯屯都通水泥路了，我们还是羊肠小道，这怎么行！我敢跟你保证，一旦把各个屯的公路都修通了，运输问题解决了，群众的豪华住宅就会盖起来。这就好比做父母的只要给儿子盖了新房，媳妇就会自动找上门来。至于孩子怎么生，不用干部来教，他们晓得怎么做，而且做得比干部好，是不是？这是第一个愿望。第二个愿望是彻底解决饮水难问题。现在不少农户已建有家庭水柜，由于当时交通不便运输成本高，所建的水柜容量小、质量差，渗水严重，吃三四个月就没水了。第三个愿望就是改造农村电网，确保正常供电……"孝男"一听说电就凑过来，他对电太敏感了。他刚开启不久的光明的家庭生活遭遇停电一样突然掉闸，连预告一声都没有。他接过伍老的话题滔滔不绝地说，我们村以前是跟隔壁县接的电，隔壁县供电很正常，每天都有人巡查线路，零克一掉来，立马抢修，很快就恢复供电。接了我们县的电以后就经常停电，需要几天工夫才能恢复供电。我就纳闷了，同样是电，为什么人家隔壁县的电很正常，我们县的电就不正常？"孝男"说，难怪群众戏言，我们县的电怕大雨怕太阳怕打雷，怕人类大声的咳嗽。这话我听阿扬说过，可"孝男"说得比阿扬还要形象，毕竟他有切身体会。"孝男"说完，伍老概括道，水电路这三样东西，才是红山村人民的梦想，时尚一点叫作"红山梦"，也是红山村脱贫攻坚最实在最准确的"精准"了。要讲大道理我也会讲，我认为中国的扶贫关键是基础型扶贫，就是要大规模改善基础设施条件。精准脱贫不是国家推卸基础设施建设责任的借口，不是说现在搞精准脱贫了就不搞基础设施建设了，常规的工作就不做了。基础设施建设搞好了，其他问题就迎刃而解了。临走时伍老将"孝男"支开，从裤袋里摸出一只信封，悄悄地塞给我，过后你再详细看看。我将伍老送出门外，跟他握手道别。伍老走远后，我几步追上"孝男"，从裤袋里摸出钱包，扯出一张百元钞票塞给他，这是我的一份人情，望你节哀顺变。"孝男"一把推开我的手，这怎么行呢？你我非亲非故的。我嗓子也大了，拿着呀，推推搡搡的让别人见了不好。

门外的群众，不断被阿才和国令引导进来。他们有的坐下来说，不温不火，不急不慢，仿佛在跟我们拉家常。有的则站着说了，有些迫不及待，似乎不立即说出来就忘掉了似的。有的问题听起来很简单，其实很复杂。我这桌反映的问题主要集中在这三个方面：一是应该吃"低保"的吃不了，一些村干部的亲戚、村民小组长和村屯保洁员却吃上了"低保"。二是政府叫群众保护环境，现在山上的野猪越来越多，把山脚地里的包谷都吃光了。群众保护野生动物，谁来保护群众利益。三是个别村干部收取群众危房改造手续费，多的一户收1000元，少的一户收500元……一个名叫蓝绍品的群众直接反映村干黄春龙到他家验收危房改造时有吃拿卡要的行为。蓝绍品反映，那天黄春龙去他家，要拿走一个牛头和四只牛蹄，说是书记乡长交待要的，他只是负责送货。蓝绍品说，这不是叫我杀一头牛吗？不然一个牛头和四只牛蹄怎么来！蓝绍品让我确认，你说是不是？我确认道，是，你杀牛了没有？蓝绍品说，没杀，我和我弟两户危房改造指标就三万块钱补贴，我杀一头牛，不就少了一个指标了吗，我还不如不要这个指标呢。显然群众是把我们当作解决问题的部门来看待了，当作"救星"当作"包青天"来看待了。可是他们不知道很多问题我们根本就解决不了，很多问题不像那幅横幅标语和徒有虚名的门牌那么简单，我们可以随手摘除。我们只能统一对他们承诺，你所反映的问题，我们会一个不少地如实上报给有关部门。临近中午，门外还等候着不少群众。我已饿得两眼昏花。当然，门外的群众肯定也和我一样饿得饥肠辘辘。我示意阿才过来，你上楼去烧一锅水，把我们那几箱方便面一人一桶全都发给群众。阿才提示道，我们每人也泡一桶吧。我说那是，如果不够，就每人半桶分了。

阿才和国令先抬了一大锅开水下来，然后把方便面一桶一桶地发给群众。开始有些群众不愿意接受，说不好意思吃工作队的东西。我说你们不吃，我们哪好意思自己吃。这么一说，大伙就都接受了，一人一桶或蹲或坐就在那里吃了。方便面是发了，可我心里依然充满愧疚。我们这些当干部的，哪次下到群众家里，群众不是鸡呀鸭呀招待我们，哪怕家里仅有一只孵蛋的母鸡，也毫不犹豫杀了。群众到了我们这里，我们就一桶方便面应付了事……蓝绍品手上那桶方便面还没泡开就吃了起来，哇，原来你们干部每天吃这么香的面条啊，又翻来覆去地看外包装：香辣牛肉面，怪不得书记乡长非要牛头和牛蹄不可，原来他们要天天泡面吃。旁边一身穿迷彩服的群众不以为意道，这面有什么好吃呢，不就是干粮吗，我当年在老山前线天天就吃这个东西。

"迷彩服"跟冰儿反映的问题是，每月285元的生活补助费越领越少，最近两个月干脆就没了（附带记录一下，日前河城县民政局发生挪用城乡"低保""优抚""低保"配套资金和复退军人生活补助费腐败窝案，民政局长、会计和出纳被立案调查）。

我将阿扬叫到一边来，跟他说了村民小组长吃"低保"的问题。我觉得这个问题太集中了，群众意见太大了，也太敏感了。阿扬说，这是一个普遍现象，村干部有工资收入，村民小组长（就是过去的生产队长）一分也没有。为了调动他们工作的积极性，村里就给他们享受"低保"待遇，等于变相给他们发了误工补助。阿扬说，村里的很多工作，比如调研、调查、组织、宣传、动员等各项具体任务的实施，都离不开村民小组长的参与。我们现在的每一项工作都离不开村干部的支持，而村干部的工作离不开村民小组长的配合。如果严格按照规定，取消村民小组长吃"低保"，将会严重地影响他们工作的积极性。现在村里年轻人都不愿意当村民小组长，都是老人当村民小组长。目前所有村民小组长都老龄化了，很难找到接班人。村民小组长本来就难找，一旦取消他们的"低保"，他们绝对撒手不干了。村民小组长撒手不干了，村干部的工作就被动了。村干部的工作被动了，我们工作队的工作也跟着被动了……可是，给不符合规定的村民小组长吃"低保"，是严重违反国家政策的。我表示了我的担忧。阿扬说，这正是我们体制政策的一个盲点。

最后一名群众来到我面前，他左手抱着一摞杂志，杂志上搁着那桶发给他的方便面。他将右手贴在衣服上擦了又擦才伸过来，主席，我认识你，我读过你的小说。我问道，你是……他说，我是阿谋。我想起来了，原来阿谋就是他。阿谋是个青年农民诗人，很勤奋很有潜质，每天劳作之后就写诗。诗歌是他种的另外一种植物。我曾想过要到乡下来看看阿谋，没想到竟然在这里见到了他。阿谋将杂志放到桌上，这里面有我近期发表的诗作，请你指正。我随手翻开一本杂志，一首叫《故乡》的诗吸引了我。

我热爱脚下这片贫瘠的土地

热爱这些树木、草甸、石头、田野，还有山冈

还有一些大乳房的女人

和一些黄牙齿粗皱纹的老人

以及一些脸呈菜色的病人

故乡，像一个巨大的鸟巢静静站立

许多小鸟在春天从鸟巢里飞出去

到冬季又伤痕累累地飞回来

有的一只手臂回来，另外一只没有回来

有的五个手指回来，另外五个没有回来

有的一只眼睛回来，另外一只没有回来

有的一只脚回来，另外一只没有回来

许些金银首饰回来

许些少女贞操没有回来

许些幻想回来

许些好日子没有回来

许些乡愁回来

许些乡梦没有回来

许些骨灰盒回来

许些灵魂没有回来

外面的世界很精彩也很无奈

我的面朝黄土背朝天的父老乡亲

我的憨憨厚厚老老实实的父老乡亲

我的一身泥一身汗一身草味的父老乡亲

......

　　我指着方便面问阿谋，你怎么不吃呢？阿谋说，吃，肯定吃，不过我要拿回家把它写成了诗才吃。我问阿谋，你今天来有什么意见要反映吗？阿谋说没有，一条意见也没有。我今天来目的是看看你，找到你就像找到了组织。怎么能说没有意见呢？阿谋今天的行为本身就是意见的具体体现。作为文联主席，我应该主动下来看望阿谋才是，可我一直高高在上。我对不起阿谋，对不起阿谋这样的基层痴迷文学的写作者。文学创作的源头在基层，文学创作的活力在基层，文学宝贵的粮仓在基层。在中国社会的基层，有很多阿谋这样痴迷文学的写作者，正是他们构成了中国文学的基石，夯实中国文学坚实的塔基。我跟阿谋说，我还要在这里驻村工作，今后我们还有见面的机会，谢谢你的杂志，谢谢你来看我。

　　回到寝室，我拿出伍老的信件。伍老在信上反映，村干部韦鸣炮、吴海龙、胡宗强和黄春龙，长期以来从事封建迷信活动，他们白天当干部，夜里做道公。他们把周边和隔壁县附近村庄的道场、法事都承包了。今晚这户"过油锅"，明晚那家"解三煞"。他们白天人模人样，晚上装神弄鬼，这与他们党员的身份格格不入……我想起老跛、吴海龙、胡宗强和黄春龙他们布满血丝的眼睛，这才明白那是熬夜熬出来的。10月20日】

　　【从今天开始，我们分成四个小组分别下到四个片区去开展贫困户识别登记工作，采用"一进二看三算四比五议"的识别法，对全村701个农户打分评估。时间紧、任务重，我只好把单位的老黄和老章招下来了。我单位原来的扶贫联系点是一个叫龙骨的贫困村，老黄和老章先后下去担任过指导员。老黄和老章是我们单位的骨干，也是文艺界的名人。前者是知名编剧，写过很多谍战剧本；后者是著名画家，有画作被国家博物馆收藏。老黄驻村时要写一个剧本拍成电影，让电影把公路引进到村里来。结果老黄在村里住了一年，一个字也没写出来。老黄是写谍战题材的，那个龙骨村乃一偏僻之地，不说特务，连土匪都没光顾过，红军和游击队更没来过，老黄当然没编出什么故事来。老章驻村时要画一幅画，要把他的画拍卖了修一条柏油路到村里来。后来老章一幅画也没画出来，那个龙骨村除了玉米就是向日葵，向日葵老章敢画吗，他画得过凡·高吗。他就是画玉米也画不过李金山先生，自然老章的画就没画出来。据不完全统计，老黄和老章两人在村里总共吃了两头肥猪10只山羊317只土鸡和634斤米酒，最后一事无成扬长而归，搞得我们单位很没面子。不过老黄和老章也做了一些力所能及的事，比如老黄把村里的留守妇女组织起来，成立"留守母亲歌舞队"，指导她们排演节目，自娱自乐，丰富农村的文化生活。老黄还把十几个道公组建成"天地通行艺术团"，将封建迷信的东西改良成为非物质文化遗产，引起了有关部门的重视。老章义务给村小学生上美术课，教他们画国画画油画。乡中心小学和中学的学生们都没享受到如此的殊荣，因为他们从未见过美术老师。此外老章还为村里的老人画像，填补了村里老人去世时没有悬挂遗像的空白。家属们见到先人栩栩如生的遗像，唏嘘不止，感激涕零。和老黄、老章相比，我就自卑了。纵然把我推向主席台给我麦克风，我也讲不出将一沓沓稿纸变成一沓沓钞票来扶贫，何况我的小说得先编成剧本才能拍摄电影，我比老黄还多了一个遥遥无期捉摸不定的环节。

根据上级指示，入户调查评分由工作队单独完成，村干部全程不参与。不参与不等于不配合不支持，何况我们初来乍到，人生地不熟，没有村干部带路，我们识别登记到别的村别的农户去怎么办。具体情况具体分析，我把四位村干部分别编到四个小组去，其中，老跛带我和国令一组，负责第四片区。吴海龙带冰儿和老黄一组，负责第三片区。胡宗强带阿才和老章一组，负责第二片区。阿扬在红山村驻过，情况比较熟悉，他跟黄春龙一组，负责第一片区。明确规定村干部负责带路，可登门入户，但不参与给农户填表打分。从村部出来，沿着公路爬到山坳口就是羊肠小道了，公路戛然而止。老跛一瘸一瘸地走在我和国令的前面，他虽然腿上有疾，却走得兔子一般飞快。伍老说老跛是个道公，我有些怀疑，因为他腿残怎么跳得舞蹈。据我所知，道公做法事时是要跳舞蹈的。然而老跛健步如飞，彻底推翻了我的迟疑。我甚至从他的步履中感觉到了舞蹈的节奏，以及伴随着他舞动的旋律。国令的老家在吉林，这个从小长在一马平川的东北平原上的小伙子，第一次走在山区的羊肠小道上，走在青石板的小路上，走得小心翼翼，如履薄冰。他手上的拐杖完全成了多余的附件，我建议他扔掉算了。国令回道，不能扔，下坡的时候就发挥作用了。我的家乡和红山村同属喀斯特地貌，小时候每天上学走的就是这样的山路，而今穿皮鞋的我走得气喘吁吁，上气不接下气。才走不久，身上的衣服已经湿透了。

老跛，你能不能走慢一点？我和国令跟不上你。

老跛放慢了脚步。

老跛一直埋头默默地走在我们的前面，似乎心事重重。其实早上在村部集中时，我已经发现四位村干部情绪不对头、神色不对头。具体体现对我们很客气，客气地说话，客气地微笑。这是一种可怕的客气，它会演化为客套、隔膜，最后就是隔阂。而一旦出现这种情况，我们的工作就无法配合开展了。我分析可能是两个方面的因素导致老跛他们"客气"，一方面是学校聚餐我们早早退席，没跟他们喝酒猜拳，坏了他们的规矩，被他们当成了局外人；另一方面是认为我们接访时，可能掌握了他们的某些不端行为，让他们感到不安。我觉得很有必要跟老跛谈一谈，很有必要跟老跛，跟吴海龙、胡宗强和黄春龙他们谈谈心、交交心。我在单位就经常跟老黄和老章开展谈心活动，我承认我之所以能够将这两位狂放不羁的艺人紧密团结在我所谓的"麾下"，靠的就是谈心、交心。通过谈心交心，达到同心齐心。正所谓兄弟齐心，其利断金。我那位在医院当医生的爱人对我热衷与同性谈心表示赞赏。她从医学的角度分析，认为这个心是最难应付的。目前世界上器官移植难度最大的是心脏，移植效果最好的是肾脏。心脏移植后存活最长最成功的例子很少，最生动的例子仅有两例，一例在美国，一例在中国。所以这个心啊，最难打理了，因为它是全身的发动机。我决定过一段时间待工作步入正轨之后，安排一次村两委班子成员谈心活动，必要时召开一次高质量的民主生活会。我个人的态度是，对基层干部要多些宽容，要充分理解和尊重他们。当然，宽容是有原则的宽容，尊重也是有原则的尊重，绝不能一味地迎合或无原则地和稀泥，必须把规矩和纪律挺在前面。

　　来到一处悬崖边上，老跛停下来说，我们需要从这里通过一座天桥，到达对面的山崖。我把眼镜摘下来，掏出手帕擦拭镜片上的水汽，再戴上一看，斜对面的一处悬崖近在咫尺，悬崖下面是望不见底的绝壁深涧。悬崖之间长出的杂草，被风一吹就会勾在一起。老跛扶起一簇弯垂下来的杂草，我看到十来根大小不一的木头铆在一起，高低不平地架到对面的悬崖。我数了一下，天桥一共由11根木头组成。我指着那些木头问老跛，这就是天桥吗？老跛说没错，附近9个村民小组的群众，每次出山就从这天桥经过。老跛一瘸一瘸地走上天桥，国令提着拐杖犹豫了一下跟着他走过去。走到天桥中间，国令撒开脚丫一下子就和老跛站到了悬崖那边，转过身来朝我招手。我战战兢兢地走上天桥，才走了几步，我忽然迈不开步伐，我的双脚似乎被固定在天桥上。我看见绝壁深涧奔腾的溪水，还有几只飞翔的鸟儿。我的头皮一阵阵发麻，眼前突然一片昏暗，然后感觉身子不停地发抖，像害了疟疾一样。国令在对面问道，毛一，你怎么啦？我无力地摇了摇头。老跛大声喊道，趴下，赶快趴下！我慢慢地蹲下来。老跛在对面给我发出指令，两手抓稳桥边的木头，再伸出脚去，慢慢地往这边挪过来。我整个人趴在天桥上面，依靠两手的力量，小心翼翼地向前挪动。山风徐徐吹过，我两眼紧闭，肚皮一阵阵地收缩，接着裤裆一阵温热，我仿佛回到童年时代的某个早晨。自我剖析一下，我小时候经常尿裤子（尿床），我读到小学五年级时还在尿裤子，都是在天差不多亮的时候尿的。我没想到年过半百之后，在这么一座天桥上，在光天化日之下，尿了裤子。爬过天桥来，我一屁股瘫倒在地。老跛将我扶起来，说了一句，你是第一个经过天桥的正处级干部。我想问他一句，是不是唯一一个在天桥上尿裤子的人。

过了天桥，从悬崖上下来，我们来到一个名叫"上达"（壮语"悬崖上"的意思）的自然屯。17户人家排列在一片平台地上，全是木瓦结构的房子。坡岭上有四栋两层砖混结构的平顶房，有两栋还镶了墙砖和琉璃瓦。这四栋两层砖混结构的平顶房让我感到惊奇，那些水泥、钢筋、墙砖、琉璃瓦就是通过天桥上运过来的吗？惊叹之余，我脸上一阵阵发烫，下意识地朝裤裆瞄去一眼，只见那里洇出的尿渍格外醒目——这是我参加工作以来最狼狈的一次经历。我要在自己的人生履历上，慎重地记下这极不光彩的一页，并如实向组织申报，毫不隐瞒。

　　我们登临第一家调查评分的农户——一个两眼的木瓦房。门敞开着，靠门的一张床上，两个三四岁的女孩在玩耍，床底下另有两个五六岁的男孩捉迷藏。国令问候一声，小朋友好！小孩们抬头望着我们，没有反应。年纪较大的男孩转着乌黑的眼睛，那是一双野鸟般摄人心魄的眼睛，你们是什么人？老跛回答说，我们是上面派来的扶贫工作队。老跛又问，你爸妈呢？男孩摇了摇头，没有回答。这是我们最不想碰到的情况，一旦农户没有大人（户主）在家，我们的调查评分就无法开展。我走进屋里，出到天井，见到一根铁线从后山的悬崖上延伸下来，在一口石缸的上方吊着一个漏斗，从铁线上流下来的山泉水通过漏斗滴下来（这种取水办法叫作"铁线引水"法），石缸里盛满了清澈的山泉水。我拿起搁在石缸上的水瓢，舀了大半瓢水，仰起脖子一口气喝了个精光。石缸旁边还有一口人工制成的水泥缸，缸上盖了两块边沿锯成了弧形的木板。我顺手挪开一块木板，忽见一女子蜷曲着身子蹲在里面，尽管已有了预感，我还是吓了一大跳。《沙家浜》里那个阿庆嫂就是这样在鬼子的眼皮下把胡司令藏起来的，看来鬼子除了凶残，也没聪明到哪里去。女子从水泥缸里直起身子，敏捷地跳了出来，我以为你们是计生工作队哩。我说，现在哪还有计生工作队，都放开了。

　　女子拿出户口簿，我知道了她的名字和年龄。她名叫胡彩旗。这个名字很熟稔，市督查室副主任胡彩旗同志就是这个名字，不差一笔一画。唯一的差别是胡彩旗同志久婚不孕，这个女子却生育了一大帮孩子。眼前的这位胡彩旗一点也不显老，看不出已经40岁了，更看不出是个已生了几个娃仔的农村妇女。户口簿上反映她家有四口人：丈夫和她，还有两个女孩在村小学上学。我指着床上那四个孩子问她，他们也是你的孩子吧？胡彩旗点头。

怎么不给他们上户口？

乡派出所不给上。

为什么？

派出所的人讲上户口要有出生证或者亲子鉴定证明，我后面的孩子都不是在医院生的，所以都没有出生证。胡彩旗说，我去问过了，做亲子鉴定一个孩子需要1200元，孩子他爸又要1200元。我老公要上山捉多少蛤蚧才够去做亲子鉴定啊？我们做不起。

你老公是做什么的？我问胡彩旗。

老跛替胡彩旗答道，她老公是专门爬到悬崖上捉蛤蚧的，是红山村远近闻名的"壁虎"。又悄悄附着我的耳朵道，你看人家气色那么好，还有那么多孩子，那得吃多少蛤蚧啊。我感叹道，这样啊，心想哪天回市里见了胡彩旗同志要提醒她，赶紧找蛤蚧吃。

我问眼前的胡彩旗，前面两个女孩怎么上得了户口？胡彩旗低着头说，她俩有准生证，是在医院生的。这位有些糊涂的女户主将会面临一系列问题了，她那四个没有户口的孩子以后上学可能享受不到教育扶持，比如免除学费，比如享受营养餐等。而如果这些孩子一旦失学，就会产生恶性循环，这个家庭将永远贫困下去……据我所知，国家早已放开了户口政策，可现实仍然有这样的超生孩子上不了户口。国家目前又没有减免这方面费用的政策，而超生户大多是贫困户，自然交不起昂贵的费用。我提醒国令，将胡彩旗家这个特殊情况记录下来，精准扶贫绝不能忽略了这些特殊群体。

我按照《精准识别入户评估表》的"指标及分值"逐项给胡彩旗家打分，国令负责对照标准实地查看和评估。分数不能随意打，也不容易打，要仔细地询问和测算。评估表上的内容很多很细，涉及住房、家电、农机、机动车、饮水、用电、自然村通路情况、健康状况、读书情况、劳动力、务工情况、人均土地、养殖业、种植业等16个大项68个小项，设置了加分项和减分项。我们在"自然村（屯）通路情况"一栏耗费了不少时间，评估表上标明有"通沥青路、砂石路、泥巴路和简易人行路"，那么，那座天桥属于什么？我们经过反复推敲，认为天桥不属于正规的桥，也不属于任何的"路"，果断地在这一栏打了零分。评估结果，胡彩旗一户得分33分。我把评估表给胡彩旗看，如果没有意见就签上名字，并按上指印。胡彩旗对"住房"一栏有异议，她认为我勾在"木瓦结构"这栏是错误的，应该勾到"危房或无房"一栏。她说她家真的是危房，下雨时整个房子漏得到处是水，刮风时整个房子像船儿一样摇晃。她指着那张床说，下雨刮风时我们一家人就睡到那里，随时随地逃出屋外去。我和国令充分尊重胡彩旗的意见，将她家的住房情况由"木瓦结构"改为"危房或无房"，将"4"分改为"0"分，总分改为29分。胡彩旗再次从头到尾复核了表格之后，对那个年纪较大的男孩说，大宝，帮你妈签上名字。叫大宝的男孩签上他妈妈的名字后说，上学期二姐姐的数学考试也是29分。我问大宝你上学了吗？大宝咬着肉嘟嘟的嘴唇，没上，但我会写大人的名字了。

从胡彩旗家里出来，老跛叹息一声，这样的速度恐怕一个月都识别不完。我接过话道，白天做不完，只能晚上接着做呗，正好晚上农户都在家，怕是你晚上有事带不了我们……老跛埋着头道，有事也要带你们，脱贫攻坚是头等大事，任何工作都得给它让路。话是这样说了，我总觉得老跛心事重重或心不在焉，似乎家里有什么紧急的事情，需要他赶回去处理。

第二户人家距离胡彩旗家不远，绕过一个菜园就到了，五眼木瓦房，家里只有一个老太婆和三个小男孩。见到我们，三个小孩就躲到老太婆的身后去。我用本地话对老太婆说，阿婆，我们是扶贫工作队，下来搞扶贫的。老太婆说，哦，扶贫工作队，又来种板栗是吧。你帮我看看，我家种的板栗是不是都是公的，没一棵怀孕。我说阿婆你放心，你家的板栗会挂果的，麻烦你老人家拿户口簿给我们看看好吗？

老太婆转身进到里屋找了一阵子，拿一只塑料袋出来，里面有两本户口簿。一本户口簿的户主名叫黄毅力，另一本户主名叫黄毅林。我问老太婆，你有几个儿子呀？老太婆说，五个，都分家了，这两本是老三和老五的户口簿。

老大、老二和老四的户口簿呢？

就这两本，老四的户口簿他带到广东去了。

碰到这种情况就比较啰嗦了，需要耐心或者耐力。没见到户口簿的，我们需要记录户主和配偶的姓名以及联系电话，过后再到派出所去查找完善，并与户主取得联系，将我们现场打分评估情况反馈给他们，请他们委托其他亲戚或者族人帮签字——这是程序或手续，任何工作队员都无法越过或者疏忽。

老大叫什么名字？

黄毅松。

媳妇叫什么名字？

兰秀萍。

你有老大的联系电话吧？

有，打他电话不接了。

为啥不接呢？

他在拉甲坡遇矿难死了。

老太婆抬起手臂，用袖子抹着眼泪。老跛攒着眉头瞄了我一眼，提示我加快速度。

老二叫什么名字？

老二叫黄毅志，那年也跟他哥一起死在拉甲坡矿了。

他爱人在吧？

在，叫谢水娟。老太婆左右两边搂过三个小孩，左边这两个是老大的，右边这个是老二的。老太婆弯过右手来抹眼泪，可是够不上。窝在她怀里的小男孩，用一只脏兮兮的小手替她擦拭了。那只脏兮兮小手，仿佛奶奶的一张小手帕。国令从包里掏出三块饼干来，递给孩子们每人一块。小男孩过来接过饼干后，依偎到国令的怀里来，他的小脸轻轻地磨蹭着国令的下巴。国令侧过身来对我说，这孩子会感恩，将来肯定有出息。

老四叫什么名字？

老四叫黄毅广。

也有联系电话吧？

老太婆说，都记在老三的户口簿上了。

剩下老三和老五不用再询问了，我也不想再询问了，前面问到的两个兄弟勾起了老太婆伤心的记忆。老太婆一句"打他电话不接"，是一种永远失去的哀伤，不再拥有的哀伤。抄录老三黄毅力家庭成员时，我发现其配偶的名字是兰秀萍。这个名字刚才老太婆提到了，是老大黄毅松的配偶，可现在这个名字出现在老三黄毅力的户口簿上，是不是派出所录错了？我不得不再次询问老太婆，这个兰秀萍是……老太婆两手托着下颌骨说，老大矿难死后她改嫁给了老三。原来是这样啊！抄录到老五黄毅林家庭成员时，户口簿上配偶一栏赫然写着：谢水娟。这又是怎么回事？我脑子有些拐不过来了，该不是老二矿难死后，他的老婆也改嫁给了老五吧？我不能再问了，只好把户口簿递给老跛来证实。老跛使劲吸了一口烟，竟然点了点头。10月24日】

【掌灯时分，我们疲惫不堪来到老跛家。从中午到下午，我们一直耗在那个上达屯，就像陷在屯里那个打砖泥池出不来一样。17个农户并不像胡彩旗家、老太婆家那样屋里有人候着，有近一半人家的门是锁着的。老跛解释道，他们不是出去帮工，就是下地劳作了。地里撒了除草剂的出去帮工，比如盖房子、打土砖，都是季节活儿，也是收入的渠道。没撒除草剂的，现在正是"锄二遍地"的时候，山里的秋玉米种得比外面要晚半个多月，伴生的野草抢风头似的快要长得跟玉米一般高了，抛头露面了，妖妖冶冶了。其实出去帮工或者下地劳作的，有的就在附近，可我们就是不知道，就是找不到。当时如果我们爬上某个高处喊几声，这些户主就会冒出来了，我们就可以节省好多时间。这样的教训要深刻汲取了，免得铁将军把门，我们只好干瞪眼。在交通不便的偏远山区搞精准识别，比平原地区更费神费时费力，最好是一遍走过，一鼓作气，一次成功。遗漏几户人家，回头再来一次查缺补漏，那就跟打仗收复丢失的阵地一样窝囊。当然，有些事情该回头看还是必须回头看的，比如巡视或者巡察。这叫回马枪。

一户人家门开着，家里却没有人影。木板下面传出几声咩咩的羊叫声，一股羊膻味透过缝隙飘上来。山里的木楼结构通常是这样，最下面住的是牲畜，中间一层住的是人，上面一层堆放粮食和杂物。有这样一个笑话，说是某领导退休回到老家，把装修一新的房舍命名为政府组成部门，客厅为新闻出版广电局，过道为交通运输局，厕所为市政局，厨房为机关事务管理局，主卧为卫生计生局，老人房间为老干局……一头牛底气很足地哞了一声，带着警觉和挑战的性质，估计是一头雄壮的公牛（后来填表时确认是一头公黄牛，估价1万元）。山里的母牛是不轻易叫唤的，生犊子的时候也不叫唤，不像人类呼天抢地死去活来地叫唤，甚至把18辈的祖宗都操一遍。母牛只有呼儿唤女时才会哞几声。我很佩服这里的人们如此的淡定和坦然，说走就走，门也不用上锁。更感叹这里的社会治安，真是夜不闭户路不拾遗。当然，到这里来就是送牛送羊给你，你也牵不出那座天桥。我还要感谢大门敞开的户主，可以先让我们登门上户，先实地评估打分，待他们回来后再签字按指印或者过后再与我们取得联系。只要有人识路，知道户主的名字就可以了。对于这样的农户，作为工作队员，纵然再苦再累，心里也不会有一丝怨气。

有一个农户其实是有人在家的，一只行李袋仓促地搁在堂屋的八仙桌上，松软的提带耷拉着。显然主人才进家不久，迫不及待地做什么去了。我接连问了几声，有人在家吗？始终无人应答。良久，一个身穿红色汗衫、灰色中裤的壮汉趿着拖鞋从里屋出来。红色汗衫的前胸鼓起两大块肌肉，紧绷绷的，胸肌上撑着一行黄字：终极斗士之中华力量。临近了我才发现壮汉将中裤穿反了，后面的穿到前面来了，两只裤袋一只拉链开着，一只拉链锁着。壮汉出来不久，一个满脸羞涩的女人出现他的身后。看这阵势我什么都明白了，这兄弟也太只争朝夕了吧。后来我知道，壮汉当天刚从中越边境回来。

壮汉转过身去，不知说了一句什么，女人又进里屋去了。壮汉显然有些不耐烦，你们是来做什么的？

国令回答道，我们是来搞精准扶贫的。

魁梧稳健的东北少年，比敦敦实实的壮汉整整高出一头。

壮汉又问道，你们是哪里派来的？

我回答道，我们是市里派来的。

壮汉说，市县来的可以，乡村来的我一个不见。

户口簿上记录的家庭成员，只有壮汉一个人的名字及身份证号，他的名字叫覃文科。我问他，你爱人呢？覃文科说，户口还没转过来。我再问他，办理结婚手续了没有？覃文科说，请结婚喜酒了，我们这个地方喝喜酒就是办手续了。他指着老跛说，这事老跛知道，他可以作证。老跛证实道，我来喝过酒，封了200红包。我提醒覃文科抓紧到民政部门去办理登记手续，把爱人户口转过来，因为接下来的帮扶项目需要完整的资料信息。我们实地逐项对覃文科家评估，给他家打了56分。

屋里有人的是建了砖混结构房子的四户人家，他们都在家里候着。是不是因为他们是"土豪"就比较"休闲"或者但凡有个"好窝"的人一般都比较"宅"的缘故？后来登门上户时的发现，证明我的分析与事实有些风马牛不相及，不过也不完全偏颇。这四户人家都有人在外面当干部（包括当教师），他们家人无需出去帮工或劳作，家里也没有这样的人。我们在其中的三户人家耗费了比其他农户多一倍以上的时间，耗费在评估表上"指标及分值"的讨价还价或者据理力争上。举几个简单的例子吧，比如"住房装修"（简易装修2分，无装修0分），他们家屋内屋外明明都装修得不错，可他们一定要我们勾在"无装修"一栏上。他们认为反正是替上级扶贫部门勾的，又不是勾了你们工作队员的魂。"人均居住面积"他们一定要将子女也平均分摊，理由是逢年过节子女均回来居住。比如"家电"（洗衣机或热水器或电脑或较大音响设备2分，电冰箱2分，电视机1分），明明有电视机、洗衣机、电冰箱摆在那里，他们硬说这个坏了，那个也报废了。看来上达屯的群众说得没错，有钱人的钱眼，跟屁股眼没什么两样。实际上这些行为从某种角度反映了我们的某种心态。过去的那些年，不是个个县都在争贫困县吗？某个县得了国家级贫困县后还悬挂标语，张灯结彩，隆重庆祝。

镶了墙砖和琉璃瓦的两栋房子中，有一栋是老党支书的。村里人习惯将老党支书称为"老党",也有叫他"老眼"（外公的意思）。"老党"名叫韦盛辉，今年71岁了，上届村两委换届时才退下来，跟过乡里几任书记，其中就跟过杏强书记和杏福书记这对父子书记。听说杏福上任不久到红山村来，"老党"对他说，我跟你们杏家真是有缘啊，你爹当公社书记时，我跟你爹，现在你当乡书记我跟你。我还真像那副对联写的，坐阅五帝四朝不觉沧桑几度，受尽九磨十难了知世事无常。说着话锋一转，你爹当书记时动员我们种甘蔗，现在你当书记发动我们种板栗，你们父子俩最爱捉弄群众了，你们把捉弄群众当成了快乐事业。杏福那时正在吃一只烤红薯，听到此话噎了大半天。

按照规矩，不管大小领导到一个地方任职，都要拜访当地的老领导老同志。我这个驻村第一书记到任后，当然要拜访老支书。驻村以后我一直想安排个时间拜访村里的老村干，没想到进山来后自然而然遇到了机会。当然，我这个态度是错误的，拜访老领导老同志应该主动自觉，不能自然而然搭顺风车。

"老党"躺在一只躺椅上，手里摇着一把蒲扇，看上去眼睛半闭半睁，实际上洞察一切，见到我们敏捷地站了起来。年逾古稀的"老党"身体硬朗，耳聪目明。老跛把我介绍给"老党"，这是从市里下来担任我们村第一书记的毛志平同志。我立即伸出双手去握住"老党"的手，韦老书记您好！身体好吧？"老党"自言自语道，市里下来的，上个世纪60年代，村里就来过一批下放干部，把大队部都住满了。我接过他的话道，我们现在也把村部住满了，不过我们不是下放，我们是下派或者叫作派驻。"老党"连声道，好！好！不知道是他的身体好，还是我们把村部住满了好。我把评估表格递给国令，暗示他实地评估打分，借机进到卫生间，从包里拿出一个信封，在上面写了"慰问金"三个字，将五张百元钞票装了进去。

我跟"老党"聊起家常。几年前老伴去世后,家里就"老党"一个人。曾有热心人为他牵线搭桥再找个老伴,"老党"拒绝了,说山里资源本来就奇缺,把奇缺的指标留给村里众多的光棍吧。四个女儿都嫁出去了,小女儿在村小学当教师,嫁了一罗姓的同事。说好了女婿是倒插门,以后孩子得叫"老党"做爷爷。"老党"还亲自给孙子起了名字:韦国壮。爷爷是叫了,可"老党"发现孙子作文本的名字是:罗国壮。"老党"气冲冲地找到村小学去,女婿出来解释,名字是校长改的。"老党"又找到覃剑校长,覃剑校长将皮球踢回来,你女儿改的。"老党"摊开两手,你看,我能有什么办法,上了贼船,就跟贼走,世上没有不变的承诺,只有说不完的谎言。革命导师列宁讲得多好啊!堡垒是最容易从内部攻破的。老跛不断递过眼色,我双手将信封递给"老党",这是我们全体工作队员的一点心意。"老党"拒绝道,现在不兴这个了啵,这是违反规定的啵。我解释说,给上级领导叫作行贿,同志之间互相派送叫作违规,给老同志叫作慰问,您老人家理直气壮地收下吧,希望您一如既往地支持我和鸣炮同志的工作。"老党"还是不接受,支持你们的工作也不能通过这个信封来体现呀。我说那您就当作晚辈对您老人家的一份孝敬吧,相当于往寿坛里补了几把"寿粮"。"老党"一听就乐了,这话受用,这几把寿米我接受了。国令已打完分,我把评估表递给"老党",这是例行公事,您老没什么意见就签上大名。总分一栏,国令打了63分。"老党"签了字说,不知道上级最后确定贫困户录取分数线是多少,过去读书60分就及格,60分以上是优等生,60分以下是差等生,我看这贫困户应该是从低分到高分来确定。不管怎么样,我这个指标就让给别的农户吧,我也不好意思当这个贫困户。"老党"提醒我,你们这种打分啊,不要太绝对,打个比方,59分是贫困户,60、61分这些户怎么办?

他们之间才是一分两分之差啊。贫困户打分，不要搞成高考那样，那会出问题的，出大问题的。

"老党"一定要我们在他家吃午饭，他说吃不吃饭是态度问题，饭菜好不好吃是水平问题。老跛原来的意思是要我们去他家吃午饭的，他家距离上达屯这里不远。可是"老党"坚持要求我们在他家吃，我们推辞不了只好答应下来。哪好意思让"老党"给我们做饭呢，我和国令挽起袖子，煮了一锅腊猪肉、黑豆和干菜，炒了一碟黄豆。"老党"跟我们干了三杯米酒，豪放得令我们提心吊胆。"老党"说，我都敢喝，你们怕什么？现在能吃几块肉就吃几块肉，一大块肉都吃了，那就不是吃了；能喝几杯酒，就喝几杯酒，整壶酒都喝了，那就不是喝了……国令喝干了酒说，那就是供奉了。国令是北方人，喝高度酒可以，喝低度酒不行，三杯下肚，他就醉醺醺了。

到了下午，出去帮工、下地劳作的人陆续回来，我们告别"老党"，急忙登门识别。到傍晚时，整个上达屯农户评估登记结束，最高分72分，最低分26分。高分集中在那三家建有砖混结构房子的农户，分数最低的农户家出了两个重点大学在读本科生。我们没见到这两个大学生，但从贴满了奖状的墙上以及墙上从小学一年级到高中三年级每个学期考试分数的表格上，我们看到了这两个孩子的成长历程。他们的学习成绩，远远高于他们家庭的分数。

天完全黑下来时，老跛带我和国令来到老鹰屯他的家。昏暗的灯下，我看到神龛上"崇道堂"三个字，于是确认老跛确实是个道公了（道公的神龛叫"崇道堂"，师公的神龛叫"三元堂"）。老跛招呼我和国令坐下后，就进到里屋忙去了。一个面目清秀、长得端端正正的小伙子端着茶盘出来，像念台词一样念道，毛一好！这位阿哥好！身后摇出一辆轮椅来，责怪道，嘴真笨，只会说半句话，不晓得叫客人喝茶。轮椅上坐着一个中年妇女，她说，这是我独仔阿夕，栏里的牛犊子，没出过对面的老鹰山。老跛出来介绍道，我内人，冬梅。我迎上前去，握住冬梅的手，给你添麻烦啦。冬梅说，看你说到哪儿去了，你们这是送福送禄来，虽然晚了点，幸福会迟到，但从来不缺席。冬梅身上穿得干干净净的，气色很好，口齿伶俐。

你这是？

冬梅细声细语地告诉我，说来话长，阿夕四岁那年，我和他爸到老鹰山上打柴，从半山上摔下来，摔断了腰杆子。阿夕他爸背我回来路上摔了一跤，把左腿也摔断了，摔成了老跛。唉！我是活着浪费空气，死了浪费土地，现在半死不活是浪费人民币。我安慰她说，你应该出去详细检查一下，现在医学技术很先进，说不定还能够重新站起来呢。

冬梅说，老跛背我出去过几次，省城医院也去过，医生都说没办法。我活着就是个累赘，拖累老跛，拖累阿夕，真想抓它一把老鼠药吃了……哎哎，可不许这么想呀，你吃了老鼠药阿夕怎么办？你就忍心丢下他啊！我急忙安慰她道。

老跛也是这样劝我，冬梅说，阿夕还小时，老跛一次远门都没出去过，天天守在我身边。阿夕长大后想去外面打工，老跛就是不给去，要阿夕像他一样天天守着我。老跛每天出门，都要早早回来，第一件事就是给我洗澡换衣服，我说你是怕我臭嘛。老跛说不是怕我臭，是怕全村人骂他臭。我发现妇人在做这番叙述时，脸上充满了一种自豪。冬梅接着说，他今早去村里接你们，先给我洗换好了才出门，说是家里要来一个大领导和一个博士生，大领导就是你嘛。我说，我哪是什么大领导，我现在的级别跟老跛一样。冬梅指着国令，一看就像个博士，脸上都长满了密密麻麻的标点符号。我忍不住扑哧一声笑了，国令的脸上长了几颗特别鲜活的青春痘。国令不懂我们在谈论什么，但他听懂其中"博士"一词，于是说道，博士就是阿士他爹嘛，没什么本事的。冬梅没听明白，我就用本地话把国令的这个"典故"给她复述了一遍：说是本地一名干部带老父亲到省城医院治病，医院用了很多药就是治不好老父亲的病。这名干部安慰老父亲说，爸你放心，给你治病的医生是个博士，你的病一定会好的。疼痛难忍的老父亲骂道，什么博士？我看就是阿士他爹（壮语"阿士他爹"念作"博士"），把我当作牲畜来医治了。冬梅哈哈大笑，笑声将老跛从里屋牵引出来。

老跛端一盆水到冬梅跟前，伺候她把手洗了，再将一件干净的围裙套到她的身上，然后推一张装了轮子的小桌子到轮椅前面。小桌上搁着两只盘子和一面砧板，砧板上卧着一只煮熟了的土鸡。冬梅娴熟地操起刀子，轻车熟路地砍起来，一面砍一面跟我们搭讪，不到几分钟，两只盘子就整整齐齐地装满了鸡肉。这是冬梅的本职工作吗？不是。老跛非要冬梅来做这件事不可吗？也不是。这是一种证明，一种存在的证明，一种活着的证明。吃饭到半时外面有人敲门，阿夕去开门，胡彩旗的老公"壁虎"拎着一只酒壶跟他进来。老跛给"壁虎"挪出一个位子，"壁虎"一坐下来，就把壶里的酒倒到我们的杯子里，这是真正的蛤蚧酒，不是商店里的那种蛤蚧酒，一只蛤蚧也没有。我一坛酒要泡10只蛤蚧以上，都泡两年了。"壁虎"对我说，领导啊，非常感谢你们帮助我解决小孩户口问题……老跛打断他道，谁说帮你解决了？"壁虎"喝了一口酒说，反正我老婆是这样传达的。你们来我家的时候，正巧我上山捕蛤蚧去了。国令在桌子下碰了我一下，我没有反应，心想户口这事怎样才能帮他解决。这时外面又有人敲门，阿夕让进一位神情惊惧的中年妇女，她一进来就说，我以为你们走了呢。一看就认出是我们登记打分过的一个户主，我连忙问她有什么事。她说她不识字，表格上是隔壁家户主帮她签的名，我们忘了给她按指印。她认为只有按了指印，表格上的分数才属于她的，以后扶贫项目和扶贫资金才真正属于她的。我连忙向她表示歉意。因为工作上的疏忽，害得她摸黑跑了这么远的路来按一个指印。10月25日—26日】

【这天中午，冰儿和老黄突然出现在老鹰屯。冰儿说隔壁县有丧家办丧事，吴海龙去主持道场了，三天后才回来，没人带路，只好过来跟我们会合，先登记识别我们这个片区，然后再转移到他们那个片区去。我说，吴海龙怎么能在工作期间离开岗位？老黄说，他有请假条。从裤袋里掏出一张小纸条——一张香烟锡纸，上面写道：应古零县里当乡龙琴村琴良屯屯长罗云的邀请，吴海龙于10月27日至29日前往该屯为罗承国老人举行超度仪式，并对罗家进行工作访问。吴海龙的请假，真够霸王或者霸道了。我将小纸条递给老跛，老跛甩扑克牌似的将纸条扔到地上，踩上一脚，骂了一句，扯卵淡！他以为他是国家领导人。冰儿还带来了上级关于精准识别贫困户的"八条规定"，凡是有下列情形之一者，在精准识别贫困户评议中采取一票否决：有两层以上人均面积50平米以上房子的；在闹市区、集镇、城市买有住房、商铺、地皮等房地产的；家庭成员经营公司或其他经济实体（如饭店、宾馆、超市、农家乐、工厂、药店、诊所等）的；现有价值在3万元以上的农用拖拉机、大型收割机、面包车、轿车、越野车、卡车、重型货车和船舶等之一的；家庭成员有1人以上在国家机关、事业单位工作且有正式编制（含离退休干部职工）的或1人以上（含1人）在国有企业和大型民营企业工作相对稳定的；全家外出务工三年以上、家中长期无人回来居住的；

家庭成员具有健康劳动能力和一定生产资料，又无正当理由不愿从事劳动的，且明显有吸毒、赌博、好吃懒做等不良习性导致生活困难的；为了成为贫困户，把户口迁入农村，但实际不在落户地生产生活的空挂户，或明显为争当贫困户而拆户、分户的。我问冰儿，这些规定第二片区的阿才、老章和第一片区的阿扬他们知道了没有？冰儿说，都知道了，"八条规定"是层层传达过来的。乡党政办首先传达到第一片区的阿扬，阿扬到第二片区传达给阿才，阿才到第三片区传达给冰儿，冰儿再传达到我们这里。在互联网时代的今天，这种传递信息的方式有些类似过去的烽火年代。

　　我很想知道冰儿是怎么过的天桥？没想到冰儿很轻松，没什么的，开始确实有些害怕，脚步总是迈不开。过了天桥中间后就自信了，健步如飞了。冰儿指着老黄，只是剧作家黄副调差点尿了裤子。老黄累得满头大汗的，几乎荒芜的头顶上一绺原本傲立的白发，服服帖帖地粘在皮肉上，毫无生气。老黄不服气道，我也没有严重到尿裤子的地步，我只不过有些提心吊胆，别忘了我还协助你在天桥上拍了不少的照片。老黄比我小不了几岁，老婆却很年轻，已经三婚了。都说成功艺人至少五婚以上，看来老黄距离成功只有两步之遥。二孩政策还没全面放开之前，老黄已经蠢蠢欲动，蓄势待发。这次将他招来参与调查评分工作，开始他吞吞吐吐的，说是有些自身原因不便下来。我就知道他在抢抓季节，忙着耕耘播种。下来后老黄有些郁郁寡欢，神情恍惚。冰儿显然已被天桥吸引住了，她当即对老跛进行了采访。她问老跛天桥什么时候架起来，老跛很平淡地说不知道，他只知道在他父母亲去世之前就有了这座天桥。老跛的脸多数时候像雕塑一样没有表情，这个表情让冰儿感到失望。在老鹰屯进行识别登记时，冰儿比我们多了一项询问内容：天桥什么时候架起来？问到的村民，有的回答民国时候就架了，有的说是上个世纪50年代架的，没有一个村民给冰儿提供确切的答案。问多了村民就说，工作队同志你说什么时候架就是什么时候架吧，以你说的为准。接着冰儿又问他们，天桥架到现在有人跌下桥过没有。问到的村民有的连说没有没有，有的一听扭头就走了。冰儿再登几户人家的家门，人们见到她就像遇到瘟神一样躲避。老跛责怪她道，你也真是的，怎么能问这个问题呢？难道你希望有人从天桥上面跌下去？我告诉你吧，天桥架到现在，不说一个人，就是一只羊一头牛都没跌下去过。冰儿说，我不相信，你肯定隐瞒事实。那么危险的一座天桥，你说从来没有人跌下去过，哪个相信？再说以前没人跌下去，你敢保证以后没有人跌下去吗？我想起那天经过天桥的情形，如果老跛不提醒我趴下，我完全有可能跌下深涧去。中午在一个农户家吃饭时，冰儿在手机上写了一篇文字《一座天桥连接山外的世界》。文字的最后一段冰儿这样写道：这座天桥年代久远，木头已经腐朽，厄运随时降临在红山村上达屯等9个自然屯群众的头上。

这天在老鹰屯的识别登记进展得比较快，得益于两个方面的优势。一方面是我们有了两组人马，阿夕还自告奋勇当向导；另一方面是老跛提前跟农户打了招呼，让户主在家等候我们。一天时间，我们把周边的26个农户全部登记评估完毕。通过一天的识别登记，我们对红山村的贫困户有了一个大致的概定，即贫困户主要集中在三类人家：一类是家里有人在读大学的"读书户"，另一类是家里有人久病卧床的"疾病户"，再一类就是好喝好赌、好玩好耍的"懒汉户"。冰儿和老黄登记到一个农户时，三个男人光着膀子在喝酒。他们从上午开始喝，一直喝到下午。火灶上正在酿一锅酒，那样子不把一锅酒喝完，他们是不会善罢甘休的。老黄还没开口询问，一个家伙已把他拉到了桌边，说你不坐下来那就出门去。老黄只好一面陪他们喝酒一面了解家里的情况，冰儿坐在一边评估打分。这三个男人是三兄弟，老大49岁，老二47岁，老三45岁。三兄弟都是光棍，一起挤在父辈留下来的两眼木瓦房。冰儿问他们，平时出去外面打工没有？老三说出去过，没得什么钱，偶尔去帮别人静坐示威拉横幅标语得两个钱，很危险干脆就不出去了。老大说，我是不会出去打工的，因为我吃惯了玉米，外面的大米，我吞不下。登记出来，老大笑嘻嘻地对老黄说，这位女同志如果留下来，我就有老婆了，全家也有经济来源了，你们就不用来扶贫了。这话说得很在理，冰儿却气得满脸通红。后来去了另一户，这户的户主是媳妇，媳妇是个"外来媳"。"外来媳"说，如果不给她家盖新房，她就跟老公离婚。这回轮到老黄生气了，老黄说，离婚我又不是没离过，我本人就离过两次婚的。

晚上，我们依旧回老跛的家。坐到桌边时发现又是两盘鸡肉，我对冬梅说，弟妹啊，再这样吃下去，会把你家吃成特困户的。冬梅爽朗一笑，不就是家里自个儿养的鸡吗？你们不来我们也一样吃的。自然是安慰我们的话，我知道农户家里自养的鸡鸭，只有逢年过节才杀了，平时是不轻易吃的，除非家里来了贵客或者有人生病。我想起一个故事来，说的是一名干部晚上到农户家去，主人正往灶台上架锅头，干部见状急忙阻止道，有什么吃什么，千万不要杀鸡。其实主人架锅头是要烧洗脚水，而不是要烧水杀鸡。听干部这么一说，主人只好把一只孵蛋的母鸡杀了。老跛把"壁虎"的那壶酒倒到一只搪瓷杯里，再斟到我们的小酒杯来，着重对老黄介绍说，这是正宗的蛤蚧酒，滋阴壮阳的。老黄一听，没等老跛发话就把酒干了，急得被呛个泪流满面，喝进去的蛤蚧酒来不及滋补又从鼻孔流出来了。冰儿递给他一张纸巾，你急什么呀！一口喝不出猛男来的。冬梅夹一只鸡腿给冰儿，冰儿说谢谢阿姨，鸡腿是给小孩吃的，又转夹给阿夕。阿夕却将鸡腿夹到我的碗里，说按村里风俗鸡腿是给长者吃的。老黄扔掉纸巾，一把抓过鸡腿去，既然这样我就当仁不让了。原来老黄比我还大，没想到一只鸡腿竟暴露出一个人的真实年龄来。冰儿还在逗老黄，你这个副调研员到底是个什么官儿？老黄说，副调嘛，在省里相当于副处长，在县里嘛，相当于副县长。冰儿歪着脑袋说，好像不是这样吧，副调研员是非领导职务，照我理解，应该相当于已经退位的副县长。

屋外，一轮明月挂在老鹰山上，整个峒场亮如白昼。我们坐在屋前的晒谷坪上聊天，沐浴在如水的月色中。其实坪并不是"坪"，是用竹子搭起来的"场"架子。村里家家户户屋前都有这样一个"场"，每年收获的玉米、黄豆等作物就在"场"上面晒干，然后归仓。根据安排，夜里冰儿留宿老跛家，我和老黄、国令分别安排到三户人家去。冰儿问阿夕，峒场里哪个地方有手机信号？阿夕说，老鹰山上有，我们都是去上面打电话回复短信的。冰儿问山上有路吗？阿夕说，有一条石径。阿夕提着一只手电筒走出门去，我和冰儿、国令跟在他后面。老黄听说山上有手机信号，急忙跟上我们。我叫阿夕把手电筒熄了，月光本来就很亮，手电筒光反而干扰了我们的视线。通向老鹰山顶的石径砌得很平整，也不陡，很适合爬山健身。刚到半山腰，老黄就嚷起来，有信号了，有信号了。在一块平台地我们坐了下来，山风徐徐吹过，一下子就把我们身上的汗水吸干了。冰儿通过微信和微博将她那篇文字连同十几张关于天桥的照片发出去，说了一句很熟悉的台词：电视新闻让人们知道世界上每天发生了什么，网络新闻让人们知道世界上每天还发生了什么。听冰儿这么一说，我不禁想起北京大学教授王曙光先生的一个观点。王曙光先生认为，我们不要把自己认为好的生活方式和生活状态想当然地带到扶贫中来。比如有些人觉得贫困地区通讯不发达，移动通讯不普遍，也不使用微信，所以这个地方很落后。这是一种非常荒谬的想法。你要注意，这个村子里面实际上不太需要移动通信来沟通，因为一个乡土社会的互相联络就靠面对面地交流，不是靠手机，也不靠微信，也不靠QQ，也不靠电子邮件。他们在这个乡土社会当中生活得很幸福，交流很充分，但是你偏偏要推广这个东西，这就是我们把自己认为好的生活方式想当然地嫁接或者移植到这些贫困人群中去，这个思路是不对的。我把手机一开，六条短信跳了出来。

各驻村第一书记，接县委组织部通知，市委已经成立"第一书记"驻村工作督查组，今天已经到各县开展检查指导工作，请各贫困村党组织第一书记要做好驻村工作。（乡党政办）

各驻村第一书记及工作队员，接"乡村办"通知，省督查组将于明天下来督查各村落实《关于开展乡村环境卫生大整治提升乡村建设水平的紧急通知》情况及第一书记、工作队员驻村情况。请大家：1.明天早上组织各村群众做好清洁乡村工作；2.目前还在乡府的工作队员今晚7点到四楼会议室开会。（乡党政办）

接县委组织部通知，为了营造良好的宣传氛围，请第一书记和工作队员收集以下材料，并于10月28日上午下班前发送到乡府邮箱：1.第一书记和工作队员开展精准脱贫工作照5—8张；2.第一书记和工作队员开展精准脱贫工作的典型材料、新闻报道1—2篇（篇幅不限）。（乡党政办）

接县委组织部通知，市委组织部、县委督查组将于

11月1日至18日对各乡镇精准脱贫识别工作进行督查。督查内容包括：贫困村党组织第一书记及挂钩联系单位参与精准脱贫情况，工作队员到位情况；乡村建设（扶贫）工作队到位工作情况。请各第一书记、驻村工作队员做好迎检准备。（乡党政办）

会议通知，明天（27日）上午10点在乡府四楼会议室召开全乡精准脱贫工作推进会，要求全体乡村干部（含妇女主任及团委书记）、精准脱贫识别全体工作队员参加。请大家相互转告并按时参加。（乡党政办）

会议改期通知，因明天上午10点在乡府四楼会议室召开的精准脱贫工作推进会与县里的会议冲突，故会议改期，具体时间另行通知。（乡党政办）

我把手机递给冰儿、国令看，他们也收到了同样的短信。看了这六条短信，我们意识了到一个严峻的问题。驻村以来，各种会议以及各项工作的调整、部署和检查，乡里是以微信和短信的形式通知我们的，一旦我们离开了红山村村部就进入了盲区，就"失联"了，无法及时接收上级的指令。这种状况若是战时我们必败无疑。毋庸讳言，眼下的脱贫攻坚就是一场战役，一场战斗接着一场战斗地展开，一个阵地接一阵地夺取。脱贫攻坚不是可以坐在指挥部指手画脚出来的，不是坐在办公室填写表格撰写总结出来的，得深入前沿阵地真刀真枪地干。不过话说回来，该拍摄的照片我们还得拍摄，该填写的表格我们还得填写，该报送的材料我们还得报送，该报道的新闻我们还得报道。我当场拨打阿扬的电话，阿扬说你们肯定在老鹰山上吧。我问你怎么知道，阿扬说只有老鹰山上才有信号。阿扬问道，毛一你还好吧？我说还行，只是进山来时衣服带少了得当晚洗涤，不然第二天没得穿。

我问阿扬识别登记进度如何，阿扬说正常推进，阿才和老章已过来跟他会合，胡宗强和黄春龙家里有事请假了，没人带路。不过没关系，登记打分完第一片区后，他会亲自带路到第二片区。阿扬说乡党政办的短信他已收到，迎检工作和报送材料他会做好，请我们放心，如有紧急会议他就去参加。阿扬提醒我们多用手机拍摄工作场面，然后再转发给他。我说阿扬你多辛苦了，有你在村部我一百个放心。阿扬说，毛一客气了。我又分别跟阿才和老章通了电话。和阿扬一样，阿才也是我喜欢的一名青年干部，活泼、开朗，对干事创业充满激情。老章的女儿12月份要参加艺术院校专业科目考试，他下村来时有些放心不下。不过老章在电话里却很爽快，他说，群主，你放心好了，我绝不会当逃兵。

手机跳出一条未读短信，单位小康发来的：主席，市"板栗产业办"反馈情况，督查组发现我们单位在原联系点种植的板栗成活率很低，要通报批评，年终绩效考评还要扣分。我给小康回复：知道了。单位在原联系点种植板栗是老黄驻村时具体负责的，老黄驻村时曾对群众做过这样的宣传：种板栗好啊，板栗树全身都是宝，板栗果能补脑、疏通血管，预防老年痴呆、偏瘫；板栗木出口到中东去，专门给酋长们打制手枪枪柄，酋长豪车的方向盘乃至皇家邮轮游艇就是用板栗木做的。显然老黄的宣传鼓动并没有打动群众的心，导致板栗种植成活率低。看来老黄只注重树人，不注重树木，尤其是嘴上说的是一套，做的是另一套。人啊！没有一点公心是不行的，忘了初心更是要不得。我把小康的短信转发给近在咫尺的老黄，让他自己掂量这件事情对单位所产生的后果。

手机又跳出一条未读短信，是爱人发来的，老公，还好吧？老爸精神状态不错，你多保重！我心头一热，问候的短信应该是

驻村笔记

045

我发给爱人才对。驻村前几天，保姆回乡下，我们只好把父亲送进养老院。爱人是市医院的院长，每天有忙不完的事，下班回来还要熬汤送到养老院去喂老父亲，这些日子肯定辛苦到了极致。我对着模糊的手机屏幕回复，老婆，你辛苦了！我在村里一切都好，请放心。

冰儿给我看她刚收到的一条微信，是她的一位闺蜜发来的，这位闺蜜在一个贫困村当第一书记。微信写道：我想把我埋进土里，明年春天长出好多个我，一个驻村，一个迎检，一个入户，一个填表，一个扫马路，一个写日记，一个搞材料，还有一个陪女儿……我没想到冰儿闺蜜的这条微信，后来竟成为好多第一书记和驻村工作队员共同的"心声"。

国令的手机传出悠扬的歌声，很熟悉的旋律，歌词却是经过了再创作，原来是汕头大学生翻唱的《大学问》：知道什么叫天高地厚，内心的天空也要懂得探究；知道什么是海市蜃楼，人海的感受也要去进修。知识跟世界细水长流，智慧用思考照明宇宙，我们懂得学问没尽头，学会怎么做事再学做人的操守……老黄在不远处猛地一掌拍在大腿上，然后就嘿嘿地笑起来。我们以为他跟我们一样听到优美动听的旋律而激动，其实不是。看他独自乐儿的样子，显然收到了播种收获的喜报。他一手对着手机说话，另一只手摩挲着大腿，仿佛在摩挲一只微微隆起的肚皮。那是幸福的时光，甜蜜的时光。显然我转发的短信，他根本就不屑一顾。受了老黄的感染，有一阵子，大伙仰望星空沉默着。夜空分外晴朗，每一颗星星静悄悄地闪烁着我们的心事。国令肯定在想他的新婚妻子，他结婚才两个月就下来了。我呢，在想老父亲是否适应养老院的生活，在养老院里吃得习惯吗？睡得舒适吗？母亲去世后，父亲一下子失去目标，明显变迟钝了。冰儿在想什么呢？我猜不出来。冰儿的性格像她的笔名微信名一样，有点冰

冷冰冷的。我曾问过冰儿，你取这个笔名，是不是与你写的文种有关？冰儿说，一点关系都没有。10月28日】

【这天我们终于完成第三片区和第四片区贫困户的登记评分工作，通过天桥前往第一片区与阿扬、阿才、老章他们会合。或许有了第一次历险，这一次我通过天桥显得很从容淡定。我拒绝了国令的搀扶或者保护，迈着轻松的步履通过了天桥。率先通过天桥的冰儿，用手机不停地拍照，说那天没拍到天桥上的行人，有些遗憾。我心里想，要是那天你拍到我匍匐在天桥上，那画面绝对有冲击力。想是这样想，如果那天冰儿真的在场，我不知道会狼狈到什么地步。刚到村部的坳口，就见两辆越野车疾驰而下停到办公楼前。车上下来7个人，清一色地穿着迷彩服。

国令问道，该不是督查组来了吧？

老跛说，看样子不像是督查组，他们应该是来处置突发事件的。

突发事件，何以见得？我问老跛。

老跛说，通常情况下，县乡干部出动抢险救灾或者处置突发事件时，往往身穿迷彩服。走在后面的老黄接过话道，据说县乡干部中流行这样一句话，摆平就是水平，搞定就是稳定，无事就是本事，妥协就是和谐。老黄接着讲了一个关于"两死一伤"的故事，说是农村两邻居关系不和，时而为一些小事争执和吵架。其中一家村民养了三只鸡，而隔壁家养了一条狗。有一天，这狗突然袭击了三只鸡，咬死两只，重伤一只。鸡的主人认为这三只鸡是种鸡，要求赔偿3000元。乡干部介入调停，认为300元就可以解决争议，调停无果而终。鸡的主人上访到上级政府，不仅投诉邻居还同时状告乡政府。上访者一路上访到北京，乡政府因此被上级严厉批评，要求到北京领回上访者，一切费用由乡政府承担。乡政府最终替狗的主人赔偿鸡的主人3000元。然而故事并没有结束，狗的主人认为乡政府的处理有不妥之处，也加入了上访行列。老跛说，我们红山村虽然偏僻贫困一些，但从未发生过黄副调所讲的"两死一伤"的事件，全村迄今没有一个上访户。

这7个人果然是来处理突发事件的，其中一位是县委办主任，姓蒋，长着两道浓眉。一位是宣传部副部长，姓赵，明眸皓齿。一位是交通局局长，姓蓝，额头上的皱纹一路延伸至荒芜的头顶，像盘山公路蜿蜒至云层深处。还有两位分别是乡书记杏福和乡长黎明，两位同志我在乡府见过。蒋主任与我握手时，我感觉他的手心是冰凉的。热天手心冰凉的人有两种可能，一种是肾虚，另一种是长期窝在空调房里足不出户。令我们意想不到的是，所谓突发事件竟然是我们工作队造成的，严格来说是冰儿造成的。冰儿通过微信和微博将《一座天桥连接山外的世界》发布出去后，第二天就引来一帮记者跑到天桥那里，对天桥进行拍摄和拍照，据说还使用了航拍器。记者们来拍照拍摄天桥那天，我们就在隔壁屯老鹰屯登记评分，可我们一无所知。记者们回去后，电台电视台就把天桥播出去了，各大报纸也登载出来了，凤凰网、新浪网、腾讯网和搜狐网等几大网站也有相关报道，引起各级领导和有关部门的高度重视，市委常委、宣传部长、副市长韦庆龙同志做了批示——关于这些，我们都是后来才知道。蒋主任说话时，两道浓眉高高扬起，似乎要把他的指示提到一个新高度，这回啊，全国人民都知道了，全世界人民都知道了，我们红山村出名了。蒋主任的两道浓眉降下来，锁到一起，不过这名声可不是什么好名声，而是坏名声，所以说我们红山村这回是出丑了，出大丑了。蒋主任像患了感冒，瓮声瓮气地，他说建党94

年了，新中国成立66年了，改革开放37年了，红山村居然还有这样一座令世人震惊的天桥，我们怎么交待？怎么解释？我们惭愧不惭愧丢脸不丢脸啊？蒋主任的手指咚咚咚地敲在桌子上，他手指纤细白嫩，仿佛少女的手。蒋主任强调，这不仅仅是脸面问题，更是影响到我们夺取脱贫攻坚胜利的底气问题。他的食指指到了会议室墙上的地图——国令绘制的"红山村精准脱贫攻坚作战图"。作战图上标明红山村四个片区的每个自然屯，每个自然屯都插着一面小红旗。制作作战图时，阿才建议标上"红山村脱贫攻坚战首长决心图"，说战争年代作战图都是这样写的。冰儿笑他，我们算什么首长，我们只是一个小分队，连兄弟排都够不上。冰儿对每个自然屯都插上小红旗有异议，她说通常是占领了阵地才插上红旗，可我们现在还没有取得最后胜利。老跛解释说，这是上面统一规定的模式，每个贫困村作战图都是一样的，除了村名屯名以外。蒋主任跷起二郎腿，他将食指指向老跛，关于这座天桥，你们向上级汇报过没有？老跛说，我担任村两委领导到现在，每一次报送材料，每一次开会发言，我都提到天桥。老跛不是那种被上级领导呵斥两句就腿软的人，尽管他还跛了一条腿。

蒋主任的食指指向杏福，你呢杏福？你知道这座天桥吗？

杏福小声道，听说过。

蒋主任的食指再指向黎明，黎明，你可是本地人。

黎明承认他当副乡长时去过老跛的家，但他没走天桥，而是沿着悬崖边的小路下到峒场底部，再爬上对面那座山去到老鹰屯。黎明没有解释他那次没走天桥的原因，他是不是和我一样有恐高症，他没说，但他算出了经过天桥与没经过天桥的时间比。他说沿着悬崖边的小路下到峒场底部，再爬上对面那座山到老鹰屯需要2小时25分钟，而经过天桥到达老鹰屯只需要20分钟。

后面这个时间是群众提供给他的。蒋主任的手指再次咚咚咚地敲击桌子，你们这是典型的官僚主义，严重地脱离群众、脱离实际，你们这书记乡长是怎么当的？啊！蒋主任从裤兜摸出一包烟，扯出一支正要点上，见到阿扬在录像，就呵斥他道，别拍了！拍那么多干吗，你没见我今天来一个记者都没带吗？蒋主任今天下来确实没带记者。按照他的身份或者级别，他一旦单独下乡（平常下乡主要是陪同县委邵仕书记）县电视台是要安排记者随行的。他今天不带记者，肯定是不想报道这件事或者不能报道这件事。他此时不让阿扬拍摄，却另有原因，他抽烟时不允许别人拍照和拍摄。

　　冰儿埋头坐在会议室的一角，她正在翻阅微博，关于天桥的那条消息点击量已突破80万。冰儿此时还不甚明白蒋主任一行下到村里来的目的，或者说她还不明白发生了什么事情。当然，我也不甚明白。我更不明白的是，他们不是为天桥而来吗？为什么不到现场去看看，去看看天桥，像我们一样体验天桥。蒋主任嘴里吐出一口浓烟，掐掉烟头，睨视墙壁突兀问道，你们当中有一个叫冷暖的同志是吧？冰儿站了起来，我就是。蒋主任说，我知道有姓令，没听说有姓冷的。冰儿说，我就是姓冷的。蒋主任问，你的笔名是叫冰儿吗？冰儿没有直接回答，而是反问道，你知道列宁同志的名字叫什么吗？这是我驻村后第二次听到有人提到革命导师列宁同志。第一次是在"老党"家里，他引用了列宁的一句话：堡垒最容易从内部攻破。关于列宁同志的这句话我曾专门查阅过，它出自《列宁全集》第43卷第176页，出自列宁同志庆祝《真理报》创刊10周年的讲话（载于1922年5月5日《真理报》第98号）。列宁同志的原话，是这样说的：合法的布尔什维克日报《真理报》创刊10周年，使我们清楚地看到最伟大的世界革命的突飞猛进的里程碑之一。在1906年—1907年，沙皇政府似乎已经彻底粉碎了革命。没过几年，布尔什维克党以另一种不同的方式打进敌人的堡垒，开始每天都"合法地"进行从内部炸毁万恶的沙皇地主专职制度的工作。又没过几年，布尔什维克组织的无产阶级革命就胜利了……但是，列宁同志的名字或者全名我确实记不得。不过，我记住列宁同志一句名言：青年人犯错误，上帝都会原谅。是啊！青年人最大的优势是可以失败，失败了可以从头再来；可以摔倒，摔倒了站起来再走。像我这样的人就不行了，骨质疏松了，缺钙了，一旦摔倒骨头就会断了的。

蒋主任说，你这不是废话吗？列宁就是列宁嘛。冰儿说，错了！列宁同志的名字叫弗拉基米尔·伊里奇·乌里扬诺夫。列宁是他的笔名，就像冰儿是我的笔名和微信名一样，明白吗？蒋主任讪笑道，感谢你冷大记者，你让我的家乡出了大名，上了头条。这年头上头条不容易啊！河城县有个在京城当记者的亲人曾说过，我的家乡要是上了报纸上了电视，不是天灾就是人祸。冰儿绷着脸，紧盯蒋主任道，你这是什么意思？请你把话说明白。一直没有说话的了，带着卷舌音，后来我们知道他还有另外一个身份——县里新闻发言人。赵副部长打方向盘似的打着手势，把握或者控制着话题的走向，依照新闻发布的原则，所有的消息报道须经我们审核把关……冰儿打断他道，对本地新闻媒体对境外媒体你们有责任审核把关，而且必须守土负责，守土尽责，但是，对上级媒体你们没有这个权力，请问你们有权力对《人民日报》对中央电视台的新闻报道进行审核把关吗？笑话！赵副部长一时语塞，说不出话来，他艰难地咽了一口唾沫。冰儿进一步说，关于天桥，我还要认真地写它一篇内参。这句话一出来，现场气氛骤然紧张，连我自己擦汗时都感觉到竖立的汗毛刺痛了我的脸。我觉得应该到我说话了，并且有责任缓和当前的气氛。我说冰儿，内参写不写，应该怎么写？我们暂不考虑，我们先听一听蒋主任对天桥的指示。我和蒋主任彼此望了一眼，蒋主任扭头对蓝局长说，蓝桓同志，你讲一讲吧。

蓝桓没有做出指示，而是对老跛进行提问，天桥何年架起、全村有多少群众出行必须通过天桥，迄今为止发生过村民跌下天桥事故没有？老跛一一地做了回答。蒋主任插话道，群众干吗非得走这座天桥呢？沿着山崖的小路下去，再经过峒场下面上来不就没有危险吗？老黄替老跛解释，你这是走弯路，人民群众是不走弯路的。蒋主任扭头问他，你是哪个单位的？老黄回答，我是市文联的。蒋主任又问他，文联属哪个部门？老黄说你连文联属哪个部门都不知道，说明你没多少文化。蒋主任瞪了他一眼，你怎么这样讲话呢？老黄腾地站了起来，我就是这样讲话的。老黄自从看了老婆发来的短信后，打了鸡血似的特别精神，工作也特别卖力，而且特别关心群众的生产生活。蒋主任问蓝桓，你还有什么话要说？蓝桓说没有了。蒋主任说，那我就说一句，只说一句，马上拆除天桥，不能让群众再从天桥上通过，以免发生群众坠桥事件。不能让人们再去拍摄天桥，把那里变成了观光景点。蒋主任指着老跛，韦鸣炮同志，拆除天桥，你具体组织实施。老跛一愣，天桥怎么能拆呢？群众每天出行都要经过天桥，拆了天桥，不是断了群众的路吗？蒋主任说，这我不管，我只懂得落实主要领导的指示精神。老跛妥协了，问能不能等到修通公路了再拆。蒋主任斩钉截铁，不行！马上就拆，一天也不能耽搁。蒋主任指着我说，志平同志，拆除天桥，你来督办。

老章从楼上下来招呼吃饭，蒋主任说他们要赶回去汇报就走了。老黄望着远去的车子说，不吃就不吃，摆什么臭架子，大伙不都一样嘛。老黄说得没错，蒋主任是副处级，他也是副处级，他们都是一样的级别。老黄嘟哝道，连"危机公关"都不懂，还当领导呢！冰儿问他道，那你说说什么叫"危机公关"？老黄说，定义我背不出来，大概意思就是负面新闻出来后，马上接着正面报道。充当临时厨师的老章焖了一碟腊羊肉和一碟腊猪肉，这本来是招待蒋主任他们的，但现在只能我们来"享受"了。这里的人不说"享受"，而是说"亨受"。吃饭时，老跛闷声不响，始终埋头吃饭。我自己同样感受到不小的压力。这天桥不是说拆就能拆的，蒋主任拍胸口拍得容易，但具体执行起来很难，因为群众不会同意拆除天桥。在农村干一件事情，如果群众反对，那就绝对干不了或者绝对不能干。敢跟蒋主任顶牛的老黄，态度却来了个180度的转弯。他说，这天桥绝对要拆除，有两个方面因素，一方面是上头下了命令，必须执行；另一方面是既然上头下了拆桥命令，我们如果不执行，今后发生群众坠桥事件，就是我们的责任了。冰儿建议不要拆除天桥，现在不拆除，将来公路修通了也不拆除，而且作为一个时代的产物保存下来。考虑到群众的安全问题，可以把天桥两头封堵起来，不给通行就是了。冰儿的建议不错，只是她没有彻底弄明白蒋主任要拆除天桥的真正原因，那就是不能再让天桥"丢人现眼"了。

　　饭后，老黄、老章、阿扬、阿才和国令留在村部，对第一片区的登记打分工作进行扫尾。我和老跛、冰儿返回上达屯，组织召开第二、第三、第四片区群众代表会议，征求和听取群众对拆除天桥的意见。在天桥边上，老跛详细介绍天桥的木头。老跛说天桥木头是浸泡过桐油的金丝李木，坚实且坚韧，比钢还要硬，比铁还要韧，并不是冰儿在文字里所说的即将腐朽。老跛说冷大记者，为了生动反映我们的贫困现状，你可以夸张可以渲染可以形而上，但事实毕竟是事实。冰儿没有反应，似乎没有听见，只顾忙着拍照，似乎再不拍照，明天就见不到天桥了。过了天桥，老跛把我们带到不远处的一块奇石前。老跛说，这是一块神石，是全村群众永远的保护神，任何一个通过天桥的人都不会有风险。

　　天黑下来，群众代表陆续来到开会地点——"老党"的家。"老党"说以前他多数时间就是这样在家里办公的，很多重大事项就是在这样的夜晚拍板。会议即将开始时，伍老来到。伍老的家在第四片区的凤凰屯，识别登记时我在一座木屋的屋檐下见过他，正要打招呼，他却躲进了屋里，这才想起老跛跟在我身后以及反映老跛他们的那封信。伍老他不属于登记打分对象，所以就没有登门。但是今晚的会议，伍老却来了。跟伍老一起来的还有"孝男"和诗人阿谋，他们是我驻村后最早认识而且印象深刻的三个人。很正常，会议一开始，反对拆桥的声音此伏彼起。有人问，这是哪个癫仔出的馊主意？这个癫仔是不是脑子进水了？拆了天桥，我们怎么出行？政府买翅膀给我们插上飞过去啊。

　　冰儿轻声问我，癫仔是什么意思？我说癫仔是方言，就是疯子。冰儿抖笑，我真佩服你们的方言了，你们这里有很多的"仔"，什么女仔、男仔、妹仔、靓仔、友仔、马仔、卵仔、粉仔、烂仔、痴仔、哀仔、兵仔、歌仔。此外，还有鱼仔、猪仔、牛仔、狗仔。我说，前面部分是人，此外那些是动物，有区别。

　　"老党"也反对拆除天桥。他说天桥拆除了，公路项目没批下来，群众出行怎么办？"老党"说，拆桥容易架桥难，我直到今天都弄不明白，祖先们是怎样把十几根木头架到对面悬崖上去的，那时候没有吊机，没有起重机，难道是神仙帮助了他们！"老党"继续说，我在位的时候，就想修公路、拆除天桥了，写过的报告起码有20份以上，提过的议案也有十几份。二片、三片、四片的公路早就走线好了，现在木桩都还钉在那里，木桩上的红布条还在呢。可是每次县里都这样给我回复：红山村山高峒深，自然屯分布广，群众居住分散，公路施工线路长，地形复杂、投入资金巨大，项目无法实施。大伙需要警醒的是，今天县里领导下来，目的是拆除天桥，而不是要修公路。拆了天桥领导万事大吉，后面受苦受累的是人民群众。"孝男"在一旁附和道，说得对，我们不是不相信政府，而是不相信政府里那些不作为的人。老跛好不容易说上一句，天桥不拆，封起来行不行？这话立即遭到众人讥讽，封桥和拆桥有什么区别？有人当即做了一个计划生育的比喻，结扎和"皮埋"（皮下埋植）有什么不同？都是不给生嘛。老跛的内心是矛盾的，他不是安于现状的人，他想修路却不想拆除天桥。他认为修路和拆桥是两码事，井水为什么要犯河水？井水跟河水为什么不可以相安无事？但是，作为村委的负责人，他不能不执行上级的指示，因而封桥是他的一个折衷的办法。老跛这个观点和冰儿基本一致，只是冰儿的观点多了一种文化内涵。

伍老的观点与所有群众代表的观点完全相反，他坚决拥护拆桥的决策，他说拆桥拆得对，拆得及时，拆得英明，拆得正确。伍老形象地说，拆除天桥就是我们红山村发生翻天覆地变化的一个转折点，一个新的起点，甚至是一个里程碑。为什么这样说呢？因为天桥拆除了，政府部门没有退路了，他们必须拨款给我们修公路了。我们群众也没有退路了，我们得撸起袖子加入到修路的热潮中去，结合当前精准扶贫工作，把公路修到各自的家门口来。到那时候，我们还提心吊胆过天桥吗？还要靠两条腿走到村部去吗？不用了。那时候家家都有摩托车有小轿车了，车轮子代替了一切。你们看看隔壁县的隔壁村，人家水泥路都修到屯里来了，我们还守着一座天桥死死不放，这样的日子能有什么奔头？一番慷慨激昂的言辞，说得全场鸦雀无声。老干部毕竟是老干部，他们具有超强的感召力和凝聚力。伍老随后直接布置修路的前期工作，他说，我们也不能就这样等着，大伙回去马上发动群众，做好农户的思想工作，该征地的要征地，该砍伐的要砍伐，还要通知在外面打工的青壮年人回来修路。这些杂七杂八的事儿也都不是迎刃而解的，要费一些工夫的……

和那天随同群众来村部上访一样，阿谋始终没说一句话。其实我很想听听他的意见或建议，诗人总有他们的特质和与众不同的看法。可阿谋一句话也没说，他的舌头好似被人租赁了。不说话你来开什么会呢？我想起一位曾经是博士后来出家名叫马修·理查德的僧侣这样说过：很多哲学家、思想家、艺术家、诗人和科学家，他们虽然在各自领域中都是天才，但这些知识和才华并不能让他们成为好的人。一位伟大的诗人可能是一个混蛋，一位科学家可能对自己不满，一位艺术家可能自恋和骄傲……阿谋悄然来到我旁边，毛一，是你要拆天桥吗？我没点头也没摇头。阿谋说，拆了好，拆桥就是创新，没有创新就没有活力。在西方，最好的称赞就是声称一件事是个新的想法，就连艺术和文学必须创新才能生存。我心里面说，这样的话刚才你为什么不讲？为什么只对我一个人讲？临散会时，我吩咐冰儿去附近农户买来土鸡和黄豆，散会后我们几个人在"老党"家宵夜。这不是吃喝问题，而是最后统一思想的问题。红山村两位德高望重的老人，对拆除天桥意见不统一。"老党"反对拆桥，伍老主张拆桥，宵夜的目的是进一步沟通，达成一致意见。"老党"虽然退下来了，但他的影响力还在，就像伍老说的那样，点头没有用了，摇头还是有用的。伍老虽然没在村委干过，但在市组部干审科干过，村里人都很敬重他。"老党"与伍老岁数相当，伍老当干审科长时，"老党"有一次转干机会，有人建议他去找一下伍老，结果"老党"没去找。没找就没找呗，却说了一句，我要是去找了他，这个干部就是他给的，不去。这话传到伍老耳边，伍老说，他要是来了我就直接给他下审查结论：此人动机不纯，不可录用。阿谋要走，因为"老党"没留他，我自作主张留他下来，同时叫老跛的独仔阿夕也留下来。宵夜时，我担心"老党"跟伍老顶撞起来，两人一旦发生冲突，这事就不好处理了。没想到起初反对拆桥的"老党"，竟然赞同了伍老的观点。他和伍老干了一杯酒后表态，收回他会上的意见，赞同伍老的意见，拆除天桥。"老党"破天荒一手搭在伍老的肩上，这天桥如果不拆，我们第二、三、四片区真的没什么指望了。"老党"的态度为何来了180度的转变，我们不得而知。阿谋终于说话了，他说，法国有个叫纪德的作家在《人间食粮》里有一句话：关键是你的目光，而不是你目睹的事物。我认为伍老的目光是正确而深远的，他看到的不是一座桥，而是我们红山村的未来。当天夜里，老跛、阿谋以及老跛的独仔阿夕，来到天桥边上，用钢钎撬开了枕着桥木的石头，悬空了的天桥落下绝壁深涧。虽然隔着一座山，黑暗里我还是听到了轰隆一声巨响。后来事实证明，拆除天桥后，不是政府部门没有了退路，也不是红山村第二、三、四片区的群众没有了退路，而是我这个驻村第一书记没有了退路。我奉命督办拆除天桥后，自己把自己逼到一处悬崖边上，前面就是绝壁深涧。11月8日】

【老黄和老章问我，他们是否可以回单位了？我把乡党政办的短信给他们看：各驻村第一书记、精准识别工作队员，根据上级统一部署，《精准识别入户评估表》信息录入系统工作已经开始，截止时间为11月底。信息录入工作任务时间紧，工作量大，请各小分队务必高度重视，合理安排时间，保证在规定的时间内按时按量完成信息录入工作任务。县精准扶贫攻坚指挥部要求，各小分队要按"五加二""白加黑"的工作法开展工作，边评议，边录入，确保两不误。短信内容显然比我的话语更有说服力，老黄和老章见了就不再吭声。老黄和老章是见到阿扬和阿才回了乡府，才想打退堂鼓的。干部就是这样，一起工作时突然看见有人回家或者有家属来了心理就失衡。我进一步告诉他们，精准识别贫困户工作尚未结束，阿扬和阿才只是回去录入贫困户信息，由于村里没有电脑，也没有录入系统，只能统一到乡府去完成。我们接着还要深入各村民小组，重新回到第一线去，以村民小组为单位，召集村民小组长、村民代表、党员代表会议，对每个贫困户的评分情况进行评议。也就是说我们前段时间打的分数还不算数，还得让村民小组长、村民代表、党员代表来打分。评议工作量之大，绝不亚于前段时间的识别登记，不但不能让你们回去，我还想把家里的潘副主席、文秘书长和小康以及10个协会的主席都招下来支援我们。目前正是最需要干部的时候，关键时刻希望你们不要掉了链子。老黄和老章听罢，表示完全服从。干部当到老了往往就懈怠就迷糊，就需要旁边有人提醒，就像某体育教练对运动员断喝一声，你醒醒！这里是奥运会。

评议工作布置会进行到半的时候，已经"失联"了一段时间的吴海龙、胡宗强和黄春龙来到村部，他们相约好了似的同时来到。要是今天再见不到他们，我可能都记不起他们了，仿若红山村压根儿就没有这三位村干部。我本来心里有些话要对他们说，可是没有说话的时间。眼下时间对我们来说实在是太宝贵了，我们恨不得一天当作两天用，一小时当两小时用。你想想看啊，全村四个片区29个村民小组700户（包括一票否决户）的评议工作，就靠我们几位同志负责组织，工作量之大可想而知。县精准扶贫攻坚指挥部要求各小分队按"五加二""白加黑"的工作法开展工作，不是随便强调的，是实实在在的形势所迫。进到会议室来，三个人抢着跟我握手，吴海龙说，毛一你辛苦了，你脸色灰暗，比刚来的时候瘦多了。吴海龙解释他迟到的原因，说拆除天桥后他多走了两个小时的路程。我当即问他，你家在第三片，老跛家在第四片，比你还远，他怎么提前来了？还有，胡宗强你家在第二片，黄春龙你家就在村部附近这里，你们两个怎么也迟到了？三人当即哑口无言。重新分组时，老黄和老章要求在第一片区这里，理由是在农户家里睡不着，在第一片区可以睡村部宿舍。睡觉是一个问题，在农户家方便更是一个问题。老黄有严重的便秘，在农家如厕对他来说不是要紧，而是要命。农户家多数没有专门的厕所，外人蹲坑两手都要忙，要一手赶狗一手赶蚊子。我完全同意老黄的要求，我说我和冰儿、国令继续到第三、第四片区去，但我提醒老黄和老章，这几天县督查组正在本乡督查脱贫攻坚工作，明后天有可能到我们红山村来。督查内容涉及到精准脱贫基本知识，即贫困村的"一低四有四通"和贫困户的"八有一超"脱贫摘帽标准，你们要背好，背得滚瓜烂熟，不要一问三不知，乡党政办已特别通知提醒了。怕两人不相信，我又把短信给他们看了。两人一看要接受督查组的"考试"，立即要求分到第三、第四片区去。冰儿一听就笑了，不过她说，这样也好，我们几个组交叉评议，可能会发现登记打分时各种遗漏或农户隐瞒的问题，可以纠正过来。

冰儿的分析或判断是正确的，评议工作一开始，各种现象就呈现出来了。有些农户登记打分时，本来没有什么意见，评议时见到自家分数高，别家分数低，就互相检举揭发了。有两个兄弟，老二看见老大分数比自己少了不少，就揭发老大偷偷将电视机转移了，不然他的分数不会这么低。评议代表还指出，有几户人家在河城买了新房，而我们当初登记打分时看到的是他们破败的旧房子，他们家真正的房子是河城的新房。第二片区一个村民小组有20多户人家，全是罗姓，是第二片区最大的家族。有个女户主的丈夫几年前挖矿出事故死了，这女子没文化却有几分胆识，她得知老公死讯后当即找到村干部胡宗强，让胡宗强找四辆面包车，每辆车给15000元包车费，每辆车拉八个人，浩浩荡荡地到矿上闹了三天三夜，后来得到上百万赔偿款。不想此女得到赔偿后立马带着孩子改嫁他人，拿着赔偿款去河城投资做生意，后投资亏本又回到屯里来。按照评分标准该户得的分数很低，与会的村民小组长、村民代表、党员代表却异口同声指证她属于外出经商，有很高收入，属于一票否决户，其实他们是恨她不守妇道、不尽孝道。评议到半时，早有预感的妇人抱着孩子冲进会场大哭大闹，当即从裤袋里拿出一瓶农药来，叫嚷不给她贫困户就当场死给我们看。冰儿吓得脸色大变，国令眼疾手快一把将那瓶药水抢了过来。最后，我们三位工作队员耐心做了群众代表的思想工作，维持她家识别登记时的分数，但能不能成为贫困户要等到上级确定的分数线出来了才能知道。不过我还是担心，万一贫困户分数线公布出来时，她没能"录取"为贫困户怎么办？这年头敢喝农药的人可不少。

覃剑校长派人来报信，上面有人来。我和冰儿赶回到村部，见一辆轿车停在村部门前，三个男子枯坐在那里抽烟。一问果然是乡党政办短信告知的县督查组来了。乡党政办的短信不只是通知、提示，有时候还是情报，比如督查的内容、地点，他们往往会提前告知。组长是县教育局一位退休了的局长，姓严。督查组的同志首先督查我们的寝室，严组长逐一摸了我们的毛巾，问道，你们这支小分队不是五个人吗，怎么有两张毛巾是干的？我说，两位同志到乡府录入农户信息了。严组长问，为什么不在村里录入？我说，这是上面统一要求的。严组长说，这事我怎么不知道？旁边一位督查员解释道，是县里统一布置的。严组长这才哦了一声。督查组在冰儿的宿舍我们的厨房逗留了几分钟时间，房间里弥漫着烟火味，还夹着淡淡的胭脂味。据我所知，目前全乡只有我们第七小分队的同志住在村里，其他的都住在乡府的招待所。严组长坐到冰儿的床上，拿起她放在枕边的《精准识别贫困户贫困村100问和进村入户"三讲"提纲宣传手册》，随手翻了一下。下到一楼会议室，严组长开始对我进行提问，请你说出贫困户的"八有一超"和贫困村的"一低四有四通三解决"具体是什么。这个难不倒我，我在提醒老黄和老章时，自己也做了准备。我很流畅地回答道，贫困户"八有"即有稳固住房，有饮用水，有电用，有路通自然村，有义务教育保障，有医疗保障，有电视看，有收入来源或最低生活保障；"一超"即家庭人均纯收入超过国家扶贫标准。贫困村的"一低四有四通三解决"，"一低"即贫困村贫困发生率低于5%，"四有"即有合作组织，有特色优势产业，有村公共服务设施，有好的领导班子；"四通"即通硬化路，通电，通广播电视，通网络宽带……回答到这里我卡壳了，当初我们培训时上级领导只提到"一低四有四通"，而严组长的提问增加了"三解决"。具体是什么"三解决"，我确实不知道，但我凭着当年考试的经验，这道题目我是不会留空白的，于是我答道，"三解决"就是彻底解决偏远山区贫困群众的"行路难、饮水难、用电难"问题。严组长却说，"三解决"不是你所说的解决"三难"问题。冰儿当即问道，那你说说到底解决什么？严组长说不出来。冰儿说，你都说不出来还来督查我们，真是的。组长怒视她道，你怎么这样跟我说话呢？一位督查员替组长说出来，"三解决"是解决饮水问题，解决贫困户无房或危房问题，解决贫困户新型农村合作医疗参保问题。我心里面说，那我也回答对了其中一项嘛。不过目前在我们红山村，迫切需要解决的是偏远山区群众的行路难问题。我不禁想起那座天桥，想起这些日子来三个片区的群众进山、出山的情景。

严组长给我们指出四个方面的问题：一是村精准扶贫攻坚指挥部无人值班。严组长说指挥部没人值班不行的，万一上级领导突然来检查怎么办，比如我们今天来督查，你们没一个人在家。二是全村精准扶贫攻坚实施方案还没制定出来，到目前为止还没召开精准扶贫攻坚动员大会，扶持谁、谁来扶、怎么扶还没搞清楚。三是从乡府到村部沿线没有设立精准扶贫攻坚标语牌，村部也没有悬挂横幅标语，给人一种冷冷清清、死气沉沉的感觉，没有轰轰烈烈、气吞山河的扶贫攻坚氛围。四是精准扶贫攻坚指挥部成员名单没有公布上墙，没有专用的精准扶贫攻坚资料档案盒、档案柜以及有专用的电话机……对于督查组指出的问题，我表态照单全收，表示结合实际及时整改和完善。督查组车子刚爬上山坳口，冰儿愤然道，过分，实在是过分，我们现在才开始入户调查、打分评估，底子都还搞不清楚，实施方案怎么制定？动员会怎么开？再说我们的一切工作都是按照上级的部署一个环节接一个环节地开展，我们能超前能另辟蹊径吗？我就是想不通，难道轰轰烈烈气吞山河的氛围是靠口号牌和横幅标语体现出来的？如果那样我们只需要设立口号牌悬挂横幅标语就行了，什么都不用干了……我轻轻地拍了冰儿的肩膀，给你说个苗族谚语：吃了妹妹的砂锅饭，就得为她摇摇篮。冰儿说我不明白你的意思。我说你慢慢琢磨吧。转过身来，忽见覃剑校长站在身后，就问他是不是请我们去吃饭？我对他说，以后你再不收我们的伙食费，我们就不去学校食堂吃饭了（附带说明一下，报到那天我们在学校聚餐后，次日我让国令送去餐费，覃剑校长坚决不收，我只好亲自送去强制他收下）。覃剑校长说，我已经两天吃不下饭了。我急忙问他，怎么啦？是不是病了？覃剑校长说，本校陈帧伟老师已经两天没来学校上课了。我问，他到底是怎么回事？覃剑校长道出根由，几天前陈帧伟的母亲在外县移民安置点去世了，他请假前去处理后事。没想母亲后事才处理完，他的亲弟弟在"三早"那天突发急病也去世了。陈帧伟处理完弟弟的后事回到学校时，已经超假了三天。学生家长以发生在群众身边的"四风"问题直接反映到乡里。乡里派人下来核实后，责令陈帧伟做出深刻检查，并宣布立案调查，给予必要的处分。陈帧伟感到委屈，说谁人没有父母，谁人没有兄弟，谁敢保证自己的父母兄弟长命百岁永远不死。他咽不下这口气，不能接受这个处分。覃剑校长说，我听说现在每个乡镇每个月都要查案，不然就算作不作为，纪委书记要挨批，乡里为了凑案件才处理陈帧伟的……胡扯！我当即呵斥他道，你是不是共产党员？你怎么能说出这种话来呢？覃剑校长请求我道，你能不能跟杏福书记打个招呼？这个处分就免了，陈帧伟一挨处分，我们今年的绩效奖就没了……我打断他道，这个招呼我打不了，也不可能打，你现在就去找陈帧伟，告诉他，我们工作队正在精准识别，如果他想成为贫困户，就在家里待着不要来学校了，真是不知天高地厚！

晚饭刚做好，老黄、老章和国令就回来了。冰儿将饭装到饭盒端到楼下来，我们几个或蹲或站在大门前吃。冰儿一面吃一面问老黄，黄调，你能答出"八有一超"和"一低四有四通三解决"吗？老黄没有答题而是问道，督查组真的来了？冰儿说，如果你今天在第一片区这里，我们这支小分队肯定挨通报了。老黄说，我又不是第一书记，轮不上的。大伙正说着话，路坎下面突地跃上一壮汉，几步冲到我跟前，一把揪住我的衣领。我还没反应过来，肩膀已挨了一拳，身子一阵触电般麻酥。老章扔掉饭盒，一把搂住壮汉的腰身。壮汉就地一蹲，一个背摔将老章摔到墙角。国令摆开架势迎上来，壮汉忽然击出一记直拳，国令左肘迎击，壮汉倒退一步。国令旋即飞起一脚，将壮汉重重地扫倒在地。国令一把将他手臂扭到身后，一脚踩在他的背上，你是什么人？壮汉嘴里哼叫，你们为什么通风报信？我老婆被公安抓走了。我一听急忙将壮汉从地上拉起来，原来是上达屯那个覃文科。覃文科一屁股坐在地上，脸孔沾满灰尘。我问，你没事吧？覃文科说，练武的人这点抗击打能力还是有的。覃文科道出原委，昨夜一帮警察到他家，带走他的老婆，说他的老婆是非法入境的，要把她遣送回越南去。我对覃文科实话实说，我们没一个人通风报信，我们也不知道你犯了什么案，更不知道你老婆是越南人，你冤枉我们了。老章不服气冲上去，国令将他拦了起来。老章掏出手机，你说我们报警，我现在就报警，你袭击扶贫工作队员，打伤了我们的同志，今晚就把你关进笼子去。我示意老章把手机收起来，揉着肩膀对覃文科说，老乡你误会了，误会就误会了，我们现在也不报警，你回家去吧，越南老婆走了，再找个中国老婆嘛，你功夫这么好，还怕找不到老婆。覃文科走了几步。又转回身子，天桥不是你们拆的吧？冰儿说，不是。覃文科又问道，不是你们叫拆的吧？冰儿说，不是。覃文科一走，冰儿从头到脚把国令打量一番，原以为书生都是手无缚鸡之力，没想到博士也会打架哦。国令安安静静的，恬淡如水，看不出一丁点扬眉吐气的内容，好像什么事情都没有发生过一样。

上床后，我因为覃文科的一句话辗转反侧，难以入眠。覃文科临走的时候说了一句，有桥的时候，我的老婆都走了，现在桥没了，更别想老婆了。忽然楼下大门笃笃笃地敲响，老黄惊恐地问道，不会是他带人来了吧？我说，应该不会。心里还是有些紧张。国令已经下床开了灯，我下去看看。我说，我跟你下去吧。来到楼下，国令把灯开了。大门一开，立即闪进几个人来。领头的一位高个子问我，你们是驻村工作队员吧？我说，我们都是。高个子说，我们是县公安局的，我姓韦。身旁一位便衣警察介绍说，他是我们韦局。韦局说，深夜打搅你们，实在不好意思。情况是这样，红山村第三片有个叫吴海洋的青年人，涉嫌在三塘杀害一名女青年。根据情报反馈，吴海洋已潜回家来，今夜我们奉命配合三塘公安分局的同志前来抓捕。韦局介绍旁边一位矮壮的警察说，这是三塘分局的政委谭海波同志。谭海波政委与我握手，据我们了解，吴海洋有个哥哥叫吴海龙，是红山村的村干，考虑到这个因素，我们今晚的行动需要你们配合一下。我问，是人手不够吗？我数了一下，他们总共有六个人。韦局说，人手不是问题，问题是我们不知道吴海龙的家，我们查了吴海洋的户口，他跟哥哥吴海龙住在一起，我们不便找别的村干部带路，因为他们跟吴海龙是同事。这是一个比较棘手的问题。都说群众有困难找警察，现在警察同志有难求于我们，我们理所当然鼎力相助。问题是我们工作队员带公安去抓捕村干部的弟弟，村干部肯定对我们工作队有情绪有想法，大义灭亲不是所有干部尤其是村干部都能做得到的。这事如果说不清楚，解释不到位，将会影响我们与村干部的关系，甚至影响到今后的工作。覃文科的越南老婆被公安遣送回去，不分青红皂白就找上门来大打出手，不仅仅是不相信我们，而且充满了敌意。可是我们不给韦局他们带路，他们很难将犯罪嫌疑人顺利抓捕，这就说不过去了。韦局显然看出了我们有难处，他说，要是你们不方便，我们就自己去了。不！我带你们去，我说，我知道吴海龙的家。国令当即给韦局介绍道，这是市文联的毛志平主席、驻村第一书记。韦局双手抱拳道，领导亲自带路，我和兄弟们更是不好意思了。我说，你客气了，我们出发吧。国令说，毛一，我跟你去吧。我拍了拍国令壮实的肩膀，你留守村部吧，后方比前方更需要你。

没了天桥，我们只能沿着山崖的小路下到垌场底，再爬上对面的山坳。凭着记忆，我准确无误地引导警察找到吴海龙的家，大伙把手电筒光都掐灭了。吴海龙家里亮着昏暗的灯光，里面有一帮人在喝酒聊天。谭海波政委低声命令，上！几个人立即掏出手枪来，猫着腰身抵近目标。谭海波政委透过门缝瞄一眼，小声说道，吴海洋就在屋子里。韦局朝我弯曲着手指，做出敲门的姿势。我的心怦怦地跳着，弯起手指在门板上响亮地敲击了两声。屋子里顿即寂静下来，有个声音喝道，哪个？是吴海龙的声音。我大声说道，是我，毛一，我去老跛家，手电筒没电了。吴海龙说，是毛一呀，我马上来。木门吱呀一声开了，我迅疾让到一边去，警察们从后面蜂拥而上冲进屋里。韦局厉声喝道，我们是警察，大伙手抱头坐着别动。两名警察扑上去，扭住一个长得很像吴海龙的青年，你叫什么名字？青年垂着头说，我叫吴海洋。警察干净利索地给吴海洋扣上手铐，带出屋外。出门时，吴海龙跟上来对我说，毛一，这好像不是你的职责吧。我斜睨着他，海龙同志，天网恢恢，疏而不漏，如果我今夜不来，让警察们自己来，带走的就不只是你弟弟了，还有你，你应该明白什么叫作包庇罪。我出门来，吴海龙又说，我再跟你讲一句，你知道我弟弟为什么杀了那个女人吗？因为她欺骗了我弟弟，她至少欺骗了红山村7个以上的光棍。我弟弟不杀她，别的光棍也会杀了她。我叮嘱吴海龙，这个证据你请律师到法庭上去讲。11月15日】

【今天，在村部会议室，我主持召开有驻村全体工作队员、退休干部、村里德高望重的老人、老党员、人大代表、政协委员、妇女代表、教师代表、村两委干部、村民小组长参加的联席评议会。按照精准识别贫困户需要经过"两入户、两评议、两审核、两公示、一公告"的规定程序，我们进入到了"两评议"中村两委评议环节。也就是说，前一阶段的评议，是以村民小组为单位进行的，现在要由村两委组织召开联席评议会进行评议。联席评议会对入户调查评分材料逐一评议农户打分的真实性、合理性，是否存在漏户、拆户、分户、空挂户现象，家庭人口、经济收入是否准确等。内容繁杂，评议推进缓慢。老黄埋怨道，这样评下去，恐怕评到春节都评不完。埋怨没有用，得拿出切实可行的办法出来。关键时刻，伍老替我们拿出办法。伍老建议从四位村干部自身做起，首先弄清楚村干部户的真实情况。村干部户情况弄清楚了，其他农户就迎刃而解了。伍老喜欢引用"迎刃而解"这个词，他在几个场合都引用了这个词。识别登记时，村干部老跛、吴海龙、胡宗强和黄春龙四户已顺利通过。黄春龙本来属于"一票否决"对象，因为他家有两层以上人均面积50平米的房子，符合"八条规定"中的第一条。但他一个女儿在读大学，一个儿子有智障，村民小组评议时将他这一户保留了下来。老跛、吴海龙、胡宗强他们家的房子是木瓦结构，这就没什么说的了。然而，伍老认为四位村干部的经济收入在表格上没有真实地反映出来。伍老说，你们各人一年的收入你们自己应该明白，这个不需要我提醒你们。伍老的意思我明白，我相信与会的所有代表也都明白，那就是老跛、吴海龙、胡宗强和黄春龙他们兼职做道公，有不少灰色收入，而这些收入并没有在表格上反映出来。伍老还提醒道，凡是在河城买了房子买了车的，纵然不是自己的名字，最后有关部门也会查得出来的。这本来是我要讲的话，伍老却替我讲出来了。我庆幸自己在担任红山村第一书记后，遇上伍老和"老党"这样的老干部，关键时刻发挥着关键的作用。我们有时候总是讨嫌或者责怪老干部爱管事、管闲事，其实有些闲事让老干部来管一管，有些闲话让老干部来说一说，我们可就省心好多了，其效果也完全不一样。别的不说，光说今天伍老这番话，就说得比我有底气，有震慑力。

老跛掐灭烟头，突然说道，我请求"一票否决"，退出贫困户识别。此语一出，会场顿然寂静，然后就产生小范围的骨牌效应了。老跛一表态，胡宗强和黄春龙就跟着表态，表示退出。吴海龙犹豫了一下，也表态退出。看得出来，吴海龙是有情绪的，他弟弟因为涉嫌杀人被公安带走，而带公安去抓捕他弟弟的正是我们工作队员，正是我本人。说心里话，吴海龙、胡宗强和黄春龙表态退出贫困户识别，我不感到意外，或者说这正是我需要的结果。吴海龙、胡宗强和黄春龙他们在古零县城买了房子，还买了轿车，已不是什么秘密，红山村绝大部分群众都知道。我们在登门识别打分时，群众已跟我们反映过了，他们就是不主动表态退出。联席评议会，必须将他们三户评议掉。但是老跛的表态，让我感到意外。老跛的爱人冬梅是残疾人，老跛的独仔阿夕为了照顾母亲，没有外出务工，全家缺乏经济来源。再说，自从我们扶贫小分队进驻红山村后，老跛几乎每天都跟着我们，没听说也没见他去做过法事。也就是说，我们进驻红山村后，老跛已经不做法事了，也是断了经济来源，全家的经济收入就是他当村干部每月 1000 块钱的工资。我对老跛说，鸣炮同志，你家的底子我们清楚，各位代表也都清楚，你家不能一票否决。老黄、老章、冰儿、国令、阿扬和阿才也发表和我一致的意见。没等代表们表态，老跛再次表明他的态度。老跛说，贫困户的帽子我无论如何是不能戴的，一个行政村连村主任都是贫困户，也太没面子了。见到老跛的态度如此坚决，我们也就不再坚持原先的意见。这样红山村的四位村干部在联席评议会上，集体退出了贫困户的识别。随着吴海龙、胡宗强和黄春龙的退出，他们的某些问题也随之浮出水面。比如胡宗强和黄春龙两人为了让各自的母亲吃上"低保"，就到派出所将各自母亲的户口拆分出来，单独成为一户，其实还是生活在一起。表面上看没什么漏洞，代表们却讽刺说，你们两位村干部也太不孝顺了，连自己的母亲都不赡养。胡宗强和黄春龙满脸通红，无话可说。他们各自母亲的"低保"也在评议会上被注销掉了。接下来的各种问题果然如伍老所说的那样迎刃而解，为此我在小结时特别强调，这次联席评议是一次民主的评议、公正的评议，是经得起历史检验的一次评议。吴海龙、胡宗强和黄春龙离开会场与我握手时，他们看我的眼神和覃文科来的那天一模一样，眼里燃着火焰。

联席评议结束这天，是红山村一带独有的"丰收节"。"丰收节"在当地是一个比较重大的节日，和中元节一样重要。中元节通常从7月14这天开始，到7月16收场。而"丰收节"要持续四天，比中元节还多一天。在这四天时间里，全村各家各户都要杀鸡宰鸭摆宴席，哪家来的客人多，哪家人的脸上最有光彩。节日，来源于农耕社会，它的形式是吃，永恒的主题是热闹。还在会议室的时候我已分别从伍老、"老党"等人的脸上看到了邀请函。这也是一个棘手的问题，我当然可以去伍老家，去"老党"家和老跛家，可我能去到所有的农户家吗？显然不能，不能就会顾此失彼就会厚此薄彼，就会产生不良后果。所以我心中便有了去处，"丰收节"我们全体工作队员哪个农户家也不去，我们就到村小学去，跟孩子们一起过"丰收节"。其实联席评议会结束后，我们可以请代表们吃一餐饭，这样就都能照顾到了。可是这样一餐饭是不能随便吃的，饭局事小，出"局"事大，吃不好是要兜着走的。既然饭不吃那就给代表们发点补贴吧，给代表们发误工补助是可以的，也是应该的，当然村干部除外。于是我吩咐老黄拿出事先已准备好了的信封，让代表们在花名册签上自己的名字之后领走一只。钱是单位的办刊经费，老黄下来时我交代潘副主席给他带来。老黄把钱装进信封时问我，单位的刊物不搞了？我反问他道，你没听说一切工作都得给脱贫攻坚让路吗？待表们领取了信封后感叹道，文联这个单位真大方，不像某个部门召集我们来村图书室读书看报等候领导检查半天只给15块钱，一斤猪肉都买不到。

给孩子们的礼物我们驻村时就准备好了，一个学生一个书包、一只文具盒和一本新华词典。当然这还不够，我们还跟黄春龙购买了几十只鸡，晚餐给学生们加个菜。黄春龙家养了不少鸡，都是他去做法事得来的。黄春龙做法事要的鸡也是有标准的，只要母鸡不要公鸡，太小的不要，太大也不行，一般两斤以上三斤以下。据说某次给一个喝醉酒摔破了额头的汉子"收魂"，汉子贡的鸡太小了，黄春龙没好气地念道：鸡像个鸟仔，摔死你活该。黄春龙本来不想卖鸡给我们，天知道负责买鸡的老章跟他说了什么，他竟然把所有的鸡全部都卖了。卤水点豆腐，一物降一物，画家老章有能耐。去学校的路上，我给冰儿布置一个任务，想方设法跟学校老师弄清楚，全村有多少超生小孩没上学，有多少个上了学因为没有户口而享受不到教育扶持，然后写一份内参，呼吁公安、司法等部门妥善解决农村超生人口的亲子鉴定和上户口问题。

370多个学生，列队在操场上欢迎我们。我们分成三组给学生们送上书包，每个学生接受书包后给我们敬上队礼。一个赤脚的女孩小声问我，大伯，能不能再给我一个书包？我家的弟弟明年上学……我从冰儿手里接过一个书包，正要递给她，覃剑校长凑过来阻止道，这样会有很多学生提出这样的要求，他们家里也有没上学的弟弟妹妹。我只好摸着小女孩的头说，大伯记住了，明年你弟弟上学的时候，我一定送这个书包给他。

吃饭时，我过去跟陈帧伟老师搭讪。陈帧伟的腰身还缠着一根白布条，那是一根孝布，寄托着他的哀思。我不知道覃剑校长如何向他转达了我的话，是把精神传达了？抑或是原汁原味地把话说了，反正我看不出我的话语在他的脸上有着明确的反应。这个矮小瘦弱的中年男子，脸上依然挂着刚刚失去母亲和弟弟的凄楚和哀伤，我当年失去母亲的时候就是这样的表情。尽管我半年时间都没照过镜子，但我知道天底下失去母亲的孩子的表情同一个模式，模具就是自己的亲人。事实上，覃剑校长那天担心的不是陈帧伟被处分学校失去绩效奖的问题，而是陈帧伟真的不干了以后谁来接他的课。红山村小学的老师不像一般学校的老师，红山村的老师比较特殊，其特殊在于每个教师除了会说普通话，还要掌握壮、瑶、苗三种以上的少数民族语言，因为红山村是汉、壮、瑶、苗等几个民族杂居的地方，不是随便一个师范毕业生都可以来上课的。现在教师评职称都要考外语，依我看来，少数民族语言比外语重要多了。我一手握着陈帧伟柔若无骨的手，一手搭在他瘦骨嶙峋的肩上，跟他说了几句看似很革命却很现实很真实的话。我说陈老师，不要以为我们这几个工作队员来到红山村，就能彻底改变这里的一切。改变红山村的一切要靠你们，靠你们这些老师，靠眼前的这些孩子们。在奔向全面建成小康社会的征途上，要保证不落下一个贫困人口，首先要保证不落下一个小学生……陈帧伟目不转睛地凝视着我，真诚地点了点头。

老跛的独仔阿夕来到学校的时候，学生们自导自演的文艺节目即将开始。阿夕匆匆来到我身边，阿爷（父亲）让我来报告一件事情。我将阿夕拉到操场外，阿夕说，第四片龙蟒屯道长（道公的大师傅）覃理科的阿公前天夜里做完法事回来，在天桥的悬崖边上失足跌下深涧，今天中午族人才找到老人家的尸体，现在正筹办道场。阿夕带来的消息，犹如一记闷棍，重重地敲在我的脑门上。我一阵眩晕差些倒下去，阿夕一把扶住了我。罪孽啊！红山村自从有了天桥，还没坠下一个人，现在天桥拆除后却跌死了人。老人家不知道天桥拆除了吗？冰儿在我身后问道。阿夕说，应该不知道，老人家这段时间一直在外面做法事，他肯定是回来时习惯性走上天桥，却不知天桥已拆除，就踏空跌下去了，老人家的手里还握个手电筒，他肯定没发现天桥拆了。阿夕对我说，阿爷交待了，覃理科家族他负责做思想工作，但不排除别有用心的人借机到村部来闹事，毛一你要提防。旁边的冰儿一脸愕然，冷不防扑进我怀里，失声痛哭，毛一，我不该发了那条微信，我不发那条微信媒体就不来报道，媒体不来报道，县里就不下令拆除天桥，不拆除天桥老人家就不会跌下去……冰儿哭得很伤心，泪水湿透了我胸前一大片。我没有工夫安慰冰儿，当即招呼全体工作队员回到村部，简要将事件跟大伙做了通报。我让阿扬立即电话报告乡派出所。凡村里人出现意外死亡，都要及时上报公安机关的。阿才负责撰写书面汇报材料，连夜送到乡府，并向杏福书记和黎明乡长汇报。阿扬打完电话，我拉他出门外来，从裤袋摸出钱包扯出一张银行卡，你明早到河城去取出10万块钱，再送到龙蟒屯去给我（附带说明一下，这是我驻村前签订创作项目时，省作协提前预付给我的补贴。现在作品还没出来，稿酬先用了）。阿扬问我，你要去奔丧啊？我说，我得亲自去，老人家的离世就是与天桥无关，我也要去，入乡就得随俗。阿扬说，我担心这种场面会很复杂，万一老跛思想工作没做好，家属当场闹事怎么办，你一定要去也得等派出所的同志来了再去。我拍了拍心窝，前面就是万丈深渊，我也要踏过去。

　　阿扬和阿才骑上摩托车出发后，我喘过一口气来，沉沉地坐到椅子上。老黄递过一支烟，我犹豫一下接了，吸了一口就呛得咳嗽起来，咳得满脸涕泪。国令递来一张纸巾，拿走了我手上的烟。老黄挪过椅子面对着我坐着，毛一，我想讲讲我的一些想法。我说，你讲吧。老黄说，这位道长意外从天桥遗址坠下山崖，是一件不幸的事情，我们和他的家属一样都感到悲伤。人死不复生，既然事故已经发生了，我们就要正确面对，冷静处理。

我认为我们有两件事要做好，一件事是稳妥地做好善后工作。不排除家属跟我们工作队提出赔偿要求，甚至是漫天要价，我听说现在死一个人要赔偿60万以上。老章接过话说，这是安全生产事故的赔偿标准，道长跌崖不属于安全生产事故。老黄说，没错，我们要跟家属讲清楚，拆桥是县领导的决策，我们工作队只是执行县领导的指示，而天桥的拆除也得到了村民代表的同意。刚才我听你讲今夜要去道长家奔丧，我也去，这些话由我来跟家属讲。老章、国令、冰儿站起来表示也要去。老黄说，先别争着，具体哪些人去待会儿由毛一定夺。我的话还没讲完。这起事故虽然不属于安全生产事故，但也是意外事故，搞不好就是责任事故。这起事故与我们的工作有关，与扶贫工作有关，与我们工作队有关，也就是说，我们驻村了以后才发生这起事故。谁让我们摊上了这样的事情？既然摊上了这样的事情，我们就要勇于担当。从道义上讲，我们是要支付给家属一定的费用的，起码丧葬费和精神抚恤费是我们必须要支付的，这笔费用不能由毛——个人来支付。冰儿抢过话说，是我惹出的突发事件才导致这起事故的发生，所有费用由我负责。老黄说，告诉你冰儿，天桥的微信我也发了，只不过我的影响没你大而已。再说蒋主任那天下达的指令，大伙反对过吗？老章你反对没有？老章摇头。老黄又问，国令你反对没有？国令摇头。老黄说，就是嘛，大伙都有责任嘛。另一件事情就是做好相关材料的搜集整理工作。包括蒋主任的讲话和村民代表的发言以及照片、录像都整理出来，今晚就做好这件事，不要等到调查组来了我们才东翻西找，要有现货，而且是干货。我估计调查组是要来的，说不准还是蒋主任蒋常委来。这不是推卸责任，而是厘清责任，该我们承担的责任我们不推卸、不含糊，不是我们的责任就不要大包大揽，慷慨大方……我必须承认，我之前对同事老黄的了解是肤浅的，是片面的，是狭窄的。剧作家老黄同志其实很有领导天赋和才干，思维敏捷，驾轻就熟。若因为这起意外事故被问责，我将毫不犹豫向组织推荐老黄接替我。老黄同志一定能扮好这个角色，他有这个能力。11月19日—20日】

【凌晨4点，阿夕带我们来到龙蟒屯。原计划我和老黄两个人来就行了，老章、冰儿和国令留守村部。老章说，这个时候多一个人，就多一份力量多一份依靠。当然，我们不是去吵架甚至打架，我们这是去照亮道长的前程，多一个人就多一截火把，火把越多，这束光就越壮大。画家老章平常木讷少言，不善言辞，一旦说话往往出口成章，语出惊人。老章的画和他的话一样，总能让人感到逼真和接地气。进家时，我们五个人头戴孝帽，腰缠孝布，一身孝男孝女的装束。这得感谢陈帧伟老师为我们提供了这一切，他得知我们要连夜奔丧，就从学校宿舍拿出他家的孝帽和孝布，并亲自给我们戴上。我们的出现引起全场不小的震动，正在忙活的人们都站了起来，注视着我们。一身素衣的老跛迎上来握住我的手，毛一，你怎么来了？我说，我们是来向道长谢罪的，为他老人家送行。我的眼睛在人群中巡睃，我见到了一些不想见到的人物，比如覃文科，还有吴海龙、胡宗强和黄春龙。吴海龙、胡宗强和黄春龙虽然穿了道公袍，戴上了面具，但我一眼就能瞅出他们。他们的步伐与那些道公有些区别，有些轻飘或者蜻蜓点水，总之不够脚踏实地。吴海龙、胡宗强和黄春龙肯定是要出现的，一则道长是他们的大师傅，他们和所有的弟子当然不能缺席。一则他们要参与整个道场活动，他们可能就是整个道场的正副指挥长。覃文科的出现当然也无可厚非，邻居有难出手相助乃人之常情，覃文科肯定要来帮忙的。可覃文科毕竟打过我一拳，我不是个记仇的人，但我对疼痛有着深刻的印象。我不知道覃文科是不是个记仇的人，他毕竟曾被国令打倒过。在这个场合，他会做出什么动作或者举措，我无法预见。总之，任何我想见或不想见的人，在这个场合我都必须得见，这是我无法回避或者规避的。

我最想见的一个人，现已经安卧在一副漆黑的棺木中。吊在堂屋半空的帷幔上方悬挂一幅老人的遗像，老人长得慈祥，长得可亲。长得很熟悉，像我的一位亲人，我的大伯，脸型像、鼻梁像、眼神像。我大伯今年99岁了，比他的三弟我的父亲长9岁。驻村前我专门到乡下去看望过大伯一次，大伯说他的膝盖有点疼，我就把他带到市医院做了个全面的检查。享受国务院特殊津贴的魏老医师，看完所有的片子和各项数据指标之后，摘下老花眼镜，摊开两手，无奈地耸了耸肩，大叔，您什么毛病都没有。不过您老人家已99高龄，您的膝盖确实应该有点疼了。道长老人如果不意外跌下深涧，也应该像我大伯一样长寿，再活20年膝盖都不会疼痛。老人家79岁了还能跟吴海龙、胡宗强和黄春龙他们踩"莲花灯"（道公们做法事时跳的一种舞蹈），就充分地证明了这一点。我的心突然一紧，像被掏了一块，鼻子一酸，眼泪夺眶而出。

我们五位同志在道长遗像前站成一排，默哀，一鞠躬、再鞠躬、三鞠躬，然后上香，敬酒，每个人轮着敬了一遍。按照习俗，我们已经施行礼仪完毕，但我们增加了一项内容，这项内容是来屯里之前我和老黄他们商量好了的，就是在老人灵前宣读我们的一封信。我不知道这项内容符合不符合村里的习俗，在我的印象中，农村丧事确实有类似这样一个程序——亲属代表给先人朗读祭文。祭文当然轮不到我们来念，作为外人念一封信应该是可以的。经与家属沟通，他们完全同意。信由老黄同志亲自捉刀，老黄喝了半盅蛤蚧酒后，一气呵成。礼宾员高声提示灵堂肃静之后，老黄站到队伍的前列，掏出信来念着。

尊敬的道长先生！

根据上级的统一部署，受上级组织的委派，我们河城县天马乡精准扶贫攻坚第七小分队从10月份开始进驻红山村开展工作。驻村以来，在村两委的密切配合和全村各族人民的大力支持下，精准扶贫工作顺利推进。截至目前，我们已经完成入户调查评分、村民小组评议、行政村两委评议等业务，正在进行各种表格的填写上报，各项工作有条不紊地进行。

进村入户识别登记期间，我们发现第四片区上达村民小组有一座天桥年久失修，存在安全隐患，本着对人民群众生命安全负责的态度，实事求是地向上级有关部门反映汇报。遵照上级领导指示和群众代表意愿，我们对天桥实施了拆除。由于宣传工作不深入、不到位，没能亲口通知到您本人，导致您老人家外出返乡深夜途经天桥时，不知天桥已经拆除，不幸从悬崖边上失足跌下深涧，永远离开了人世，对此我们深感自责和悲伤。我们将弘扬人道主义精神，全力配合您的家属，妥善处理好您老人家的后事，切实解决您家庭的实际困难，让您老人家走得安心走得放心。

为有牺牲多壮志，敢叫日月换新天。我们一定化悲痛为力量，切实增强责任感和使命感，团结带领全村各族人民，按照"两不愁三保障"的总体要求，凝心聚力，克难攻坚，为彻底改变红山村贫困落后面貌，和全国人民一道同步实现全面建成小康社会的宏伟目标而努力奋斗！

道长先生，您安息吧！

河城县天马乡精准扶贫攻坚七分队全体队员

念完信，我们分别坐到棺木两边，和孝男孝女们一起守灵。老跛引导一满脸胡楂的青年人来到我身边，介绍说，他就是覃理科，道长的长孙。我站起来握着覃理科的手，请你节哀顺变，有什么困难只管跟我说。看似硬汉的覃理科，一把鼻涕一把泪的，毛一啊，难得你这么大的干部来到我家，参加我阿公的葬礼，给我阿公足够的脸面了，这份恩情今生今世我难以报答……我一时语塞，说不出话来。我原本是准备了好多好多的话，包括各种辞令、各种冠冕堂皇的话，包括老黄、老章他们提供的法律法规条文，都装了我满满的一肚子，可是这些话一句也摆不上场，一句也不顶用，它们完全失去了语言的功效或者功能。泪水再一次失控地流淌下来，流得满脸都是。冰儿悄悄地递过一块手帕，我顾不得擦拭泪水，一把搂过覃理科的双肩，双手在他厚实的背上不停地摩挲。一些人围过来，他们是伍老、"老党"、阿谋、"孝男"和覃文科，以及一些不曾谋面的人。他们七嘴八舌，问候我，宽慰我，理科他阿公意外跌桥，实在是太突然了，是意外事故，谁人也不愿意发生这样的事情，毛一你不要太过于伤心自责……仿佛失去亲人的是我，我才是安慰的对象。人们的话题不自觉地集中到天桥上，覃文科说，天桥拆除后，还有不少人来到遗址那里，他们有些是摄影家，有些是画家。阿谋说，你怎么知道他们是摄影家还是画家呢？覃文科说，我怎么不知道，我一看他们的装扮和装备就知道了。听说其中还有慈善家呢，可是他们都没有看到天桥，他们都感到很失望。覃文科的话让我陷入深深的思索中，当时如果听取冰儿的意见，天桥不拆除只封堵起来就对了。

天蒙蒙亮时，阿扬和阿才出现在现场，他们身后是四个身穿制服的警察，其中一位是韦局。阿扬悄悄递给我一只文件包，里面是10万块钱。我说，你肯定没去到河城，这钱从哪儿凑的？阿扬说，连夜跟乡府干部和乡直机关的朋友凑的。我握着韦局的手，你怎么亲自来了？韦局说，我听了派出所蓝所长的汇报，觉得这事非同寻常就跟他们来了。韦局示意我到门外，他说，我们已勘查了天桥遗址和老人家坠落现场，有个问题可能对你们不利。我忙问什么问题。韦局说，你们拆除天桥后，在遗址两头没有砌起遮挡物，也没有设立警示标识。啊！我猛地拍了一下额头，我怎么没想到这个问题呢？怎么犯了这种低级错误！韦局说，白天无所谓，有没有遮挡物和警示标识能看得见，主要是晚上，群众以前走天桥走习惯了，思想意识一下子还没转过来，如果再喝了酒，脑子里一迷糊就往天桥遗址上走了，这位遇难老人估计就是这种情况。我说，防范措施我们马上去落实。当即交待阿扬和阿才，让他们找几个年轻人去了天桥遗址。韦局说，亡羊补牢，未为晚也。不过这事追究起来，你们要承担责任的。

在隔壁家里，韦局召集覃理科等家属代表以及伍老、"老党"他们开会。吴海龙、胡宗强和黄春龙脱下道公袍、摘下面具后也跟着进来，屋子里一下子拥挤不堪。韦局向覃理科仔细地询问老人遇难前后情况，老人家什么时候外出，到什么地方去做法事，什么时候发现老人家遇难，什么时候找到老人家遗体，什么时候将老人家运回到家里……覃理科一一做了回答。韦局又问覃理科，家里是否跟外人有债务纠纷，老人家生前是否跟他人包括家庭成员有过节等。覃理科一一给予否定。韦局说，有个事恐怕要麻烦大家。覃理科问，什么事？韦局说，按照破案程序，需要开棺验尸。覃理科一听，立即紧张起来，要把我阿公从棺木里再抬出来吗？韦局说，是这样。覃理科说，这样不好，我阿公已经入殓，我们已做了法事前的全部手续，现在把他抬出来，然后再抬进去，一切手续就得重来，另外……另外重复地把老人家抬进抬出，对他老人家也不尊重。韦局说，我知道这样很繁琐，可破案需要我们这样做。覃理科问道，为什么要这样？韦局说，我们需要排除你阿公遇难是否属于刑事案件，比如他杀。覃理科说，我阿公生前为人本分乐善好施，从未与任何人结下冤仇，他是自己意外跌下山崖离开人世的。韦局说，你的意思是你对阿公意外死亡没有异议。覃理科说，没有异议。韦局说，既然这样，请你在上面签上名字并按上指印。韦局将询问笔录递给他。覃理科准备在询问笔录上签字按指印时，吴海龙阻止他道，覃理科我提醒你一句，这事你要问一问你阿公，你阿公是不是和你一样的意见。覃理科愣住了。胡宗强说，公安有公安的破案手续，我们有我们的法事程序，你还是问一问你阿公，怕是有人把你阿公推下悬崖呢，如果你阿公的意见与你不一致，那么法事就不好做了，这个问题你应该明白。

众人回到堂屋。覃理科在棺木前跪下来，往灵前三只杯子里倒了三遍酒，手里捏着两只猪耳朵状的东西说道，阿公，今天公安来我们家，他们要对你老人家跌下山崖做出结论，希望你老人家配合公安的工作。如果你老人家是自己意外跌下山崖的，你就当着大家的面做个表态。说罢将手里两只"猪耳朵"抛出去，众人伸长脖子往地板上一看，两只"猪耳朵"的耳孔同时朝上，呈现同一种姿态。冰儿悄悄地问我，那两只耳朵是什么东西？我说，是先人的表决器。冰儿又问，现在这种形态表明了什么？我说，耳朵同一种姿态，表明老人家同意他孙子的意见，他是自己意外跌下山崖的。

再回到隔壁家，韦局问覃理科，你还有什么意见？覃理科说，没有，只是你们大老远来，我照顾不周，请你们多多包涵了。吴海龙突然说，我有话讲，虽然我不是家属代表，但我是道长的徒弟，我得为我的师傅讲两句公道话。没错，我师傅是意外亡故的，可这个意外不是偶然的，如果你们不拆除天桥，我师傅怎么会跌下山崖呢？我师傅不能这样不明不白就走了。"伍老"倏地站起来，手指着吴海龙，什么叫作不明不白？那晚召开群众代表会议，你吴海龙到哪里去了？还有你胡宗强和黄春龙，你们为什么不来参加会议？三人低头不做声。伍老说，我问你们，我们现在正在干什么事情，你们晓得吗？我们现在正进行脱贫攻坚战，是在打仗，你们晓得吗？过去打仗，擅自脱离战场的人是要吃枪子的。我跟你们讲，我是没有权力提拔你们，撤掉你们的能耐我是有的。覃理科过来安慰伍老，伍叔，你老消消气，徒弟们的意见不代表我，也不代表我阿公。我明白吴海龙的意思，他的"不明不白"是有具体所指的。来的路上我们曾经判断，说出"不明不白"这些话一定是道长家属。结果道长家属没说，倒是旁人说出来了。我们当然不能让道长"不明不白"地走，我们肯定会有所表示。这是人之常情。我来到覃理科跟前，递上沉甸甸的文件包，这是10万块钱，是丧葬费和你们家属的精神抚恤金，请你收下，你家里的困难我们会逐步解决。覃理科把两只手缩到身后，毛一，这钱我是万万不能收的。我说，你不收下就是对我们有意见。覃理科说，我什么意见都没有。我说，没有意见那你就赶快收下。覃理科说，不行！如果非收下不可，我还得问问我阿公，他老人家同意了，我才能收下。

我们再次回到堂屋。众目睽睽之下，我将那只文件包搁在灵前。覃理科同样往杯子里倒了三遍酒，手里捏着两只"猪耳朵"，恭恭敬敬地说道，阿公，有一件事还要征求你老人家的意见，河城县天马乡精准扶贫攻坚第七小分队送来10万块钱的人情，你认为收还是不收，现在请你表决。覃理科将两只"猪耳朵"抛了出去。地板上两只"猪耳朵"一只耳孔朝上，一只耳孔朝下，呈现不同姿态。覃理科站起来对我说，毛一，你看见了吧，我阿公不同意收下这笔人情。老黄在身后小声提示我，要不你抛一次。我当即醒悟过来，从地板上捡起两只"猪耳朵"，对覃理科说，你抛了不算数，我要亲自抛才算数。我跪下来烧了三炷香，插到香炉上去，倒了三遍酒，再磕了三个响头。我说，道长先生，我们全体工作队员向你老人家谢罪，请你宽恕我们的过错，给我们改正的机会。现在，请你对我们的态度做出表决。我两手将两只"猪耳朵"一抛，叮咚一声，两只"猪耳朵"落到地板上，定神一看，一只耳孔朝上，一只耳孔朝下，同样呈现不同的姿态。覃理科拎起文件包，递到我的手上，没办法，老人的意愿不可违抗。后来回村部的路上，国令说，那个抛"猪耳朵"纯属封建迷信的行为，我们完全可以不听他的。老章说，话是这样讲，可是到了少数民族地区，我们就得尊重他们的风俗习惯。老黄说，其实覃理科压根儿就不想收我们的钱，他那个抛"猪耳朵"的动作，我能看出里面含有技术成分，是可以掌控的。我说，可是你让我也亲自抛了，你有这个发现，我当时应该给你来掌控就对了。老黄无话可说。冰儿问，那两只"猪耳朵"是不是藏了机关？我说，就是两块磨得光溜了的竹片，不可能是什么芯片吧。我们在隔壁家吃饭时，我让老黄到"知宾处"那里给我们每人封500元的人情。覃理科仍然不同意，他说按照习俗，我们是不能接受外人的人情的，你们坚持要行这个礼，也只能每人封200元，这已经是最高的额度了，左邻右舍我只收每户50元。我一时产生了错觉，以为覃理科是个干部。我再次打量他，他头发茂盛，没有谢顶迹象，他的嘴角也没有歪斜，总之无法跟干部比对。饭后，覃理科、老跛、伍老、"老党"、"孝男"、阿谋和覃文科一路送我们走了很远。在山坳口大榕树下与我们道别，仿佛我们这一走就不再回来了。阿扬、阿才已先回到村部。阿扬说，黎明乡长来电指示，要求我们全力以赴妥善处理好老人家的后事，切实做好做细家属的思想工作，决不能让他们越级上访。老章说，乡长关心的是家属的上访，只要家属不上访一切就万事大吉了。阿才说，确实是这样，所以有人比喻道，乡府干部平常的主要工作任务就是截访、填表、捡垃圾。11月23日】

【下午未到上班时间，我已蹲守在河城县扶贫办刘峰主任的办公室前。"蹲守"一词在此场合引用有些不恰当，可由于站得太久了，腿脚有些麻木，我确实是蹲下来了。中午1差一刻2点，我从天马乡府赶到这里时，扶贫办的同志说，刘峰主任有事提前下班了。楼道通道里很安静，我有些无聊即自拍一张照片，发了一条微信，附上微信圈里微友的一段话：我站累了，就蹲一下。朋友们觉得我的背景很心酸，谢谢大家的关心！我主要不是心酸，只是腿酸。手机丁零一声，冰儿评论道，一位哲人说过，如果你想造一艘船，不用鼓励人们去伐木，不用去分配工作，去发号施令。你应该做的是，教会人们去渴望大海的宽广无边和高深莫测。毛一，祝你顺利！加油。早上，我们五位同志在乡府临时分工。阿扬和阿才继续回到乡府和其他乡干一道填报相关表格。他们要逐村填写《精准识别贫困户两分一档统计表》，汇总后连同农户名单一起报送县领导小组。县领导小组审核汇总各乡镇报送数据，把农户名单送公安、国土、房产、工商等有关单位进行农户财产检索，核查农户拥有房地产、车辆、开办公司等情况。对拥有上述财产的农户直接剔除，并按检索剔除后的名单和得分情况填写本县《精准识别贫困户两分一档统计表》报送市领导小组。市领导小组审核各县报送数据后将《精准识别贫困户两分一档统计表》报送省领导小组。省领导小组对各市报送的《精准识别贫困户两分一档统计表》进行汇总分析，对照全省贫困人口规模，划定各市、县贫困户和贫困人口分数线。我和冰儿、国令分头联系村里基础设施建设项目。我主要跑县直有关部门，国令和冰儿顺便回北京去一趟。上级要求驻村第一书记和扶贫工作队员每月驻村时间不少于20天，我们一驻就一个多月了。其间除了阿扬和阿才回乡府录入农户信息以外，没有谁离开过红山村一天，包括双休日。国令的新婚妻子曾想来红山村探亲，由于条件限制没来成。老黄和老章也回单位去，在等待上级公布贫困户"录取"分数线这个"空档"时段，暂不需要他们支援和配合。他俩在"战役"中不属于正规的参战指战员，只相当于民兵，在战争年代属于送弹药、抬担架之类。老黄慷慨激昂，他说毛一，需要我们的时候发个短信，我们立马就下来。我当然也要回去看看暂时住在养老院里的老父亲、一位在朝鲜战场上与美国鬼子拼过刺刀的志愿军老兵。但是，我要在河城落实一件事之后才能回市里。

扶贫办主任刘峰我见过，在贫困村第一书记、扶贫工作队员驻村前的培训班上，刘峰主任负责讲解贫困户识别登记遇到的疑难问题。我印象最深刻的是，刘峰主任每回答一个问题之后，随手将麦克风推向一边，好像他对麦克风有很大的意见。那只委屈的麦克风像个犯错的人耷拉着脑袋。回答下一个问题时，刘峰主任又将麦克风扭过来凑近他的嘴，恢复到原来的位置。这个重复地"推"和"扭"的动作，让刘峰主任显得很有气场。可是气场有时候与职务并不匹配，坐在刘峰主任旁边的那个人讲话时低声细语，左手始终按着麦克风，他却是刘峰主任的顶头上司、分管扶贫的副县长。刘峰主任跟我握手后说，哦，你是市文联的。然后又说道，年初我听到上面安排某个大学来河城帮扶，我就知道没戏了。你说这样的二流大学能有多少油水？那些中直机关一年最少有几百万，你没钱下来扶什么贫？这个"你"表面上指的是"某个二流大学"，其实指的是我或者我单位。有一个成语叫"指桑骂槐"，我就是"指桑骂槐"里的那个"槐"。不过刘峰同志的态度完全可以理解，你让我坐他那个位子，我同样在乎贫困村第一书记、扶贫工作队员的后援单位的，就像农村提亲，不看人，只盯彩礼。当然，我也是有原则的，我瞄着刘峰说，市委选派驻村第一书记，并没有规定从哪个行业哪个部门或者必须从经济部门金融部门去筛选。市委贺书记跟我们集体谈话时，也没规定我们每人必须带多少资金下来。刘峰同志打哈哈道，我不是这个意思，绝对不是这个意思，你不要误会了。听到我们红山村要实施三个片区通屯公路建设时，刘峰说，目前全县具体方案还没出台，你们得等一等。我说，群众一天都等不下去了，我们已经把第四片区的天桥拆除了，群众出行很不方便。刘峰主任问道，什么桥？我说，天桥，你没听讲过？刘峰说，没听过，路还没修好，你们怎么把便桥拆了？我没跟他解释，也不可能解释清楚。我直接问他，扶贫办现在有没有屯级公路建设项目？刘峰说，没有，要不你去找一下交通局，看看他们今年还有没有剩余的项目。我从中午11点45分等到下午3点45分，等了四个小时终于见到我要见的人物刘峰同志。结果我们只交谈大约15分钟时间，而这15分钟时间的交谈是站着进行的。交谈的结果是刘峰同志像推麦克风一样，将我推到交通局。

蓝桓局长很热情，他请我在他硕大的办公桌前面坐下来。我注意到了他额头上的皱纹，因为灯光的缘故，那些纹路比上次我看到的更加清晰。蓝桓局长说，不管我的答复你满意或不满意，我都感谢你对交通运输工作的信任和支持。他说交通局主要是管通村四级公路这一块，还有乡际公路。目前全县通村四级公路已全部铺成水泥路，乡际柏油路项目也于去年全部实施完毕。屯级公路不属于我们交通局管，刘峰这家伙让你来找我是不对的。当然，你来了我一样欢迎，就像刚才我说的那样。屯级公路具体由扶贫办、财政局和发改局组织实施……蓝桓局长见我在做笔记，就放慢了语速——扶贫办负责的屯级公路主要是针对贫困村，对象是20户以上的自然屯，当然20户以下的自然屯也可以修。财政局负责的屯级路项目是"一事一议"，屯内道路一公里以内的。发改局和扶贫办一样，也有屯级公路项目，只是项目资金来源不同，前者资金来源是国家发改委，后者资金来源是国家扶贫办。按照你们红山村屯级公路建设规划，你应该去找扶贫办或者发改局。蓝桓局长的答复，为我指明了下一步前进的方向，但我不会再去找刘峰同志了，因为他已将我"推"了出来，我再"扭"回去也不会有什么结果。我听说刘峰的两任老婆都像麦克风一样让他"推"走了，一个也没"扭"回来。当然这是个人隐私，与工作无关。我感谢蓝桓局长指点迷津，用力拍了拍他的肩膀，他的肩膀像挡土墙一样结实，足以承受失控车辆的撞击。

　　我在河城县城有一个亲人——我的姐夫，准确的称谓是前姐夫，姐夫已经和我的姐姐离婚多年。不过在我的心中他依然是我的姐夫，就像小时候关爱我的人很多，而今我只记住吃饭时曾经给我夹过肉的人。姐夫是县里一家民用爆破物品公司的老总，就是专门经营炸药、雷管和导火索的。姐夫请我在他公司的饭堂吃晚饭。我早上在天马乡街上吃了一碗米粉到现在，已经饿得两眼昏花。席间，姐夫给我介绍了四位陪同人员，一位是发改局局长，姓梁，他正是我要找的人。姐夫不再让我去登门，而是把我要找的人请来了。姐夫说，你一个正处级干部逐门逐户地去找那些科级干部，你不感到丢脸我都为你难过。一位是分管民爆物品的公安局副局长，姓陆。另两位都姓谭。粤海驾校校长谭福源先生，以前在姐夫家见过一面，是姐夫的哥们儿。县文联谭主席，一个系统里的人，最近刚见了一面。梁局长与我握手，难得你这个作家也下来扶贫。谭主席替我回答，他不但扶贫，还要创作，你们这些局长都是他小说里的人物，正面人物还是反面人物，就看你们的表现。我连说好人，好人。我说谭主席，这次来没有业务上的事，你不用来陪的。谭主席说，你来我肯定要陪，按照规范的接待标准，要一对一保姆式接待。我说，今晚是四对一了，严重超标了。菜没上齐前，我把修路计划和盘端了出来。正在喝汤的梁局长搁下勺子，怎么讲呢？讲得不好听就变成讲你是外行的。我说，你尽管讲，我本来就是外行。梁局长说，修路不是想今天修，今天就能修；不是想明年修，明年就能修。得先做好计划，立项上报，上面下达项目计划才能实施。一般情况下，市县在当年的七八月份上报第二年项目建设计划。上面会在十二月份前下达第一批投资计划，剩余少部分投资计划在第二年年中下达。现在已是十二月份，不要说今年的项目没有了，就是明年的项目也没有了。我听得不是很明白，梁局长也看出我不明白，他解释道，明年的项目投资计划这个月已经下达，你们红山村要上报屯级公路建设项目，只能等到后年了。后年，我心里倒吸一口冷气，我们怎能等到后年呢？梁局长说，这次精准扶贫肯定有屯级公路建设项目，市发改委已让我们做好计划。你刚才说的红山村三个片的屯级公路项目，我都记下了，一定列入计划中。不过你们不要等，扶贫工作不能等靠要，自力更生、艰苦奋斗的精神在任何时候任何情况下都不能丢掉。梁局长望着我，主席同志，我知道贵单位是有一定实力的，你们可以组织群众先干起来，在河城的贫困村中树起一面旗帜，起到带头示范作用，起到标杆的作用。谭主席心直口快，他说，文联系统没有专项拨款，没有非税收入，没有罚没入账，我们唯一有的是精神，鲁迅的硬骨头精神。我们有什么实力？有也是软实力。空气突然凝滞。姐夫端起酒杯，喝酒，喝酒。连干几杯后，姐夫对我说，阿舅，姐夫给你们捐赠一批爆破物品，负责为你们爆破，你们先打响精准脱贫第一炮。我端起酒杯，谢谢姐夫！谭主席也端起酒杯，这就相当于苏俄十月革命一声炮响啊！这炮声一响，人民群众的激情就喷发出来了，梁局长你能不支持吗？梁局长表态，支持，肯定支持。

当晚我喝醉了。关于我醉酒后的情形，谭主席后来在《河城夜话》这篇散文中有过专门的描述：我搂着姐夫的脖子说，姐夫呀姐夫，你真是红山百姓的白求恩、山区人民的陈纳德啊。白求恩我姐夫知道，但不知道陈纳德。姐夫问我，陈纳德是谁？我告诉姐夫，陈纳德就是抗战时期开飞机运炸药去炸鬼子的飞虎队队长，是中国战区人民的姐夫。次日早餐时，谭主席对我说，实际上这些年来国家每年都下达很多基础设施建设项目，可这些项目一到地方就陷入复杂的关系网中，那些手握实权重权的局长、主任想方设法将项目落到他们的家乡甚至是亲戚朋友的家乡去。你现在随便走走，随便看看，县里哪个四套班子的领导、哪个局长主任的家不通柏油路水泥路了，就连他们的外婆家也四通八达了。那些没有关系没有门路的村屯群众，只能望眼欲穿了。修的路越宽越直，说明那个村屯的官当得越大。哪个村屯至今尚未修通公路，说明那个地方没人当领导，甚至没人当干部。听谭主席这么一说，我当天专门排查目前在外担任领导职务的红山籍干部。厅长级有一位，名叫雷启兰，职务是省社科联主席。潜心研究哲学的雷院长，曾经为红山村弄来了一台具体的而不是抽象的变压器。此外普通干部有六个，没有一个当到科局长。当然，谭主席的话只是一家之言，未免片面或者偏见，不可采信的。

酒后的话我忘记了，酒前的话我还记得。在单位办公室，我把酒醉前的话跟潘副主席复述了一遍。潘副主席听了我的叙述后，发出"三个没想到"的感叹，没想到我们单位的扶贫联系点基础设施这么落后，没想到我们的联系点扶贫任务这么艰巨，没想到争取扶贫项目这么艰难。根据组织上的安排，我驻村担任第一书记期间，由潘副主席代理主持单位的全面工作。潘副主席以前在乡下一所中学当教师，酷爱文学，大学时已发表不少作品。我几经周折将他调到单位来，负责刊物编辑工作。经过组织培养，现在已能独当一面，具体分管文学艺术创作这一块。既然现在潘副主席代理主持单位全面工作，自然涉及到单位上的事我就要向他请示了。这是规矩，是组织原则。不能因为我是他的"伯乐"是他的上司就颐指气使，将规矩置于脑后，何况这个事涉及到一笔钱。这笔钱是"文学创作人才小高地"专项经费，共有70万。我想用这笔钱。不是我个人用，是把它投入到红山村三个片区的通屯公路建设上。这个念头或者设想，是从河城回市里的路上冒出来的，像荒漠里冒出的一汪甘泉。我还想起了那句广告词，我们不生产水，我们只是大自然的搬运工。按照市场造价，让包工头承包，70万最多只能修出四公里的屯级砂石路或两公里的四级砂石路。进驻红山村那天，我问阿扬，村级公路属于什么路。阿扬说，四级路。我问他四级路的具体标准是什么。阿扬说，具体标准他不懂，他只懂得通往红山村的公路是四个包工头分包的。由此可见，如果让包工头承包，区区70万不可能修出红山村通屯公路来。但我还是想用这笔钱，把它当作导火索或者导电管来用。期待这炮声一响，迸发出人民群众修路的激情来。姐夫在送我回市里的路上，以10公里的屯级砂石路为例子进行测算，他说如果只购买爆破物品，发动群众全民参与公路建设，义务投工投劳，50万就可以启动了。我说，如果再加上你捐赠的部分呢，还有你公司的无偿爆破。姐夫说，那就基本可以打通三个片区的通屯公路。事实上，红山村第二、第三、第四片区是连在一起的，一条路就可以将三个片区串起来。

潘副主席显然没有思想准备，没想到我会提出这个想法来。如果加上他前面的"三个想不到"，那么我的这个想法或者动议就是他的第四个"想不到"了。潘副主席听了我的想法后，委婉地表达了他的反对意见。这完全可以理解，世界上没有哪一个管钱的人一听说要钱就爽快地答应，除非他管的不是钱，是一堆废纸。潘副主席说，第一，这是一笔专款，如果挪作他用，财务审计是要问责的。第二，如果作家们尤其是柔性引进的名家们知道我们挪用了这笔专款，就会状告我们的。第三，联系点的扶贫资金应该由扶贫部门统筹安排，而不应让后援单位去单打独斗。潘副主席的观点很正确，反驳意见也很有力。可我的念头已是定型的牛角，掰不回来了。我以纪实表达的手法，跟潘副主席描述了我在天桥上尿裤子的情形。关于我在天桥上尿裤子的情形前面我已经描述过，有一个感受我是第一次透露。从生理的角度讲，通常排泄包括射精的过程都是舒适的过程，可当尿液从我的膀胱倾巢而出时，我感到尿管剧烈地疼痛，似乎夹杂尖利的结石。尿水或者血水不是流出来，而是黏糊糊地溢出来。说到后面，我给潘副主席归纳道，要是你看见那么一座天桥，经历过一位老人的葬礼，你就会毫不犹疑地赞同我的想法。潘副主席说，当初我要下去，你不同意，你非要下去不可。话说回来，这笔钱如何使用还是你说了算。不过，我的意见是给35万，单位留一半，怎么样？我说，四舍五入，给个整数，40万。潘副主席终于表态，那得请各位副主席来走个程序，以便日后有个说法。潘副主席说的各位副主席，指的是兼职副主席。班子除了我和潘副主席以外，还有四位兼职副主席，他们是报社的田总，电视台的莫台长，社科联的周主席，还有文广新体局的袁副局长。严格来讲，四位副主席不驻会是不算班子成员的，但章程规定重大问题必须经过主席、副主席集体讨论，而副主席中就包含专职副主席和兼职副主席。通电话后，两位副主席下乡采风，另两位副主席出差外地，只能通过短信表决。表决结果如下：田总、莫台、袁局表示同意。周主席弃权。周主席是小说家，人才小高地的重要成员，他正计划用创作补贴买一辆"传祺"，他弃权可以理解。潘副主席说，40万还是有缺口的。我说，还有我10万创作补贴。潘副主席瞪大眼睛，你把稿费用上了？我说，垫支一下。12月9日—11日】

下卷：2016年度

【再回红山村，已穿上厚厚的衣裳。来的前夜，在养老院与父亲话别，父亲唯一的叮嘱是带上厚衣服。父亲说，只要身子暖和了，手脚麻利了，就能从容应对来犯之敌。当年他们奉命入朝作战，缺乏御寒衣服，手冻得拉不开枪栓，眼睁睁地看着联合国兵冲上来。父亲这辈子体验最深刻的是寒冷以及对寒冷的仇视，以致父亲在大热天也习惯戴一副厚厚的棉手套。父亲在养老院过得还开心，有很多老年朋友可以聊天。他只是有点为养老院的院长担忧。我问他院长怎么了。父亲说，院长是个年轻的小伙子，头发却差不多白完了。他家里本来有很多钱，却变卖所有的家产来开这个养老院，以为养老院能赚大钱，结果靠借高利贷来经营，目前已经资不抵债，撑不下去了，听说"老高"（高利贷老板）要来接收养老院了。我安慰父亲，"老高"接收了养老院也要经营下去的，你就放心好了。徒步行进在山区公路上，我感到步履沉重。这种沉重来自身上的行囊，爱人往背包里装满了衣物、药物。装满了她的担忧、思念和牵挂。背包里，还有一件女儿从上海寄来的小棉袄，暖暖的，一摸就想穿上身。这种沉重感来自肩上的责任，来自越来越艰巨繁重的扶贫攻坚任务。我到达乡府的时候，得知红山村贫困户"录取"分数线已经下达。根据上级划定的58分为贫困户分数线，对照红山行政村精准识别贫困户入户调查评估评议得分，全村有303户1487人在分数线以下，符合贫困户标准，拟确定为贫困户。杏福同志告诉我，乡里已确定上报红山村脱贫摘帽的截止时间是2016年底。我问他，县里确定了吗？杏福说，确定了，天马乡2016年度有两个村要摘帽退出贫困村系列，一个是红山，一个是红柳。

阿扬和阿才包了一辆农用车回到村部，农用车上装了一车的表格和303只红色档案盒。阿扬递给我一张目录，这是今年预脱贫困户档案材料清单。上面规定每一个贫困户的档案盒里都要装有这些材料，术语叫作"台账"。阿才说，年底脱贫验收时，主要是查阅档案盒的这些材料，"台账"齐全了，档案齐全了，验收就过关了，贫困户就脱贫摘帽了。我说，怎么能这样讲呢？阿才说，领导就是这样交待的。我说，交待也不能这样直说呀。领导的讲话，有时候传达其精神就可以了，明白吗？阿才说，明白了。我细看目录清单，上面一共有26项内容。

1.《贫困户脱贫摘帽申请书》。

2.《贫困户脱贫摘帽"双认定"验收表》。

3.《贫困户精准脱贫动态检测表》。

4.《贫困户人均纯收入动态测算价格参考表》。

5.《贫困户家庭收入佐证材料》：a.有存折复印件；b.有外出务工工资收入证明或工资条；c.有短期务工收入证明；d.有稳定收入主导产业项目（如养鸡、养牛、养羊、养猪等）收入收购方的有关证明票据；e.有家庭其他种植项目收入的邻里证明；f.其他转移性收入证明材料。

6.贫困户房屋图片。

7.贫困户有饮用水图片（拍照水井、水柜、水窖、水龙头出水图片）。

8.贫困户有电照片（拍照高低压输电线路、家里电灯管图片）。

9.贫困户所在20户以上的通屯砂石路、水泥路或沥青路的图片。

10.贫困户子女缴费、奖状证书等入学有关证明材料。

11.参加新农合缴费发票图片或代扣新农合存折图片。

12.贫困户家庭成员与正在播放节目（央视一套）的电视机合影图片。

13.有产业等收入来源的项目图片。

14.《贫困户脱贫后稳定收入来源计划表》。

15.帮扶干部与贫困户的入户合影图片。

16.《脱贫攻坚精准帮扶手册》。

17.脱贫攻坚精准帮扶联系卡。

18.《应知应会脱贫攻坚手册》（政策汇编）。

19.《脱贫攻坚承诺书》。

20.乡（镇）审核公示图片。

21.《扶贫小额信贷贫困户委托经营协议书》。

22.《贫困户产业申请表》。

23.《贫困户"一户一策"计划书》。

24.《建档立卡贫困户学生基本信息情况登记表》。

25.《帮扶责任人、贫困户基本信息情况登记表》。

26.《脱贫光荣书》。

冰儿接过清单看了说，这到底是精准扶贫还是整理档案呀？

我说冷暖同志，此话可不能随便讲啊，这是过程，过程，明白吗？精准扶贫既要注重结果，更要注重过程。冰儿问，这些档案是我们负责整理吗？阿扬说不是，由帮扶干部们来做，帮扶干部很快就下来了。确定帮扶对象后，帮扶干部们再按照内容给自己的对象逐个建档、整理和归档，这是他们的工作任务。我们的任务是督促和检查。我提醒阿扬，这个"他们"也是我们。我说我们也有帮扶指标，也有帮扶任务。以前的分配标准是"54321"，即厅级5户、正处4户、副处3户、科级2户、一般干部1户（红山村最后确定为"1513119"，即正处15户、副处13户、科级11户、一般干部9户）。我们既是驻村工作队员，也是帮扶干部，这点大家别忘了。冰儿指着阿扬手上的表格，这些肯定是我们每个驻村工作队员要填的。阿扬说，正是，一共28种表格。

1. 《预脱贫对象帮扶摸底情况表》。

2. 《贫困户精准帮扶（增收）计划表》。

3. 《贫困户家庭收入支出登记表》。

4. 《精准脱贫干部联系（帮扶）贫困户登记表》。

5. 《精准脱贫干部结对帮扶安排表》。

6. 《贫困户分布情况表》。

7. 《贫困户脱贫计划表》。

8. 《贫困户危房改造资金补助花名册》。

9. 《脱贫攻坚基础设施建设项目统计表》。

10. 《脱贫摘帽贫困村基础设施建设成果表》。

11. 《脱贫摘帽贫困村产业发展情况统计表》。

12. 《预脱贫户产业发展扶持项目审批表》。

13. 《贫困户脱贫摘帽分析表》。

14. 《贫困村脱贫摘帽分析表》。

15.《贫困村脱贫摘帽进展情况一览表》。

16.《脱贫摘帽村主要脱贫措施落实进度表》。

17.《贫困户劳动力转移就业和职业培训情况统计表》。

18.《精准识别贫困户贫困村进度表》。

19.《贫困户学生花名册》。

20.《精准脱贫低保花名册》。

21.《预脱贫贫困户产业扶持"先建后补"项目资金发放到户花名册》。

22.《困难残疾人生活补贴发放对象花名册》。

23.《预脱贫贫困村获得资金补助重点农民专业合作社名单》。

24.《生态公益林补助资金发放花名册》（代扣新农合）。

25.《农资综合补贴花名册》。

26.《农村危房改造落实到户汇总表》。

27.《贫困户"八有一超"指标完成情况表》。

28.《贫困村"十一有一低于"各项指标完成情况表》。

冰儿叹息一声，我的天啊，弄完表格这些内容，恐怕都到验收时间了，还能干什么活儿呢？国令说，相比之下，我们还算人手充足，大家可以共同分担，不像有些贫困村只有一名驻村第一书记，所有表格都由一个人填写，那才累得够呛。我提醒大家，这是上级要求的"规定"动作，我们必须做好，同志们不要有丝毫抵触情绪，这是规矩，明白吗？凡事都要讲规矩。这些表格不但要认真填好，而且一定要真实可靠，经得起历史的检验，不要成为时代的笑料。阿扬说，毛一你放心就是了，我们一定认真填写，眼下我们马上要填报的表格还有《贫困户建档立卡登记表》《贫困村建档立卡登记表》《村民小组（自然村［屯］）建档立卡登记表》《贫困户基本情况统计表》《自然村（屯）移民搬迁情况登记表》《未有稳固住房统计表》《贫困户脱贫方式统计表》《贫困户无身份证号家庭成员信息登记表》等等。

第二天，潘副主席率领老黄、老章、文秘书长和小康来到红山，同来的还有作协安主席、书协杨主席和音协洪主席。他们是应我的要求下来支援的，配合我们进村入户公布贫困户"录取"名单，填写上述相关表格。同时，也是作为本单位的帮扶干部下来的，因为他们本身就是帮扶干部，这样市文联系统的同志就成为天马乡最早进驻贫困村的帮扶干部。

一下子来这么多人，住宿成了问题。我只好求助覃剑校长，他爽快地安排我们的同志住到学校五间空闲的教师宿舍去。覃剑校长听说住进学校的同志都是各艺术门类的专家，高兴得合不拢嘴。他说学校从未有过专业的书法老师、美术老师和音乐老师，你们能不能抽空给老师和学生们上上课？我说，没有一点问题。书法家杨主席、画家老章当晚就分别给老师和学生们做了书法、美术现场创作展示。从驻港部队退役的小康，原来是个文艺兵，曾给不少著名歌唱家伴过舞。小康在操场上给学生们表演舞蹈，表演前小康特意换上一套旧军装。人一出场，立即博得孩子们一阵尖叫，优美的舞姿更是赢得他们一阵阵掌声，孩子们把他当成了男神。器材室里有一台县教育局送下来的电子琴，送来至今从未有人碰过。洪主席擦掉厚厚的灰尘，将琴抱到教室来，搁到讲台上，插了电源，刚一坐下，一组悠扬的旋律立即在学校上空荡漾开来。这一夜，红山村小学灯火辉煌，琴声飞扬。覃剑校长握着我的手，感叹道，要是你们长期驻下来不走就好了。我跟覃剑校长保证，他们从今往后每月驻村十天，专门安排一天时间来学校上课。

半夜里接连听了几个电话，都是市直机关的一些朋友打来的，问我红山村远不远，距离河城有多远，从天马乡府可否坐车到村里？听罢就知道都是要下村里来帮扶的，都有些忐忑不安，都在打探红山的基本情况，这里是不是穷山恶水？甚至是个"不适合人类生存的地方"。刚闭上眼睛，一个电话又来了，是个女声，志平，知道我是谁吗？我说对不起，山里信号不好，听不出来。对方说，我是胡彩旗呀。哎哟喂，原来是在会场负责摄录开会缺席玩手机的督查室副主任胡彩旗同志。我说，胡主任好！深更半夜有何指示？胡彩旗说，市里安排我去你那个村帮扶，你可要多多照顾老妹呀。我说，有我吃一碗，不少你半勺，你放心好了。挂了电话，我想到另一个胡彩旗，上达屯贫困户那个女户主，以及她那四个上不了户口的小孩。督查室副主任胡彩旗同志的爱人不是在市司法局吗？这四个小孩的落户问题就由她负责解决。她帮扶哪些贫困户我不管，跟她同名同姓的这个贫困户主，她是绝对要帮扶了，明天就跟乡府确定下来。

次日早上，我们分头下屯公布贫困户名单。和前段入户调查评分一样，我们仍然分为四个小组。我和潘副主席、冰儿、国令负责最远的第四片区；阿扬、老黄和作协安主席负责第三片区；阿才、小康、书协杨主席负责第二片区；老章、文秘书长和音协洪主席负责第一片区。贫困户名单公布原则上公布到村民小组，条件许可的公布到大的自然屯。在天桥遗址，我看到阿扬和阿才他们用石头砌起的遮挡物或者警示标识——这些石头证明这里曾经有过一座天桥，那位长得像我大伯的道长就是从这里失足跌下深涧的。写过先锋小说的潘副主席双手撑着石墙，遥望对面的悬崖，想象已被拆除的天桥是怎样的一座桥。冰儿打开手机视频递给潘副主席，潘副主席看了视频问我，那天没有人给你拍照和录像？我说没有，这是无法弥补的缺憾，有些镜头可以补拍，有些镜头是无法补拍的。

我们从上达屯开始，一路张贴贫困户名单。在一个木瓦房前，我停下脚步，我看到屋檐下吊着一朵白布花。调查评分时我来过这户人家，户主是一位70多岁的老人，名字叫韦祯沈。当时，老人家对我说，希望能吃上"低保"，我当时答应他了。我轻轻地推开紧闭的房门，只见老人家的遗像挂在堂屋墙上。此时，他被"录取"为贫困户的名单就在我的文件包里。望着老人家的遗像，我呆立许久。老人家没能享受贫困户待遇、没能吃上他想吃的"低保"就走了，老人家一定是带着遗憾离开这个世界的。唉！上次我来的时候，见到的是活人，这次再来我见到的是遗像。

中午，我们把名单贴到"老党"家。前段时间的评议公告，我们也是贴在"老党"家的门上，第四片区的群众都看到了。我把潘副主席介绍给"老党"，市里下来的帮扶干部。潘副主席按照惯例送上一袋米、一壶油和一只信封。"老党"说，我替农户给你们传递一个信息，今后帮扶干部来，不要送米和送钱，就给一箱"天龙泉"。我近期见到"老党"是在覃理科的家里，那天"老党"只说了一句话，是对胡宗强说的。当时吴海龙发言后胡宗强也要说两句，"老党"就说胡宗强你这个卵仔，人家覃理科撒尿用不到你鸡巴，你不要多卵余。意思是覃理科有意见要反映，他自己会讲出来，不需要你代替，一句话就把胡宗强挡了回去。贴了公告后我约好"老党"，晚上和伍老一起到老跛家碰头，商量修路的事情，顺便把群众对贫困户名单的意见反馈给我们。

下午我们把公告贴到伍老家所在的凤凰屯，傍晚来到老鹰屯老跛的家。冬梅摇着轮椅到门口迎接我们，脖子上挂了一双纳到一半的布鞋。我躬身问候了她。冬梅说，毛一啊，理科阿公没在，你亲自到场吊唁，感动了全村群众，都说你是一个有情有义的人。我对冬梅说，每个人都会这样的，尤其像我和老跛我们这个年龄段的人，逐渐经历这样的场合，这种场合任何人都回避不了。我从包里拿出一只电子按摩器递给冬梅。我说，我爱人送给你的，你每天早晚按摩一次，对血液循环有一定的帮助作用。冬梅双手合十，鸿福，鸿福。脊髓受伤的病人一般都是终身瘫痪，医生除了让患者坐上轮椅，做一些维持性的治疗之外，别无良策。病人只能在轮椅或病床上度过最后的岁月，冬梅就属于这样的人。让病人的脊髓神经再生，是治疗瘫痪最理想的方法，也是全球神经病学家的共同追求。多年来，神经病学家一直为此而努力，已取得一定成果。不过，这项研究工作极为复杂，正如麦克杰尔大学艾伯特·阿格纽博士所指出的那样，这可不是一件简单的重新安装一根电线的工作。我们在老跛家坐下不久，覃文科带一青年跟着进门来。覃文科说，毛一，你把我的贫困户抹掉。我说怎么啦？覃文科说，实话跟你讲吧，我在河城农民创业园有一栋房子，房产证是我三弟的名字，其实是我的房子。覃文科指着旁边的青年说，他叫覃综合，贫困户名单上他43分，他在河城附近的六柱村也建了一栋房子。所以，我们两户都不应该是贫困户，请把我们的指标让给别人。我握着覃文科的手，感谢你们支持工作队的工作。覃文科临走时问我，贫困户名单公布了，公路快要修了吧？我说，快了。覃文科才走不远，我追出来叫住他，你们两个留下，晚上我们一起商量修路的事。交谈中，我得知覃文科是个复员军人。他确实不知道女朋友是越南人，她说的是中国话，而且是凭祥一带的口音。覃文科说，那天确实误会了。冰儿说，不打不相识嘛。她指着国令说，我这位同事也身手不凡的。覃文科说，那是，他那"柳腿劈挂"练得很到位。国令与覃文科握手，向你学习。覃文科指着覃综合说，他是我战友，我们一起在边防服役，他练的是综合格斗，就是MMA。我打断他们练武的话题，我问覃文科，别人都巴不得成为贫困户，你俩怎么主动退出？覃文科说，开始我们不知道贫困户的底线，以为住在山里的都是贫困户。平时我俩在外面做事，村里人对我们家里的情况也不了解。覃文科嘿嘿地笑道，不是我们的份，我们哪好意思霸占。就是覃文科这句话，让我对他俩有了一个很好的印象。

老跛在堂屋烧了一盆火，火烧得很旺。我还是感到冷，尤其是背部冷。我看了看坐在我两边的伍老和"老党"，他们身上穿的衣服都很薄，后悔不该夜里请两位老人家来。伍老说，今年这个天气不算冷，奥运会那年才冷，冷得我家里的母猪都咳嗽了。你们晓得吗？母猪可不轻易咳嗽的，再说我们这代人就比你们经得起冷。说得冰儿急忙挺直腰身，她身上穿了羽绒服。门外灌进一股风，吴海龙和胡宗强两人进到屋里来。人员到齐，老跛说可以开会了。"老党"首先反馈贫困户名单公示后的情况。他说，整个第四片是平静的，没有大吵大闹的现象，我来的路上就听讲隔壁村有人撕毁贫困户公告、谩骂驻村工作队，我们这里没有，我想整个红山村也不会有这种现象，这得益于前段时间我们评估评得细、评议评得准确，也就是底子摸得清、摸得透。"58"分这个分数基本反映了全村的贫困群体，但个别"59"分"60"分的农户认为他们的情况跟"58"分户差别不大，分数是不是再扩大一点，覆盖到他们。"老党"说，高考都扩超了，精准扶贫也应该涵盖更多的困难户。伍老说，目前当然不会出现什么苗头，但是以后非贫困户看到贫困户得钱得物，享受"低保"，对立的情绪就会出现，这种现象以前就发生过。当然，政府对因学致贫、因病致贫的农户，肯定要扶持要帮助。千万不要再搞过去那一套，一讲扶贫就送钱送米送鸡送鸭送猪送羊，送农具送种子送肥料。我在上个世纪80年代当扶贫工作队员时，就送这些东西了，现在还不是老样子。这种小恩小惠，除了解决燃眉之急以外，产生的却是等靠要的依赖思想和行为，以后不再送了，怎么办？望天啊，天上会掉下来吗？红山村的扶贫关键还是基础设施建设，首要问题是解决行路难的问题。只有把基础设施问题解决了，把扶贫的基础打牢了，才能为红山村的致富创造良好的条件。

吴海龙显得很不耐烦，修路，修路，上面没有项目我们修什么路？"老党"你在位的时候，也喊着要修路，可到现在路修出来了吗。我们没有门路没有关系修什么路，还是等上面下达项目再说吧……伍老打断道，你不要讲了，就是因为你这种态度这种等靠要的思想，才导致红山村直到今天不通屯级路。如果全村群众都像你吴海龙这种态度这种思想，第二、第三、第四片永远都不会通路。吴海龙说，你思想比我先进，那你讲讲，你有什么好办法？伍老说，把群众都动员起来就是最好的办法。毛主席讲了，只要有了人，什么人间奇迹都可以创造出来。修路是这样，扶贫也是这样，干其他事业也是这样，群众不动员起来一切都是白搭。吴海龙说，群众起不起来，不是我们所能动员的。伍老说，怎么不是？毛主席讲了，正确的路线确定之后，干部就是决定的因素。修路项目肯定要积极向上争取，但也不能就这样等着，我们都不行动，怎么感动上帝、感动上级？人这一生啊，不知有多少人输在这个"等"字上，等将来等下次等条件等有钱了，可是等来等去，等到后来，等没了机会，等来了遗憾，等来了后悔。我们这辈子最经不起的就是"等待"。吴海龙说，你肯定等不起了，我们可是要等下去的。伍老将眼睛盯到别处，你能等多久？只有天知道。"老党"将底子抛了出来，他说，市文联已经为我们筹措了50万元爆破物品资金，公路设计经过沿线的作物也已收获归仓，眼下正是修路的最佳时机，我们要发动群众尽快行动起来。

吴海龙说，50万，开玩笑，50万能修什么路，50万美金还差不多。潘副主席陡然气得脸都变形了，他说，如果你们嫌少的话，可以不接受。我想告诉你们的是，这50万里面有10万是……我咳嗽一声，打断他的话。吴海龙说，有本事你们叫上级全额拨款修路，不要号召群众投工投劳。现在哪有这样修路，都是让老板承包了，都机械化了。再说，一些农户家里没有劳力怎么办，到时还不是变相让群众交钱。"老党"说，机械化当然需要，群众投工投劳义务修路也必要。自己的娃仔自己生养才懂得珍惜，自己的道路自己修筑才走得踏实。乡府到村部公路修通时，第四个老板对我说，走路你要尽量往山边靠，我问为什么，他说外面的路基砌得不是很稳固。吴海龙说，我保留我个人的意见，我反对这样修路。伍老说，你可以保留你的意见，你甚至还可以辞职。吴海龙说，我现在就向支委口头提出辞职。胡宗强跟着说，我也辞职。1月4日—5日】

【小寒这天，乡府开会，全体乡村干部、驻村第一书记和工作队员参加。散会后到杏福同志办公室，杏福对我说，红山村有25万资金，至今尚未动用。我心头一动，我们到处跑钱，千方百计地找钱，没想钱就躺在身边，呼呼大睡，鼾声如雷，我们竟浑然不知。我问，什么钱？杏福说，广东对口帮扶资金，两年前市里某位领导联系红山村时争取得来的。我问他，钱在哪里？杏福说，在扶贫办那里。我更是诧异，一方面是听说村级发展难于上青天，主要原因是没资金。一方面是村里有产业资金，却让资金睡在账户里。杏福告诉我，这是产业扶持项目，原驻村指导员已做方案上报扶贫办，资金用途是养牛，后来方案一直没批下来。我说，方案为何一直没批？无非就是两种可能，一种是项目论证通不过，一种是扶贫办压根儿就不想给你这笔钱。杏福说，我问扶贫办了，扶贫办的人说，已变更资金用途上报市里，市里没批下来，前段时间大伙都忙于开展贫困户贫困村精准识别、建档立卡工作，我打算结束这阶段工作后，再跟你讲这笔资金的来龙去脉，研究发挥它的作用，没想扶贫办刚才通知我，要我们在一月底前必须把这25万资金全部用完，市里近期有督查组下来督查扶贫资金使用情况。我听明白了，杏福同志找我，目的就是如何把这这笔钱突击花掉，跟扶贫办交差。这不是很好办吗？我钱袋子都带来了。我说，很简单，你把钱拨给我们修路不就完了。我想，25万足够我们搞出三公里的路基了。杏福否决道，不行！这是产业扶持资金，公路不属于产业。我说，公路修好了，产业就有了嘛。杏福还是说不行，这是两个不同的概念。我说，那你认为这钱怎么花掉。杏福建议，用这笔资金去买牛，一头种牛两万块左右，买它十来头牛，就可以把项目资金用完了。我问他，牛去哪里买？杏福说，红山村有个屠夫叫蓝克琼，家里养有不少牛，我们可以跟他买。我又问他，牛买来了养在哪里？杏福说，蓝克琼有个养殖场，暂时放在他那里养着，改天再建起养殖场。我再问他，改天是哪一天？改天请你吃饭，改天请你喝茶，改天请你洗脚，改天请你桑拿……当今世界上最没有盼头的日期就是"改天"。改天实际上就是托词，就是推诿。杏福答不出话来。我说，杏福同志，你这是典型的拍脑袋做决策，你这不是搞产业，而是为了应付检查，是突击花钱，是胡乱花钱，是把钱不当钱的行为。杏福同志说，这不是上面催得紧吗，我这也是没有办法的办法。我还有问题没问杏福，牛买来了，谁来养？村干部轮流来养？工作队员轮流来养？乡干部轮流来养？养在那里，然后请广东人来看，喏！你们给的25万都在这里了。这是我驻村后第一次听说扶贫资金是这样花的，是需要突击花的，是为了应付检查而花的。真是瞎掰！

回村里的路上，杏福打我电话，他刚跟黎明乡长商量，养殖业不搞了，搞种植业，用那25万在加卖屯（红山村面积最大的一个自然屯）建立一个沃柑种植基地。杏福同志细致地跟我讲了有关沃柑种植的方式方法和种植前景，深情地回忆了去年他有幸随同市长到四川南部县参观扶贫产业示范园区的情形。南部县的先进做法是：龙头企业带动，土地流转入股，园区规模种植，技术全程服务，农民参与生产，收益按股分红。杏福说，他查看过加卖屯的地形地貌，土地虽不很肥沃，但可以种植。我仔！他中午还跟我谈养牛，下午就改为种沃柑了。我提醒杏福同志，产业资金的用途是养牛的。杏福说，晓得，资金变更用途手续，由他出面跟扶贫办的同志协调。我说，改天你协调好了再说吧。杏福说，你什么意思啊？我说，我就是这个意思。

回到村里，我把杏福要在加卖屯种植沃柑的事，跟冰儿、国令和老跛说了，算是研究，研究落实杏福同志的指示精神。老跛说，去年杏福已跟他们村干谈过这个事，大家都没见过沃柑是什么样子。国令说，沃柑是"坦普尔"橘橙与"丹西"红橘的杂交品种，属于晚熟杂交柑橘系列。果实中等，扁圆形，果皮光滑，橙色或橙红色，油胞细密，果顶端平，有不明显印圈，果皮包紧，容易剥离，果肉橙红色，汁胞小而短，囊壁薄，果肉细嫩，多汁味甜。该品种在重庆北碚地区一般4月中旬开花，11月中下旬转色，1月中旬成熟，采收期一般从1月中旬至3月上旬，果实耐贮性好，自然留果时间可从成熟的1月份到8月份……冰儿打断道，国令，我的耳朵长茧子了，口水流干了，此时此刻，我只问你一句,我们红山村到底种得不得沃柑?国令不慌不忙道,任何水果的种植,都需要与之匹配的阳光、土壤和气候等方面的条件,不是想种就能种的。至于红山村能不能种沃柑,这需要论证。老跋说,别理他,杏福同志一般突击做的事情通常没有结果,我们不忙拿出种植沃柑方案来,说不定过几天他又改变主意了呢。两天后杏福来电,沃柑品种娇贵,种植成本高,管护难度大,不适合在高寒山区、贫困地区种植。此外,沃柑种植基地需要把果树的适应、种植、管护、销售等环节搞清楚了才能实施,等搞清楚这一切,督查组都走了,还搞什么基地,不搞了。你看看,关键是督查组走了,没有用了,沃柑基地搞起来也是白搞了。几天时间,广东扶持的这笔资金经历了从养牛到种植沃柑的变更,钱还是没花掉。我不知道广东同志知晓我们花钱的流程后,是怎样的一种心情?广东同志的钱再多,也是一分一分地积累起来啊!1月7日—12日】

【这天是星期五。在美国,有个"黑色星期五"的说法。说美国的圣诞节大采购一般从感恩节之后开始,感恩节是每个11月的第四个星期四,因此它的第二天也就是11月的第四个星期五就是美国人大采购的第一天。这一天,美国的商场都会推出大量的打折和优惠活动,以在年底进行最后一次大规模的促销。因为美国的商场一般以红笔记录赤字,以黑笔记录盈利,而感恩节后的这个星期五人们疯狂的抢购使得商场利润大增,因此被商家们称作"黑色星期五"。商家期望通过以这一天开始的圣诞大采购为这一年获得最多的盈利。这个星期五对我来说也是黑色的,然而我的"黑色"与美国人的"黑色"完全不同,我的"黑笔"记录的不是盈利而是亏损。早上,阿扬、阿才回乡府录入贫困户、贫困村、村民小组和自然屯信息。潘副主席、老黄、老章他们与帮扶对象拍完照后，也要带着档案资料回单位去填写和整理。学校已经放假了，可覃剑校长把几个兴趣班的学生召来，请老章、安主席、杨主席、洪主席和小康去给他们讲课。这些兴趣班是写作班、画画班、音乐班和舞蹈班。潘副主席他们决定推迟到明天才返回。我和冰儿、国令商量，周六召开村两委班子会议，跟班子成员谈心谈话，沟通思想。那晚在老跛家围绕公路施工，意见分歧，吴海龙和胡宗强提出辞职。碰头会不欢而散，开不下去，也不可能再开下去。眼下开展的各项工作，最重要的是群众的决心，而吴海龙他们的态度影响着群众的决心。我内心是不愿意吴海龙和胡宗强辞职的，目前村里工作千头万绪，他们不能撂下担子。可从村干部的素质能力来讲，他们两人确实不胜任本职工作。他们的思想境界和服务意识，不但不足以带领群众开展精准扶贫，而且还在群众中产生负面影响。尤其是当选村干部以来，他们的心思不在"主业"上，而是在"副业"上。这不仅是宗旨意识问题，还是理想信念和政治纪律问题。村干部是绝对不允许当道公的，是绝对不能从事封建迷信活动的。不过我还是想跟吴海龙、胡宗强，包括黄春龙他们三个认真地谈一谈，我希望通过谈心转变他们的思想，提高他们的觉悟。说句心里话，我不想跟他们闹得不愉快。我曾跟他们表态过，大伙有机会一起工作就是一种缘分，而我是一个十分珍惜缘分的人。

　　杏福打来电话时，我正跟冰儿、国令谋划这个谈心会，确定谈心会主题。杏福直接问我，毛一啊，村里到底发生了什么事？昨天吴海龙、胡宗强和黄春龙到乡里来向我辞职，递交了报告。我心里一惊，吴海龙和胡宗强真的找组织走程序了，真的说不干就不干了，还拉上了黄春龙。我原本要跟杏福解释说明一下，但杏福没给我机会，他说，天马乡从未有村干部辞职过，而且是三个村干部一起辞职，你一来就开了这个先例，影响很不好，搞得我们很被动，你是怎么搞的嘛？杏福的质问让我感到不快，我说，我正要问你，当初你们是怎么考核吴海龙、胡宗强和黄春龙的，他们的道公身份你知道吗？他们私下从事与身份不符的迷信活动你知道吗？你们当初审查把关过吗？这件事倒查起来，你作为第一责任人，是要负全责的。杏福的口气软下来，毛一啊，我只是了解情况，没别的意思。他们不干了，我们就按程序另选他人充实，这个不是问题。贫困村脱贫摘帽标准"十一有一低于"中"有好的'两委'班子"是一个关键的硬件，而且首先要解决好（附带说明一下，贫困村脱贫摘帽标准已由原来的"一低四有四通三解决"改为"十一有一低于"，即有特色产业，有住房保障，有基本医疗保障，有义务教育保障，有路通村屯，有饮用水，有电用，有公共服务设施，有电视看，有村集体经济收入，有好的"两委"班子；贫困发生率低于3%）。挂了杏福电话，我和冰儿、国令商量的事项也发生了变化，谈心会暂时不开了，当务之急是挑选可以接替吴海龙、胡宗强和黄春龙职位的人选。我们当即在红山村青年中寻找、筛选。经过对照条件反复比对，有三位青年进入我们的视线。这三位青年是：覃文科、覃理科和覃综合。我在笔记本上写下这三位青年的名字。

刚写了覃文科，他的电话就打进来了。信号不是很好，但能听出他的声音。覃文科呼吸急促，他在电话里呼叫，毛一，毛一，上达屯发生火灾，请求支援，请求支援！我刚要追问两句，电话已经挂断。我赶忙叫冰儿立即电告乡府。冰儿说到最后，我在一旁补充道，目前情况不明，我们马上前往火灾现场。国令从小学叫回潘副主席他们后，我们就出发了。爬上山坳口后，身后又跟上学校的几位老师。到达上达屯，我瞄了一眼手表，11点10分。覃文科呼救的时候是10点20分，我们只用50分钟就赶到现场，以往我们通常需要一个半小时以上（附带说明一下，上达屯海拔1000多米，距离村部有四公里的路程）。出现在我们眼前是连成一排的熊熊燃烧的火场，烧焦的檩子、椽条不断地掉下来，激起一团又一团火浪，偶尔夹杂一两声鞭炮的爆炸声。蒸腾的紫绛色浓烟在北风中翻滚浮动，空气中弥漫着被烧焦了的棉花、粮食和肉类的味道。山民东奔西突地往山边或者距离较远的人家转移粮食和牲畜，我们的同志立即加入到救助行列中去。我提醒冰儿和国令，留心周边的老人，提防有想不开的扑到火里去。在火灾现场，我除了看到几只塑料桶以外，再也没有发现其他灭火器械或者工具，诸如灭火器、水管之类。山腰间倒是有几个盖了顶的大水柜，但不知道水柜里面有没有水。我们驻村到现在，天空还没落过一滴雨水。

人群中一脸灰黑的老跛跌跌撞撞地冒出来，我开口就问他，人员伤亡情况如何？老跛说，万幸，万幸，无一人伤亡，财产损失数据正在统计中。老跛喊道，理科、文科你们过来。面容倦怠的覃理科在衣服上掸着手说，毛一辛苦了。我说废话，辛苦的是你们。覃文科一屁股坐到地上，和老跛一样，他的脸也灰黑得像个煤炭工人。覃文科说，起火时间大概是上午10点那个时候，那时他正往山上察看捕捉野猪的陷阱。他家后山上有几头野猪特别疯狂，屯里人几次险些被它们伤害，他在野猪经常出没的地方设下了一处陷阱。刚到半山腰就听到一阵嗷嗷的叫声，抵近一看，一头壮硕的野猪果然被困在陷阱里了。他疾速转身下山去招呼众人来援助，这时，他看到屯里黑压压的瓦楞上空蹿出一丈多高的火苗。他来不及辨认是谁家的房子就呼喊起来，火烧房子了！火烧房子了！有人推开窗子，露出莫名其妙的脑袋。覃文科一路狂奔一路喊，火烧房子了！等到人们完全反应过来时，大火已经蔓延到左邻右舍，这才有人惊慌失措地从房子里出来，打开牛栏、猪圈和羊圈。那一排房子全是木瓦房，火烧得很快，一下子就把整排房子都烧遍了。除了末尾几户人家搬出十来筐玉米外，其他户家中的粮食全部化为灰烬。附近人家的人们提着水桶赶到，只泼了十几桶水，就把水缸里的水泼完了。什么叫杯水车薪，这就是杯水车薪。受灾的家人蹲在四周，叹息着、哭泣着，无奈地看着火魔无情地吞噬一切。覃文科说，已经确认起火的那家户主名叫蓝志纯，起火的原因可能是蓝志纯家电线老化短路引起。覃理科悄悄告诉我，听屯里人说起火前两天，蓝志纯家里的一只母鸡不停地打鸣。蓝志纯并没有理会，说它爱打就让它打。后来这只母鸡率领一群母鸡集中到堂屋来，在那里集体打鸣，这才引起蓝志纯的警觉，蓝志纯就去请吴海龙来做法事。做完法事后，吴海龙把那几只打鸣的母鸡都带去"法办"，说保证没有事了，已逢凶化吉。当天发生火灾后，群众就说吴海龙做的法事不灵，白白地骗去蓝志纯几只土鸡。吴海龙刚才传过话来，说这场火灾是避免不了的，如果他不来做法事，烧的就不只是房子和牲畜，还要烧死不少人。现在一个人都没受伤，说明他做的法事已收到了最好的效果，他就是这场灾难的贵人。我说，公道自在人心，谁是贵人，群众心里最清楚。如果覃文科同志没有发现火情，没有及时呼叫疏散群众，那后果将不堪设想。老跛已统计出具体数据，全屯除了"老党"、覃文科等9户人家幸免以外，大火共烧毁房屋13座36间，涉及17户112人，都是贫困户和贫困人口，大部分家里的粮食和衣物都被烧掉了。

县长蓝彤峰来到现场的时候，他看到的是一片瓦砾遍地的焦土。蓝彤峰的身后跟着一干人，有县府办、公安局、民政局、住建局、武警消防中队以及县人民医院等单位部门的领导。杏福把我介绍给蓝彤峰同志，这是我第一次跟蓝彤峰同志握手。蓝彤峰说，主席辛苦了！我说，我们都不辛苦，最辛苦的是村里的党员、干部和群众。老跛简要汇报灾情之后，大队人马来到，他们是乡府干部和武警战士，扛着帐篷、衣物、棉被、粮油等救灾物资抵达现场。蓝彤峰当即指示，全体同志迅速行动，赶在天黑之前搭起帐篷，安置受灾农户。大伙分工负责，一部分人协助武警战士搭帐篷，另一部分人埋锅烧饭，为灾民准备晚餐。这时候我才意识到，我和我的同事们已经一整天滴水未进。

国令把我叫到"老党"家，冰儿端上一碗猪血让我先吃了，避免空腹出现低血糖症。我问冰儿哪来的猪血。冰儿将我拉进厨房，看到覃理科、覃文科和覃综合正忙着给两爿猪肉剔骨头。覃文科小声说，那头野猪的。我说，你那么厉害，搞掂它了？覃文科说，哪里，10个覃文科都搞不掂它，是公安局韦局长搞掂的。我一听就明白了。覃理科、覃综合将割下来的野猪肉分别送到坡岭下的临时场地和安排了干部食宿的另外7户人家，剩下一部分就在"老党"家煮了。"老党"说，文联的同志今晚就住我这里。我交待国令，文联的同志不搞特殊，你去把县长、县府办主任、民政局长、住建局长、公安局长，还有书记、乡长和老跛他们，都请到"老党"家这里来，晚上我们要商量灾后重建事宜。话说回来，我们文联来的同志，这些所谓的艺术家们一点也不特殊。他们听从召唤，服从安排，进村帮扶。这些日子来他们吃农家饭、睡农家床、干农家活儿。现在已经天黑了，他们还在坡岭下面和武警战士一道搭帐篷，为受灾农户布置临时住所。

"老党"抱一坛酒出来，我说，不喝了吧。蓝彤峰同意我的意见，他说，同志们劳累一天了，照理讲可以喝两杯的，但这种场合确实不适合喝酒。"老党"说，不是我们自己喝，其他同志也喝，受灾的群众也喝。覃理科说，刚才我们把"老党"他库存的200斤米酒送下去了。韦局说，我建议喝两杯暖暖身子，这山区夜里蛮冷的。"老党"说，忘了提醒各位，我家可没那么多的被子，这酒就是今夜盖在各位身上的被子了。老跛说，外面的人喝酒，是当作庆功酒喝，当作喜酒喝。山里人不是这样，山里人把酒当作饭菜来吃，所以山里人不叫喝酒，叫吃酒。蓝彤峰望着我，主席你拍板。我说那就喝两杯吧，就两杯，不要互相敬酒。有了我定的这个调子，大伙只好埋头吃饭，想喝酒的端起杯子又放下了。最典型的是"老党"，他连续三次端起酒杯，一口没喝下去。韦局响亮地将酒杯蹾到餐桌上，大家喝一杯吧。众人于是端起杯子喝了。吃了几口菜，韦局又蹾着酒杯，大家再喝一杯吧。众人端起酒杯又喝了。原来喝酒需要吆喝，需要统一步调，是一种集体行为或者行动，就像广场舞一样。另外，酒还要互相敬了才能喝，独自喝酒是不礼貌的。用老跛的话讲，那是"独吃"。我本来要敬覃文科一杯，感谢他把猎物奉献给全屯群众和参与救灾的干部。既然我定了不能敬酒的规矩，就不能破了这个规矩，所以就不敬了。

伍老带领三个灾民代表进到家里。灾民代表得知县长和他们同族同宗同姓都很激动，端着酒杯朝我而来。我将他们引导到蓝彤峰跟前，他才是你们的县长。蓝彤峰端着酒杯犹豫着，掉过头来，问我一句，该不该喝？我说，该喝，人民群众敬你的酒，你应该喝。我把伍老介绍给蓝彤峰县长，伍老说，他不晓得我，但我晓得他，他是制冷专业毕业的，后来才改行从政，从冷门改到热门……"老党"打断他，你别考究人家的专业，你考究来考究去，都考究不出"县长专业""市长专业"之类的专业来，因为本来就没有这样的专业。伍老瞪了"老党"一眼，你外行不要讲行内话，你知道个人奋斗的关键词是什么吗？学历、背景、资源、人脉、资历。蓝彤峰招呼伍老他们坐下来，你们来了正好，我们一起商量灾后重建的问题。蓝彤峰说，我今天一路来一路看了，你们这里交通不便，人多地少，自然条件恶劣，建议整屯搬迁出去，在河城周边建设新家园，怎么样？三个灾民代表你望我，我望你，手里端着酒杯都没有说话。蓝彤峰重复一遍，你们意见怎么样？

一个灾民代表嘿嘿地笑道，县长呀，你叫我们搬迁，我们没有意见，绝对响应政府号召，不过我得跟我老婆商量。我那个老婆不晓得哪根筋出了问题，就是不同意往外搬，她说住在山里我到哪家喝酒她都知道，喝醉了睡在哪里她能找得到。搬到外面去，我出去喝酒，喝醉了能自己回来还好，回不来睡到哪家床上去她就找不到了……老跛呵斥他道，别讲了，谁稀罕你这个酒鬼！"老党"说，他讲的是酒话，我讲的是真话，群众确实不愿意搬迁，我当支书时最头疼的事情就是易地搬迁。"老党"说，在上个世纪90年代的历次扶贫中，红山村三个片区均列为易地扶贫搬迁对象，先是计划搬迁到外县去，群众不愿意；后来安置到河城附近去，群众也不愿意；前几年安排到乡府附近，群众还是不愿意。我接着"老党"的话说，这次精准扶贫，说不定还是要易地搬迁的。"老党"说，当年上级曾许诺连天桥边那块神石也迁走，还是没一户同意，现在更不会搬了。蓝彤峰问道，大伙为什么不愿意搬迁，外面的天地不是更广阔吗？伍老说，一言难尽，其中原因不是一句"故土难离"就能概括。我在城里待了37年，最后还不是回到故乡来了，你问我为什么我也说不清楚。"老党"说，上个周末我孙子回来，给我念了一条微信，我念给你们听听：今天和几个土豪吃饭，我问，你们这么有钱，还有什么目标？土豪说，再奋斗几年，就去乡下买个农家院，养点鸡鸭狗，种些花草树，春天挖挖野菜，夏天钓钓小鱼，秋天爬爬青山，冬天晒晒太阳。没事约朋友玩玩牌，喝杯小酒，吹吹牛皮，享受美好的田园生活。回家后我琢磨了半天，他奶奶的，原来土豪们的理想，就是我家里的生活，我还写什么作业？玩儿去。你看，连小孩都看到了未来的生活。覃文科说，政府易地扶贫搬迁的政策是英明正确的，群众应该拥护支持，我就主动报名到河城农民创业园去创业。但是群众实在不愿意搬迁，政府也要尊重他们的意愿。蓝彤峰说，这位同志有创业精神，大家要向他学习，现在上级非常重视易地扶贫搬迁工作，当作精准扶贫的一项重要内容来抓，给了很多优惠政策包括贴息贷款，你们不要再错失良机了。蓝彤峰他们回去后，"老党"对我说，原以为一场大火能烧出公路来，看来还是要搬迁，可是大伙不愿意啊。"老党"透露一个秘密，正由于群众历次不愿意搬迁，惹怒了有关部门，公路就不修了，你们爱啥样就啥样。我问"老党"，你总是说大伙不愿意，最主要的原因是什么？"老党"说，开始是舍不得祖宗留下的一草一木，一砖一瓦，曾有十几户搬迁出去过，连旧房都烧掉了，断了后路的，可没多久又跑回来了。后来是因为无土安置，土地是农民的命根子，农民一旦离开土地，他们靠什么活命？城里一把青菜五块钱，他们拿什么来买？覃理科说，我认为搬迁与修路没有冲突，我们就是搬迁到美国去，住不久也要回来的，回来还要坐车嘛。1月16日】

【1月18日上午，姐夫来到红山村。我们正召开村民代表会议，按照法定程序补选覃文科、覃理科、覃综合三位同志为村委副主任。我问姐夫，你怎么来了？姐夫说，听到村里发生火灾后就来了。我指着盖着篷布的大卡车问道，运炸药来了？姐夫说，炸药哪能这样运，炸药有专用车。卡车上是大米，送给受灾农户的。老跛率领村委成员向姐夫表示感谢，说以后再专门送锦旗到公司去。姐夫说，我不但不要你们的锦旗，连吃的都自己带来了。说着吩咐司机从车上卸下一个编织袋里，拿出几包牛肉、羊

肉和猪肉，交待老跛招呼代表们都留下来，一方面是慰劳基层同志，另一方面是感谢村干部对他小舅子的关照。老跛惊愕半天，说我没见过这样的领导。姐夫说，我不是领导，我连干部都不是。我历来都是自己买饭自己吃，自己买床自己睡，自己买路自己走。代表们纷纷帮着把车上的大米卸下来，搬到会议室去。大米刚卸完，又有两辆大卡车驶进村部，谭福源校长从前面一辆车驾驶楼跳下来，小舅子，这条村路可真难走，我这个老师傅一路开来一路冒冷汗。我迎上去握着谭福源的手，谭校长辛苦了。谭福源校长说，昨天跟姐夫商量了，哥俩一起给受灾群众送点物资，姐夫送吃的，我送穿的，给大家送来了"两个二百"和"两个两千"：200件棉衣、200顶棉帽，2000双手套和2000顶安全帽。我正疑惑，谭福源校长解释道，2000双手套和2000顶安全帽给修路的群众。我再次握着谭福源校长的手，你让我感动得心脏有些承受不了。谭福源校长说，还有，小舅子你来扶贫，兄弟帮不上什么忙，给你100个名额，让村里青年到我驾校免费学车，小车、货车和大客车都行。冰儿惊呼道，哇！100个学员，那得多少学费啊，你的驾校白开了。谭福源校长说，精准扶贫，人人有责，也算是我为红山村脱贫摘帽出一点力吧。

　　午饭后送走姐夫和谭福源校长，代表中的村民小组长留下来继续开会。会议决定发动第二、第三、第四片区群众投工投劳修公路，第一片区群众义务支援。技术员全线走线完后，民爆公司进场实施爆破。公路以第一片区红山屯古榕代销店为起点，途经第二片区、第三片区，目的地是第四片区老鹰屯。施工采取钻机打眼、电管爆破、机械排石、开挖和人工砌墙、回填相结合的办法，动员群众户户投工、人人参与。通过"人海战术"，用一年时间拿下全长7.6公里的通屯公路，在今年脱贫摘帽验收前交付使用。覃理科透露了一个振奋人心的消息，他在矿山采矿的哥哥过几天将三台风钻机和两台钩机运回来，支援修路。会议成立通屯公路建设指挥部，老跛任指挥长，覃理科、覃文科、覃综合任副指挥长，伍老和"老党"任顾问。指挥部设在红山屯古榕代销店。会议研究了上达屯灾后重建事宜，县里决定临时调整易地扶贫搬迁对象，把红山村17个受灾贫困户搬迁到河城的一个移民安置点，安置房正在紧张装修中，春节前受灾户搬迁入驻，从现在起做好群众搬迁动员工作，具体由我和冰儿、国令负责。阿扬和阿才已从我们小分队"脱钩"出去，专门应付填报各种没完没了的数据和表格，村里的具体工作不再安排给他们。会议还研究了其他事项。

　　村部陆续进来帮扶干部，他们有些来自县直机关，有些来自市直部门。市督查室副主任胡彩旗同志就在其中，她的脖子上挂着一只照相机。以往在会场里，她就是用这只照相机拍摄那些打瞌睡玩手机的人，单位的老黄和老章就让她拍过。好在老黄和老章他们已经返回，这些帮扶干部可以住到学校空闲的宿舍去。红山村的情况与别的村不大一样，因为路程太远了，从市里下来的帮扶干部头天抵达村部时已是下午，无法直接开展工作，需要到贫困户家里或者在村部留宿一晚。村里的贫困户和城里的干部有些相似，都是"留吃不留住"的，家里没有多余的房间多余的床铺可以留宿客人。当然，家里有多余的房间多余的床铺自然就不是贫困户了。我现在面临的一个问题是，如何安排这些帮扶干部的住宿。如果他们分批次下来，可以凑合一下；如果他们统一集中下来，那就难以安排了。胡彩旗他们租一辆面包车下来，不是公车办的车，是出租公司的车。车改后，干部下乡只能乘坐班车或者租车下来。坐班车下来是不现实的，市里到河城有快巴，河城到乡里有班车，乡里到村里坐车就比较困难了，很多贫困村尤其是山区村是没有客车进出的，红山村也一样。胡彩旗他们租这辆车，从市里到红山一天租金3000元，还不包括个人的差旅费，两项加起来，光住村一天最少花费5000元。扶贫工作是需要成本的。胡彩旗拿着入户手册问我，志平，这个贫困户的名字怎么跟我的一模一样，是不是你故意搞的？我竭力忍住不笑出来，我说，贫困户帮扶干部是乡府统一分配的，不信你问她。我指着冰儿。冰儿说，确实是这样，乡府根据市里提供帮扶干部名单，按"15131109"的标准来分配。胡彩旗听说她要帮扶13个贫困户，一下子就傻了眼，13户，我怎么扶得了？政府扶了几十年他们都没脱贫，我个人扶一年就让他们摘帽？我安慰她说，我比你还多两户，15户。国令说，我们还算少呢，天马乡贫困户数多，帮扶干部不够，学校老师和医院医生都安排了帮扶对象，乡府干部帮扶最多的有25户。这样一解释，胡彩旗同志就没什么话可说了。贫困户分布在第一、第二片区附近的，当天下午我和冰儿、国令就分别带帮扶干部登门入户"认亲"了。和前面我单位的同志一样，每个帮扶干部进村后首先要做的工作是给贫困户主、贫困户房子、贫困户的猪牛羊鸡鸭拍照，然后和贫困户主合影，填写入户手册，在墙壁或者房门上粘贴《脱贫攻坚精准帮扶联系卡》。同时，与贫困户签订《脱贫攻坚承诺书》，双方共同承诺，保证今年底脱贫摘帽，具体内容如下：

帮扶人承诺

为全面打赢脱贫攻坚战，帮助建档立卡贫困户2016年脱贫，现郑重承诺：

（一）积极向贫困户宣传党和国家的方针政策、法律法规。

（二）帮助贫困户精选发展路子，制定脱贫规划，落实脱贫措施。

（三）每月与贫困户商讨脱贫路子和指导贫困户实施帮扶项目不少于两次，每月住户开展工作不少于五天，并做好帮扶情况记录。

（四）帮助贫困户协调争取帮扶项目，完成帮扶规划。

贫困户承诺

为积极响应上级坚决打赢脱贫攻坚战的号召，确保2016年实现脱贫，作为家庭户主，现郑重承诺：

（一）在脱贫攻坚工作中，积极响应党委政府号召，主动参与，努力作为，发扬自力更生、艰苦奋斗和"主人翁"精神，依靠勤劳的双手摆脱贫困，实现尽快脱贫致富。

（二）在实施脱贫项目方面。服从地方党委政府安排，主动参与本村（屯）基础设施、公益事业、产业开发等有关脱贫项目的实施，动员家庭劳动力参与各种技能培训，进一步提高家庭劳动力素质，参加新农合，依法保证适龄儿女接受义务教育。

（三）在脱贫对象安排方面。本人将按照地方党委政府年度滚动脱贫计划的安排，在政府安排的脱贫时限内，完成各项脱贫指标任务，努力增加收入，认真配合做好脱贫"双认定"工作。

（四）在脱贫物资使用方面。对政府扶持的物资、资金，严格按照要求实施和使用，确保扶贫物资或资金不浪费。

次日早上8点，冰儿和国令打开村部大门，给受灾户分发大

驻村笔记

119

米和棉衣棉帽。我带着胡彩旗同志到她的帮扶户去，她的"扶贫包"里装着26份承诺书、26份贫困户手册和13块"脱贫攻坚精准帮扶联系卡"。"扶贫包"县里统一定制，由乡府统一分发给帮扶干部。包的两面喷着"众志成城精准扶贫"8个红字。胡彩旗帮扶的13个贫困户分布在第四片区的三个自然屯，其中，有四户在上达屯，是刚刚被烧了房子的受灾户。一出门，胡彩旗就问我，最远的户要走多远？我说不远，最多两个小时的路程。我说的两个小时，指的是我们这段时间以来练出的速度。才进村来的胡彩旗同志，可能要增加一个小时，当初冰儿就是这样的速度。胡彩旗说，我这辈子还没走过这么远的路。我说，这点路程算什么？当年红军长征的路才远呢。胡彩旗说，每一代人有每一代人的长征。对我个人来说，这次精准帮扶就是我人生中的一次长征。一年时间让这13个贫困户脱贫摘帽，这份承诺书可不那么容易签字啊。胡彩旗说，我算了一下，帮扶干部每六天下来一趟，每趟花费几千元，一个月下来几趟花费几万块。这笔钱如果直接给贫困户，他们就可以做好多事情了。我说，彩旗同志，你这种想法可是有点逃避之嫌哦。胡彩旗说，我讲的是实话，难道我们下来跟他们照相，帮他们规划项目，替他们计算收入，他们就能脱贫摘帽了？我还真想不出我能有什么好办法。胡彩旗又说道，昨晚看电视有领导下村给贫困户送鸡仔，我有点想不明白。俗话说，扶贫不扶懒，救急不救穷，我想跟你探讨一下，新形势下的扶贫还是这样扶吗？还是过去的老一套吗？我们以后是不是也要送鸡仔送猪仔下来？我说，你昨天下午不是看到了吗，大米、衣物都送来了。对胡彩旗同志的问题，我也只能这样回答，因为我也是一名帮扶干部。

路旁有一座木瓦房，建得蛮精致的。房前是一个用竹子围起来的菜园子，园子里长着绿油油的青菜，有芥菜、芥蓝、白菜、包心菜、萝卜、蒜苗和葱花。园子围栏外，有一棵柑橘，结满金色的果子。胡彩旗说，看到这青菜、这果子，我就走不动了，口水流下来了。那些青菜绝对没洒农药、没施化肥，那些柑橘一定很甜很甜。我说，我明白你的意思了，你想去验证一下，这户人家到底是不是贫困户。胡彩旗说，对了。我们跳下路坎，朝木屋走去。芭蕉树下，十几只土鸡在觅食。胡彩旗指着那些鸡说，那是什么鸡呀？像穿了裙子一样。我说，这是当地的裙子鸡，野性极强，能飞几十米远呢。踏上石阶，我对胡彩旗说，这是一家贫困户。胡彩旗问道，怎么确定？我指着房门上的《精准扶贫帮扶联系卡》说，你看就明白了。那卡上写有户主姓名、脱贫年份、帮扶人姓名工作单位联系电话。胡彩旗看后说，这样的人家也是贫困户，我愿意成为其中的一户，这里可是世外桃源啊。

　　来到上达屯，我指着一座两眼的木瓦房对胡彩旗说，到你老同的家了。胡彩旗问，什么叫作老同？我告诉她，"老同"有两种，一种是同名同姓，另一种是结拜的兄弟、结拜的姐妹。贫困户主胡彩旗迎出门来，我昨晚跟"壁虎"讲了，你们今天肯定来。我说，你怎么知道我们肯定来。她说，昨夜右眼角跳了一夜，左眼跳灾，右眼跳财。我把胡彩旗同志介绍给她，这是你们家的帮扶干部，市督查室胡主任。贫困户主胡彩旗向帮扶干部胡彩旗同志鞠了一躬，胡主任好！本家好！"壁虎"从里屋端出火盆来，领导好！领导辛苦了！几个小孩躲在屋子的角落里，怯怯地望着我们。我朝他们挥了挥手，小朋友们好！大男孩用犀利的眼睛盯着我，这位大伯来过我们家。坐下来后，我对照脱贫摘帽清单，协助胡彩旗同志拍照，填写入户手册和《脱贫攻坚精准帮扶联系卡》以及各种表格。大男孩伸过头来，说了一句，这位姨妈的名字跟巴乜（母亲）一样。这句话惊动了他的父亲母亲，贫困户主胡彩旗连连作揖，缘分啊，缘分。我趁机对帮扶干部胡彩旗同志说，他们家有四个孩子还没上户口。帮扶干部胡彩旗同志问道，怎么不给他们上户口？贫困户主胡彩旗说，乡派出所讲要做了亲子鉴定才能上，做亲子鉴定一个孩子要1200元，我们做不起。帮扶干部胡彩旗同志说，我明白了（此事后来经过胡彩旗同志反映，市司法部门将亲子鉴定费用由每例1200元降到每例600元，后来取消了这项收费）。离开时，"壁虎"一定要送帮扶干部胡彩旗同志一壶蛤蚧酒。胡彩旗同志坚决不收，我替她拿过酒壶，悄悄对她说，这酒滋阴补阳，管用。胡彩旗同志给他们留了200元，"壁虎"的态度跟她一样，坚决不收。她说，其他户也是200块，而且我每次只有200块。

下到受灾户临时安置现场，我逐一察看了17顶帐篷里面的情况。发现帐篷里面拥挤不堪，只能放下一张床，家庭人口较多的受灾户住不下。跟在身后的覃文科说，有4户人分别到坡岭上6户人家去暂住，另外3户死活不去，自己搬到山洞里面去住。我说，住进山洞怎么行，绝对不行。覃文科说，山洞名声不好听，其实山洞里比帐篷还要宽敞、还要温暖、还要舒适。我说，不行，这事要是传出去，上面要打屁股的，你带我去看看。我翻开贫困户花名册，让覃文科说出这3户人家的户主名字，一对照全是胡彩旗的帮扶户。在山腰的3个洞穴里，我们没见到一个人，只见里面堆满了大米和杂物。胡彩旗问我，这3个贫困户的房子怎么拍？就拍这山洞和帐篷。我说，拍吧，洞穴、帐篷目前确实是他们临时的家。

帐篷和山洞里的人，此刻正在被烧成了焦土的平台地上清理瓦砾、火炭。覃文科反映一个情况，有几户人去找了风水先生，说明年不利东西利南北，要盖房子必须立春前盖。我说这怎么行呢，这不是跟县里的安置政策相抵触吗，一定要阻止他们建房。来到现场，我让覃文科将他们招呼过来。这些村民都见过我了，彼此并不陌生，他们争着给我递烟。我说，我老家也是山区的，同样长着竹子、椿树和苦楝树，但我家乡的大学生比你们这里多得多，光我那个屯就有12个重点大学研究生，还有4个在美国留学。为什么我的家乡出了那么多的大学生？不是我家乡的山水好或者风水好，而是我们那里很早就移民搬迁出来了，孩子们从小就在城里最好的学校读书，接受最好的教育。一些村民听了点头赞许，表示他们这代人可以固守这片家园，孩子们是一定要出去读书创业干事的。有几个村民说，马上就要修路了，我们不想搬迁。我说，搬迁与修路是两码事，你们搬出去了，这里还是你们的家乡，责任地责任山都还是你们的。以后交通方便了，你们白天黑夜啥时候都可以回来。

陪胡彩旗同志走了一天，走到天黑，还是没走访完她的13个贫困户。我们又回到上达屯，在覃文科家里投宿。夜里，寒风像野狼一样嚎叫，我翻来覆去睡不着。我想跟覃文科说说话，这家伙的呼噜声已从他那个方向传来了。我猜测胡彩旗同志也和我一样睡不着，她的蚊帐里有微光一闪一闪的，似荒野里的磷火，估计她还在刷屏。上达屯这里不通移动联通信号，能收到电信的信号。我们各自的床在堂屋两边，距离不过10米。我想给她发一条短信，提醒她早些休息，明天还要入户，一想短信有联络嫌疑就删除了。手机丁零一声，冰儿发来一条短信：一位驻村干部昏倒在大堆表格上，身边的同事扑上去，拼命地摇着他，同志你醒醒。他吃力地睁开双眼，用微弱的声音说，这是大走访表，家庭成员信息表，预脱贫帮扶进度表，贫困子女在校信息表，扶贫产业项目申报表，扶贫产业资金审批表，危房改造申报表，易地搬迁调查表，小额信贷评级授信表，贷款申请表，饮水安全表，"低保"申请表，卫生扶贫表，重大疾病调查表，劳动力调查表，留守儿童调查表，留守妇女调查表，未"参合"统计表，惠

123

农政策表，帮扶成效表……说完又昏睡过去。同事继续摇晃他，同志，你醒醒，你醒醒啊，还有电子版……我也给冰儿转发一条短信：忙的时候，不辜负路；爱的时候，不辜负人；饿的时候，不辜负胃；睡的时候，不辜负床。晚安！1月19日—20日】

【座谈会在县府八楼举行。参加会议的有驻村第一书记、扶贫工作队员，座谈会的主要内容是汇报贫困户建档立卡情况、存在的困难和问题。我和冰儿、国令昨天上午才收到开会短信通知，从村里徒步到乡府时已是中午，只好包了一辆"柳微"赶到河城。这段时间，我们总结出"两不怕一怕"：不怕苦不怕累，只怕突然要开会。怕开会不是我们不想参加会议或者抵触会议，而是红山村的地理位置使得我们应对会议显得很仓惶。一方面是第四片区绝大部分自然屯不通信号，如果我们在那个片区开展工作就处于与外界隔绝的状态；另一方面是出行不便，到乡府开会可以徒步前往，到河城去一趟就比较困难了。为此我们曾缺席四次重要会议错失三次督查组的突击检查，并被通报批评。我们都虚心接受，诚恳改正，努力让自己处于方便联系的位置。主持会议的蓝彤峰见了我，幽默地说了一句，毛志平同志本来应该坐主席台的，可会务组的同志忽略了这个细节。我站起来应道，承蒙县长抬爱，在下诚惶诚恐，既然驻村来了，自然坐到台下。

头一个汇报的驻村第一书记来自市统计局，是一位副科长。她说，最近她一直收看电视台播放的《第一书记》栏目，看到人家是那样的洒脱、风光，想干什么就干什么，想干成什么就能干成什么。看到某位同行又引进了某个项目，从事某个产业开发，她很佩服他们，简直就是羡慕嫉妒恨。她说驻村以后，把原来的本职工作延伸到村里来了，每天没完没了地统计各种数据，填写各种表格。到目前为止，她还没引进什么项目。蓝彤峰插话道，目前主要任务是填表，先做好规划。这位副科长说，是的，所以经过"五加二""白加黑"地工作，他们村的建档立卡工作已完成95%。蓝彤峰表扬道，不错，下一个。下一个来自市文广新体局下属的非物质文化遗产保护中心（简称非遗中心），这个非遗中心实际上就是原来的市歌舞团。文化事业单位改制后，歌舞团撤销合并成为现在这个单位。这位姓乐的副主任原来是歌舞团的团长，是演桂剧出身的，他的保留剧目是《王三打鸟》。现在他不"打鸟"了，专门保护鸟，保护开发像"傩面舞"之类的古老剧种。只要有人跟他说"傩面舞"是道公们跳的舞蹈，是封建迷信的行为，他就会跟他们争得面红耳赤，甚至翻脸不认人，一副誓死保护的姿态。乐副主任说，他原本是个"数字盲"，中考高考数学均为零分。他克服困难，勇于面对数字，学一行专一行，现在已像个职业会计师一样，能够从容应对各种眼花缭乱的表格，精准地计算或推算农户的各项收入。不过他认为表格还是要尽量简化，精准不等于繁杂，甚至是复杂化。现在这些表格实在是太多太杂，而且内容不断地改来改去，上面一改我们就得跟着改，搞得文具店的涂改液都脱销了。说句难听的话，我们现在不是精准扶贫，而是数字游戏。然而数字是活的不是死的，是在不断地变化着的，就像物价和股票一样。不管是第三方还是第几方，脱贫摘帽验收，既要查看这些表格，更要观照实物实景，才能做到去粗取精，去伪存真，由此及彼，由表及里，准确地揭示出精准脱贫的本质和规律。脱贫摘帽不可能通过填写上百种表格来实现，扶贫工作一定要接地气，再接地气。乐副主任反映，目前各种检查太多了，平均每天收到五条以上短信，不断提醒检查组督查组什么时候到，要检查督查某项工作，每天处于迎接各种各样检查督查中，疲于应付，耽误业务。乐副主任还反映，不少第一书记和工作队员因为过度劳累、饮食没有规律而患上各种疾病，有关部门要关心一下大伙的健康状况。工作上当然要严格要求，生活上也应该温馨提示。既要马儿跑，又要马儿好。驻村第一书记工作队员都不容易，有的是辞别新婚妻子下来，有的是把父母亲送进养老院后下来，有的是把幼儿交给父母了下来。他们敬业负责，认真填表，细致地帮助农户计算各种收入和各项开支，诚恳地接受各种各样的检查督查和批评，他们是这场扶贫战役中最可爱的人。

乐副主任的汇报或者发言，令全场的人安静得能听到彼此的心跳声。

接下来发言的第一书记来自县档案局的一位股长，姓张。张股长认为，现在帮扶干部要建立的档案太多了，照相的内容太多了，要跟户主照相，跟联系户房屋照相，跟联系户的猪马牛羊鸡狗照相。这看起来不像是搞精准扶贫，而是搞档案工作。群众不理解我们，把我们拍的照片叫作"照骗"，说是拿照片去骗人。另外张股长认为，现在落实贫困户脱贫产业存在一个普遍问题，家家户户几乎都是养鸡、养鸭、养猪、养羊或养牛，再加上外出务工。这当然没有什么过错，我的意思是，一个贫困户养几只鸡、养几头猪，算产业吗？那是不能算作产业的。产业是要上规模的，不然不能叫产业，只能叫家庭副业。何况这几只鸡几头猪，我们来与不来，农户本来就养着。实在不养的，那是懒到了极致，也是个别的。所以，贫困户的脱贫产业不能随意填写，更不能搞形式主义，千篇一律，一模一样。张股长建议，我们应该乘着精准扶贫的东风，请求上级实施贫困村屯屯通水泥路建设大会战，进一步提高山区公路的质量，确保群众出行安全。他说，纵观我市交通，目前已建有飞机场了，通往首府的高铁已经开工了，县县基本通高速了（不通的县也在修建之中），乡乡通柏油路了，村村通水泥路了。我们要乘势而上，一鼓作气，力争农村公路建设一步到位，不留死角，尽早实现屯屯通水泥路的目标。同时，加强农村电网改造，彻底解决饮水问题。概括起来说，屯屯通水泥路，屯屯有集中供水系统，屯屯出现"夜明珠"才是贫困山区群众真真切切的愿望。

我是第四个汇报。我首先感谢河城县人民政府为红山村配齐配强精准扶贫工作队员，充分体现了县委政府对全县最大贫困村的高度重视。各级各单位的帮扶干部也已进村入户完毕，建档立卡工作稳步推进，已经接近尾声，估计明后天就全面完成了。在建档立卡的同时，我们发动群众自力更生、自筹资金、自己动手修公路，拉开了通屯公路建设的序幕。我特别提到三位"活愚公"，他们在上个世纪70年代因为挖山不止造梯田而闻名河城。如今三位老人已70多80了，每天还扛着钢钎铁锤上工地。凭着当年造梯田的经验，三位"活愚公"成为公路施工技术员。各级帮扶干部及其单位职工，每到周末都不辞辛苦前来支援。工地上红旗招展，机声隆隆，人声鼎沸，热火朝天。群众纷纷表示，公路全线连接三个片区后，各个自然屯还将继续修路，一直把路修到自家门口。

走出会议室，冰儿对我说，你的发言有干货。我来不及表示谦虚，就见蓝彤峰朝我们三个招手。进到蓝彤峰办公室，我说，你面积超标了。蓝彤峰说，你要看清楚，这是会议室，我是在会议室办公的，按照会议室的标准，这个面积还不够。曾有个书记到我办公室，感叹我的办公室是那样的狭窄和简陋。我说，纪委"双规"干部的地方跟我办公室的面积差不多，你适应一下也是可以的。说得那位书记郁闷了一个月。我用一只手指在圆桌上轻轻一抹，指头上沾了一层灰尘。我没有点破，只是朝蓝彤峰扬了一下我的指头。蓝彤峰说，不跟你谈面积，谈一下易地搬迁的事。蓝彤峰说，这次精准扶贫，上级高度重视易地搬迁工作，列入了各级人民政府及有关部门年度考评内容。全县易地搬迁方案已经上报，你们红山村第二、第三、第四片区被列为整屯搬迁对象。我表态道，我们全力配合做好思想动员工作。蓝彤峰说，我看你们那里有点悬。我不明就里，为什么？蓝彤峰说，你们现在已经修路，群众更不愿意搬迁了。你们发动群众自力更生修路这个做法很好，值得肯定，但从某种角度讲它干扰了我们的易地搬迁计划，所以，公路施工你们是不是先停下来，先动员群众移民搬迁。我断然答道，停不了的，也无法停，因为这是群众的自觉行动。蓝彤峰还想说什么，我已出了他的办公室或者会议室。进了电梯，国令说，我发现咱这地儿，凡是上级的要求都必须列入绩效考评，凡是列入绩效考评的工作都必须全力以赴重点完成。冰儿问我，晚上有没有应酬，如果没有的话我们一起见一见从北京来的朋友。

冬天天黑得快，走出县府大院，街面已灯光闪烁。冰儿直接带我们往一家餐馆走去，显然她已经安排好了。包厢里坐着一位头戴礼帽围着围巾英俊魁梧的中年男子，见到我们立即起身相迎。我握着他的手道，这位朋友是？冰儿介绍道，星亿东方影视文化公司的姚总裁。我说，姚总您好！冰儿介绍我，市文联毛志平主席、一级作家、第一书记。姚总神采奕奕，热情地与我握手，第一书记好！我解释道，是村里的第一书记，不是省市县的第一书记，那些第一书记才是名副其实的第一书记。姚总说，你这样的第一书记，有其特殊的历史地位，是要记入史册的。我说，史册不敢奢望，不上黑名单就阿弥陀佛了。冰儿又介绍国令给他，两人握手寒暄。我正要往餐桌主人的位子坐上去，冰儿却一把拉住我，毛一，今夜委屈你了，今夜我坐这个位子。我只好请姚总坐到她的右边手位子，我坐到她的左手边来，过去就是国令。姚总说,毛一有什么好小说,可以给我们公司啊。冰儿说,毛一现在正创作一部反映脱贫攻坚的长篇小说,是主旋律的题材。姚总说,好呀!我们公司就拍正能量的片子。我说,拙作面世了自然要请教姚总的。凭我的直觉,姚总这次千里迢迢来到河城,不是为了本子吧?我望着冰儿笑了笑。姚总也笑,笑得很灿烂,也是,也不是,准确地说,我是为了一座桥来的。

一座桥?

对!一座桥。

姚总说,我在微信上看到你们那个上达屯有一座天桥,后来这座天桥被拆除了,一位老人竟然从天桥的遗址边跌下山崖。这件事让我感到蹊跷,觉得有些玄乎。哲人说得好,存在就是合理的。我想在天桥的遗址上重新架设这么一座桥,恢复这么一座桥,当然不是木桥,是铁索桥。

我一直认为我的定力或者自控力是比较强的,不轻易动情,也不轻易动容。但当我端起酒杯站起来时,我的身子还是摇晃了一下,是那种短暂脑供血不足或者过于激动导致心跳加快的现象。我绕过冰儿来到姚总的身边,我说,姚总,你是红山人民的贵人、恩人,我代表全村3000多壮汉瑶苗同胞感谢你,千言万语都在杯子里面了。国令也端起杯子敬冰儿,冷姐,我也敬你一杯,没有你,没有你和姚总就没有铁索桥。冰儿说,铁索桥在哪儿呀?你应该说,如果没有冷姐,天桥就不会被拆除。

多谢姐夫,我们第二天早餐后坐他的"路虎"来到红山。在天桥遗址边上,我开玩笑地对姚总说,姚总你是不见兔子不撒鹰啊。姚总说,兔子我已经见了,我想看鹰飞翔的地方。姚总双手撑在遮挡墙上,问以前天桥有多长?这一问,就把我们三个问住了,我也明白姚总一定要到天桥遗址来的原因了。我有点后悔忘了从工地上叫覃文科或者覃理科他们一个跟来,只好电话问了。

覃文科"啊"了一声，说以前还真没测量过，也没想过要去测量它。他说毛一你等等，我问一下几个老人家。等了一下，覃文科说，老人们讲大概有五丈这样。姚总问，五丈到底是多少？看来姚总只掌握国际标准单位，不懂得古代长度。国令双手抬起来，做出步枪射击瞄准动作，然后又抬起右手，做出手枪射击瞄准动作。冰儿笑他，你做什么呀？国令说，我们军训时，进行过100米步枪、50米手枪的训练和射击，我估算了一下，天桥长度不超过40米。国令估算出来的距离，帮助姚总计算出了铁索桥投资的金额。姚总说，400万，绝对够了。

返回的路上，姚总说，施工单位和监理部门你们自己定，自己招投标，自己落实。我只定一个时间，今年秋天的时候，我要像鹰一样飞过铁索桥。我说，姚总你尽管放心，今年秋天的时候，我们在铁索桥上见。回到村部，我对冰儿说，你送一送姚总吧。冰儿问道，送到哪里，乡里？县里？送到北京？我说，送到哪里我不管，时间和地点我也不管，我什么都不管。

腊月二十三是农历小年，我和冰儿、国令来到古榕代销店。代销店是屠夫蓝克琼开的，他腾出一间杂物房给我们作为公路建设指挥部。所谓指挥部，就是平常老跛、覃理科、覃文科和覃综合他们商量事情的场所。老跛早早就到了，我问他，从今天起歇工了吧？老跛说，哪里？金瑞老人讲了，腊月二十七才能歇息。金瑞老人是那三位"活愚公"之一，当过生产队长。正说话，工地上陆陆续续冒出人影来，很快就传出了叮叮当当铁器敲击声。覃文科靠近来，小声道，昨夜逮了一只果子狸，我们三个光棍商量了，今晚拿到村部去烹饪，跟毛一你过小年。我说，果子狸是保护动物，我不敢吃，你逮它是违法的。覃文科说，我逮的是野猪，又不逮它，它是自投罗网。冰儿过来提醒我，韦局叫你接电话。我刚打开手机，信号就过来了。韦局问我，你在什么位置？

我说，在公路工地上。韦局说，一个小时后，市委贺书记到你那里。我一愣，贺书记来红山，我们怎么事先没得通知。我们当天总共收到乡党政办七条关于建档立卡、填报数据的提醒短信，唯独没有收到贺书记要来红山的短信。我给杏福打电话。杏福惊慌失措，手上一样东西掉到地上。杏福说，我现在河城，怎么办？我说，你安心过节吧。这时，工地沿线已布满了群众，清一色地戴着谭福源校长送的安全帽，只是帽的颜色已由白色变成了灰色。我交待老跛，你统计一下人数，上工地有多少人。老跛说，公路开工以来每天上工人数保持在 1600 人左右。我打断他道，不要跟我说，等下你跟贺书记说。跟哪个说？老跛张大嘴巴。我重复一遍，跟市委贺书记说。

贺书记一行很快来到，三部车，五个随同人员。贺书记老远就伸过手来，我的作家书记，你好吗？我说，我很好，贺书记您微服私访来了。群众听到市委书记来了，一下子就围了过来。贺书记站在人群中间，大声说道，乡亲们辛苦了！听到没人回应，也没听到掌声，贺书记对我说，这才是真实的场景，没有任何策划、安排和培训的成分。我感到很内疚，如果我知道贺书记来，一定好好地组织一番，不让场面这么冷清。淳朴的山民就是这样，他们的热情和激情深藏在内心深处，他们不会拍手或鼓掌，他们只会把你捧在手心，装在心里。他们不善于表达或表演，除非你对他们进行训练或驯化。贺书记沿着刚修出来的路面走去，不时点头赞许，不错，不错，脱贫攻坚就需要这种冲天的干劲，需要这种不屈不挠的精神。

从工地上下来，蓝彤峰对我说，贺书记要到上达屯去，今晚在屯里跟灾民一起吃年饭。我急忙让国令返回工地，通知覃文科和覃综合赶回屯里去准备。我们来到屯里时，一切已布置妥当。年饭安排在"老党"家，一共摆了三桌，一个农户来一个代表。

伍老也来了，一见贺书记就问候，贺科长好！原来他当年与贺书记同一个科室。吃饭时，贺书记问我，驻村以后有哪些想法？我说，成熟的想法不多，主要是实施基础设施建设大会战，争取年底实现片片通公路、部分屯通水泥路的目标，彻底解决山区群众行路难问题；积极培育开发本地资源，打响本地"裙子鸡""黑山猪""黑黄牛""黑山羊"等农副产品品牌，把各家各户分散经营转变成"合作社+公司+基地+农户+电商"的产业化经营模式，壮大村级集体经济，增加全村群众收入；对全村青年进行种养技术培训、电子商务培训和车辆驾驶等培训，让每个贫困户人口都有一技之长，都有一门手艺。贺书记肯定道，想法很好，思路清晰，措施得当，符合实际，就这么干下去。贺书记拍拍我的肩膀，市委市府全力支持你，有什么困难和要求，你直接给我打电话。

离开上达屯时，群众一路跟着送了一程又一程。老跛从包里拿出一双布鞋，挤上前去递给贺书记，吭哧半天，才说出话来，贺书记，我爱人送您一双布鞋，请您收下。贺书记捧着布鞋，这可是宝贝，谢谢你，谢谢你的爱人！回到村部，贺书记提醒我，别忘了你的"深扎"任务。贺书记所说的"深扎"指的是深入生活、扎根人民，是文艺工作者义不容辞的责任。我说，那是。贺书记说，不过我认为你此番"深扎"别开生面，很到位，很有意义，是真正的"深扎"。贺书记问，小说写得怎么样了？我说，书记您也看到了，我一天忙成这个样子，哪有时间写作，每天也就记录一些工作内容。贺书记说，你把驻村笔记整理出来，不就是一部小说了吗。

农历腊月二十八这天，我和冰儿、国令悄悄地离开红山村回家过年。我们没有告诉老跛他们，也不能告诉他们。在回市里的路上，我们都收到了一条短信：众志成城，其志断金。我县精准识别建档立卡工作在县委县人民政府的坚强领导下，以乡镇为主体，各部门积极支持配合，特别是全体扶贫工作队员起早贪黑、披星戴月、风雨无阻地走村串户开展精准识别、建档立卡工作，圆满完成全县精准识别建档立卡各项工作任务，为我县打赢脱贫攻坚战奠定了坚实基础。值此新春佳节来临之际，我们谨向您致以崇高敬意，恭祝您和您的家人新春快乐，阖家幸福！河城县精准扶贫攻坚指挥部。我当即回复：衷心感谢组织的关心和厚爱！一看这个短信是通过电信平台群发的，我的回复或者答谢，河城县精准扶贫攻坚指挥部根本收不到，除非电信老总担任驻村第一书记。1月30日—2月8日】

【春节期间，一直下着冻雨，滴滴雨水寒彻骨髓。原计划春节前17个受灾户集体搬迁到移民新村过年。腊月二十四，各家各户捆好家具行李，等候通知。腊月二十五，我给书协、美协两位主席打电话，让他们分别准备好春联和挂历，电话一到就送到移民安置点来。莫台听说后，决定送给每户一台电视机，并负责安装好"锅盖"（电视信号接收机）。腊月二十七，还是没有搬迁消息，我只好拨打蓝彤峰的电话。蓝彤峰在电话里先骂了一通，操他妈的，这个狗卵公司，狗卵老板，房子没给我盖好就跑了，我让法院毕院长判他为"老赖"……没想到蓝彤峰的"制冷系统"，储藏了这么多的热能量。我不知道他骂哪个公司哪个老板，估计那些老板的耳朵都让他骂红了。蓝彤峰骂完后告诉我，移民点的房子还没装修好，无法交付使用，让我组织村干部深入各户做好灾民思想稳定工作，春节后一定能搬迁出来。既然这样，受灾户只能在帐篷、山洞和邻居家里过年了。我有些后悔，当初如果同意他们盖房，现在都盖得一层了。春节期间，我天天

133

给覃文科打电话，了解受灾户生活情况。覃文科说，毛一你放心，大伙该喝酒的喝酒，该走亲戚的走亲戚，灾民情绪稳定。没想到任职不久的覃文科，也会使用了"情绪稳定"这个词。不管是表面的抑或是真实的，听到"情绪稳定"这个词，我心里或多或少还是感到踏实许些。看来凡是担任一定领导职务的人，都很在乎"情绪稳定"这个词语。

初六早上，阿夕打我电话，说他阿爷春节一直呕吐，吐到今天什么东西都吃不下了。我一听，顿即感到事情不妙。春节前那段时间，我已发觉老跛的脸色不对头。我问他，最近你的脸怎么黑黑的。老跛笑着说，农民的脸本来就黑，不可能像干部一样白嘛，农民哪有"小白脸""小鲜肉"的。我对阿夕说，你马上找覃理科他们，把你爹抬到村部来，我这就去接他到市医院来检查。爱人落实了一辆救护车，她说安排单位的同志去接吧。我说，大过年的，喊谁都过意不去，我去接他。到达村部时，覃理科、覃文科、覃综合和阿夕四个人用一只躺椅将老跛抬来了。蜷曲在被子里的老跛，已瘦得没了人样。我俯下身子，拉着他冷冰冰的手，兄弟，老人说了，有命不怕病。老跛抓着我的手，毛一，村里的工作刚有起色，我舍不得离开大家，我还想跟你干下去。我安慰他说，你一定能挺过来的。当晚，老跛住进急诊室，次日早上转到住院部肝胆科。

爱人下班回来，从公文包拿出一本病历给我，上面写着：韦鸣炮，男，52岁，已婚。主诉：上腹疼痛20余天，连续呕吐5天。现病史：患者于2月12日晚间出现右上腹胀痛不适，阵发性加重，为持续性疼痛，疼痛与饮食无关。腹胀、反酸嗳气、咳嗽、咔痰、恶心、发热。超声提示：肝多发实质性占位病变并门脉主干及左右支栓塞，肝弥漫性病变，肝右叶见一个实质性低回声团，大小11.7cm×8.6cm，边界模糊，欠规则。生化检验：血清总胆红素35.2、血清直接胆红素13.4、血清球蛋白43、白蛋白球蛋白比值0.893、血清γ谷氨铣基转移酶265、血清总胆汁酸19、血清谷丙转氨酶57、血清谷草转氨酶651、血清前白蛋白144.60。CT提示肝占位。过去史：无病史记录（未体检过）。个人史：吸烟20支/天，饮米酒0.5—1公斤/天。家族史：否认家族遗传史。父亲2009年9月脑溢血去世，母亲2010年7月脑梗塞去世。体格检查：T：38.2℃，P：90次/分，R：18次/分，BP：116/87mmHg，莫非氏征（+），余基本正常。诊断：原发性肝癌。我问爱人，情况很严重吗？爱人说，相当严重，晚期了。我再问她，有什么治疗办法？爱人说，手术已没有意义，在考虑化疗和放疗，同时配合中医治疗。该不该告诉老跛实情？我心里充满着矛盾。这是一种普遍性的矛盾，随着癌症的多发，"该不该告诉癌症病人实情"的矛盾困扰着越来越多的家庭。在各种微博、论坛上，这类求助信息随处可见，很多癌症家属渴望得到这方面的指导。癌症不同于其他疾病，癌症是绝症，是不治之症，再豁达的病人知道以后也会害怕和绝望。事实上，现实生活中有许多患者不知道自己生了癌或尚未确诊之前，常常活得很好，活得很长。可在得知自己患了癌症以后，精神瞬间崩溃，病情迅速恶化，很快就离世了。但也有人认为，病人有权知道自己的病情和存活期，以便更好地来安排人生的最后时光，是尊重人权和体现人道主义精神之所在。在残酷的真相面前，告诉病人实情，给予足够的心理支持，病人可能反而激起斗志，顽强地与癌魔搏斗，甚至创造出抗癌奇迹来，这样的案例，临床中并不鲜见。老跛目前的病情，经过化疗或放疗之后，再配合中医治疗，可能会存活一年甚至更长时间。经过一番权衡，我决定对老跛隐瞒其病情，连阿夕也一起隐瞒。因为以老跛的性格，一旦他知道自己的病情后绝对放弃治疗，回到他的老鹰屯去。他是一个每天吸多少支烟都要精准计算的人，绝对不会把钱浪费在治疗不治之症上。

进到病房后，我对老跛说，检查结果出来了，你患有严重的酒精肝，不是什么大问题，治疗一段就会好了。老跛经过输液后，自己已能够坐起来了。他说，都是喝酒惹的祸，唉！天天跟海龙、宗强、春龙他们混在一起，哪有不喝酒的，把肝都喝坏了。

大年初九，所有驻村第一书记和扶贫工作队员集中到河城酒店，参加第二轮业务培训。第一轮培训是贫困户精准识别，这一次是精准脱贫攻坚。和第一次培训一样，这一次也是采用视频培训方式。我们先后聆听了脱贫攻坚系列配套政策文件综合解读、《贫困户脱贫销号实施方案》《贫困村脱贫摘帽实施方案》《贫困县脱贫摘帽实施方案》解读，产业扶贫的必要性和复杂性、农村劳动力培训转移就业政策与实务、易地搬迁政策措施、最低生活保障工作等专题讲座。收获不小，我用手机拍下所有的课件内容，便于在实际工作中引用。培训会期间，我有两个晚上回到市里探望老跛。老跛已接受化疗，本来就稀疏的头发几乎掉光了。老跛的病让我想起了一个问题，那就是他从未体检过。老跛患有乙肝，他如果定期体检，坚持服药，是完全可以阻止病情发展的。第二天晚上，我跟爱人商量，请她几位副职来家里吃个饭。爱人问我，你到底什么意思？我说，什么意思吃了饭你就知道了。我通知老章到家里来弄几个菜，无非就是腊猪肉、腊羊肉、腊猪肠、白切鸡、酸菜鱼等这几样春节期间的菜肴。下午我从河城赶回市里时，医院四位副院长唐秀革、韦寿繁、韦家幸和潘敢已经坐在家里了。一个叫吕益明的房地产老总讲扶贫搬迁讲到差不多6点才下课，仿佛他盖的移民楼盘不封顶就不给我们下课。四位副院长我都熟悉，都是大名鼎鼎的专家。前面三位副院长分别掌管内科、外科和放射科等科室，唯有潘敢副院长不分管业务，严格来讲不分管医疗业务。中国政法大学硕士研究生毕业的他，分管医院的法律工作，专门应付医患官司，相当于律师。握手寒暄后，韦家幸副院长问我，最近有什么新作？签名几本送给大家。我说，我送你的书你肯定一本没读过。韦家幸副院长不高兴了，你敢不敢打赌？我说怎么不敢。韦家幸说，怎么赌法？我说，由你定。韦家幸倒了一杯酒，我不但能讲出你每篇小说的内容，还能背出一些章节来，你信不信？你写那个调研员李乃高到医院体检，发现自己患了癌症后，到一家寿衣店买寿衣，你这样写道：紧挨棺木店的是寿衣店，女店主一袭黑衣，一脸肃穆，一脸哀伤地迎上来，令尊或是令堂？李乃高摇了摇头。女店主的表情依然充满同情，是阿公或者阿婆？李乃高又摇了摇头，眼睛直接盯到铁杆上挂的一排黑色西装上，不过那不是他想要的。西装他也有那么一套，双排扣的，在为数不多的几个重要场合穿过那么几次。他现在找的是一件自己从未穿过的衣服，一件黑色的夹克。当然不是说他没穿过夹克，而是没穿过黑夹克，他一直想有那么一件黑夹克。活着的时候没穿过，那就死了之后穿上吧。女店主手拿撑衣杆，心领神会地从西装中挑出一件黑夹克来，这件是吧，要不要上身试一下？李乃高心里说，废话！寿衣有试穿的吗？一想觉得店主的建议有道理，上身试穿一下何尝不可。现在试穿可以感受一番，到了那一天自己还有什么感受呢？那是别人的感受了。李乃高颔首示意女店主撑下那件黑夹克，脱掉身上的运动衫，将黑夹克套上去。女店主捧着一条黑西裤，裤子也一起试吧，整套都试了效果才出来。李乃高就把裤子也套上了。穿好后扭头上下打量自己，在店里走来走去。女店主抱歉道，很遗憾，我们店里没有试衣镜，只能由旁人替你审美，不错，很合适，你穿上很像电视里的人物。女店主叠好衣服装包，李乃高却说，今天暂时不买。就走出了店门。身后传来一句，活见鬼了。

众人噤若寒蝉。唐秀革副院长问道，人世间真有这样的事，自己为自己买寿衣。我说，虚构的。韦家幸说，我不管你虚构不虚构，我问你，小说里有没有这个章节？我承认道，有。韦家幸说，你自罚一杯。我只好端起杯子，把一杯白酒干了。韦家幸说，还有一个依据，证明我把你的小说全部读完了。我问他，什么依据？韦家幸说，小说里没有出现我的名字，不论是坏人还是好人。酒过三巡，我对医院四位副院长说，我想请你们市医院为基层干部做一件好事，不知可不可以？唐秀革副院长问道，什么好事？我说，为红山村的村干部和学校老师做一次体检，他们参加工作到现在从未体检过。我补充一句，当然是免费体检，就像我们正处级干部年度体检一样。我说，我的搭档韦鸣炮同志现在肿瘤科住院。如果他以前能够体检，就能及早发现病状或者在早期就发现了，那么他的肝病就会得到更好的治疗。这事我本来可以直接给爱人吹枕头风，但觉得这样不妥，我就是吹了枕头风，爱人也要跟她的同事商量。与其在办公室商量，不如到家里来研究，因为这毕竟含有家事的性质。韦寿繁副院长问道，到村里面去吗？我说不是，组织他们到医院来。我以为会有蛮久的沉默，没想到沉默很短暂，不到一支烟的工夫。唐秀革副院长说，我看这应该可以，我们医院每年就有义诊。韦寿繁、韦家幸两位副院长表示同意。潘敢副院长说，这项工作以后最好还是要由有关部门规范化、制度化，这样才可以惠及基层干部和乡村教师。爱人问我，总共有多少人？我说，学校教师29人，村干部6人，总共35人。除了老跛，本来村干部应是三人，但我加上了吴海龙、胡宗强和黄春龙他们三个。爱人说，在还没有具体的政策措施之前，这事属于特事特办，属于一次特殊的义诊活动。我有些激动，给五位正副院长各敬了一轮酒，包括爱人也敬了。要不是爱人提醒，我还会有第二、第三轮。爱人说，你们文联多多少少得出一点钱。爱人的提醒除了酒，还有这句话的内容。

我给覃剑校长打电话，说出了请老师和村干部到市医院体检的想法。覃剑校长说，太感激了，毛一。又问我，老跛怎么样？我说蛮严重的，定期体检很重要啊。我再给阿扬电话，由他负责通知村干。阿扬问道，免费是吗？我说，当然。提醒他记得通知吴海龙、胡宗强和黄春龙。阿扬却提醒我，他们不是村干部了。我说，不是村干部了也叫上他们。当天，十个协会十部私家车由杨主席牵头，从市里赶到红山把老师和村干部接来了。到宾馆办理入住手续后，杨主席带领老师们到第三小学和第五小学参观校园、图书馆和书法美术作品展览厅。第三小学朱斌校长和第五小学黄献芬校长分别会见了覃剑校长和老师们，介绍了学校开展素质教育情况。这两所小学在培养学生科技创新、艺术创作兴趣方面成就斐然，硕果累累。覃剑校长和老师们眼界大开，感慨不已。我下课后直接赶到市里见了大家。一一握过手后，老师们都庆幸这辈子还有第二次体检的机会，他们的第一次体检是高考或者参加工作的时候，此后就没踏进过医院的大门。吴海龙、胡宗强和黄春龙迎上来，他们的脚步有些拖沓，表情看起来有些别扭，目光却充满了感激。开始我以为他们三个不会来，结果还是来了，这让我感到欣慰。吴海龙说，没想到我们辞职了，毛一心里还挂记我们的健康。陈帧伟有些信心不足，我已经30多年没体检了，不会检出什么大病来吧？陈帧伟的心态不奇怪，不少领导干部也害怕体检，因为他们本来就了解自己的身体状况，他们一直带病工作。吴海龙观察陈帧伟说，如果有什么大病，你早就死了。胡宗强说，话不能这么讲，有些人是被病吓死的。黄春龙说，一辆小车一年都检修保养几次，我们一年舍不得体检一次，太不划算了。人体检跟车检修是一样的，等到要报废了就来不及了。这次要不是毛一组织我们来，我都不知道人也要保养检修，只知道病了才吃药才住院。提到住院，大伙才如梦初醒，急忙问我，老跛情况怎么样？我简单回答，病得不轻，正在治疗。

次日早上我跟"第一书记办"请假，带着覃剑校长他们来到医院。头天爱人已跟各个科室挂号了，35位同志一到医院即接受体检。唐秀革副院长亲自担任引导员，从一个科室带到另一个科室。体检的主要项目是抽血、彩超、胸透、心电图等，女教师则多了三个妇科项目。整个体检进行得很顺利，快要下班时19位同志全部体检完毕，剩下16位同志第二天继续做完未查项目。吴海龙、胡宗强两人需要做CT复查。两人没意识到了什么，以为得到了特殊的关照。通常做彩超时，如果医生不断地问这问那，然后建议再做CT进一步检查，这就说明病情比较复杂或者比较麻烦了。敏感的干部如果遇到这种情况，早已浑身筛糠了。吴海龙和胡宗强不会筛糠，因为他们是农民，没听说有一种诊断仪器叫CT，还有一种更先进一点的叫作磁共振。

培训结束后，我和冰儿、国令就要回村里去了。临行前，我们一起来到市医院看望老跛，跟他辞别。老跛比刚住院时气色好了许多，吃东西也不吐了。我对他说，我们今天要回红山了，你安心治病吧，等你病好了我再来接你回去。老跛握着我的手，毛一，你跟我说实话，我真的还会好起来吗？我态度坚决地说，你一定会好起来的。在病房门口，我交待阿夕说，有什么情况及时给我打电话。告别老跛，我们来到吴海龙的病房。吴海龙住的病房与老跛的病房只隔了两间房。吴海龙是做完CT检查完后被通知住院的，他的肝脏已经硬化，并且开始出现腹水。可他浑然不知，平常只感到肚子有点痛，感觉有些累。这次体检，有七位老师查出患有乙型肝炎，其中三位小三阳，四位大三阳；四位女教师有子宫肌瘤，年内复检后，再确定是否需要手术。黄春龙血糖偏高，准确地说就是糖尿病。可他说这是富贵病，顺其自然。就连体壮如牛的覃理科、覃文科和覃综合也有不同程度的痛风。覃文科说，不是我们的身体不健康，而是诊断仪器越来越先进了。胡宗强也患有肝病，只是他的病情稍微轻一些，要一袋药后就随大队伍回去了。吴海龙拉着我的手，久久不放，毛一啊，我这半条命是你给我捡回来的。医生跟我说了，若是晚一点发现，我的肝病就会恶化，就会生癌，就没有救了，你是我今生今世的贵人。我说，别提什么贵人不贵人，贵人就是你自己。你好好治病，病治好了就不能再喝酒了，你这辈子的酒已经喝完了。2月8日—22日】

【3月3日，县委办通知，县委书记邵仕约谈。"约谈"这个词当下很火，比它更火的还有一句"纪委约谈"。驻村以后，我未见过邵仕同志，他去党校学习了。蒋主任亲自把我引导到邵仕办公室，去年11月7日他在红山村给我下达督办拆除天桥的命令，我记忆犹新。邵仕起身与我握手，他长得高大挺拔，面色白皙，戴一副金丝眼镜。薄薄的镜片看上去应该是平镜，是那种"风度镜"或者"装饰镜"，类似于风挡玻璃。焗过油的头发乌黑发亮，让人年轻且精神，模糊了实际年龄。邵仕请我在办公桌对面的沙发坐下来，递给我一份红头文件，欢迎你来天马任职。我接过红头文件一看，上面写道：关于毛志平同志任职的通知，毛志平同志任中共天马乡委员会副书记（兼）。我站起来与邵仕同志再次握手，感谢县委的信任，我一定服从安排，认真履职，干净干事，不辜负组织的培养和人民的重托。谈话进入正题，邵仕同志充分肯定了我驻村以来所做的工作，带领全体工作队员圆满完成了贫困村贫困户建档立卡任务。邵仕说，下一步的工作任务更艰巨、更繁重，务必要保持旺盛的工作精力和永不懈怠的工作

干劲，务必保持艰苦奋斗、勇往直前的工作作风……这话原版或出处耳熟能详，现在被邵仕同志改编或者翻新了。有些话是不可以随意改编和翻新的，不像歌一样可以演绎翻唱。这是规矩。然而我们有些同志就是犯糊涂，不醒水，还以为高人一等。我还等着往下记录，邵仕同志却说，今天谈话到此结束，你可以回村里去了。这次约谈，实际上就是任职前的谈话，只不过县委办的同志将它归为"约谈"了，抑或是所有的谈话都改为"约谈"了，我不得而知。驻村以后，我有些信息不灵，像伍老所批评的那样，有些孤陋寡闻了。

楼下，冰儿、国令在等候。我将任命文件递给冰儿，冰儿看了说，正处变副科了。国令却一脸严肃，干部能上能下嘛，正常，正常。车上还有一位重要人物——国令的爷爷钟老。国令此前没有告诉我们，他爷爷要来，而且要到红山村去看看他工作的地方。钟老是干什么的，国令也没有告诉我们，只说他是个教授。钟老拒绝市里县里出面接待，要求我们对他的行踪保密，让我感到他的身份很神秘。从钟老说话的语气、举手投足之间隐约看出，钟老不是一般的人物。姐夫的"路虎"送我们进山里去，我提醒司机阿广尽量开慢一些，确保绝对安全。阿广说我本来就不紧张，你一说我反而紧张了。沿途草木葱翠，郁郁芊芊。钟老一路看了说，你们这儿环境、空气很好，植被也保护得很好，每一座山每一片树林都像盆景那样精致……手机骤然响起，是个陌生的号码陌生的声音，你好！你是市文联毛志平同志吗？我说，我是，请问您是……那头说，我是省发改委的老谭，谭穗育。这个名字好难记，过后我才写得出来，并知道他是西部处的处长。谭穗育处长说，是这样的，贺书记跟我们反映红山村公路建设情况，委领导很重视，请你们尽快搞一个通屯水泥路计划报告报送县发改局，由他们上报到我委，项目下达后马上实施，今年底必须完工。我心里一阵激动，连说好好好，马上落实，感谢领导关照！谭穗育处长说，你客气了，贺书记交办的事，我哪敢怠慢。钟老问道，有好消息啦？我说，是啊，钟老您一来，就给我们带来了福音，省发改委要把红山村的屯级路修成水泥路了。钟老说，应该修成水泥路，砂石路是临时性的工程，一场大雨路面就泡坑了。来到古榕代销店，我当即找来覃文科他们三个商量，按照谭穗育处长指示，做好三个片区通屯水泥公路施工计划。覃文科说，姜是老的辣，"老党"说得没错，只要我们行动起来，就会感动上帝感动上级，果然感动到了。覃文科说，借这次千载难逢的机会，我们要把公路修到每一个自然屯去。我说，那是肯定的，所以要详细做好计划，尽快上报。在代销店里我没见到屠夫蓝克琼，问他去哪里了。覃文科说，估计是买牛去了。我吩咐覃文科，你出去找他，务必搞到黑黄牛肉、黑山猪肉和黑山羊肉，还要一只裙子鸡，今晚我们在村部接待北京来的客人。听我一说，覃文科他们才注意到门外椅子上坐着的钟老，急忙出来握手。我介绍说，钟老是从北京来的教授。根据钟老的意见，我只能就此打住，不能介绍他是钟国令同志的爷爷。钟老突然起身，沿着尚未碾平的路面走去。我上去搀扶他，被他拒绝了。钟老和国令一样挺拔，步履稳健，一点都看不出这是年逾古稀的老人。钟老一直朝"活愚公"金瑞老人走去，原来钟老的目标是他。一帮青年人修路，钟老自然不觉稀奇，可见到"活愚公"金瑞这样的老人在修路，钟老就觉得稀奇了。

　　"活愚公"金瑞老人正在用手锤修整一块石头的棱角，一边敲击一边思忖，这块石头应该砌到哪处墙基上去。手锤的敲击声淹没了钟老的招呼，钟老连续喊了几声"伙计"之后，金瑞老人才抬起头来，直起了身子。钟老递过一支烟，抽烟！金瑞老人摆了摆手，从上衣右边口袋摸出一支烟杆来，再捏一撮烟丝填进烟锅,将烟杆含到了嘴上。钟老"咔嚓"一声点燃打火机,递上火去。金瑞老人一手挡开,从左边口袋里掏出一只装着火镰的小布包,慢条斯理地取出一枚火石、一捻火绒和一块钢片,在我们还没完全看清楚的时候,燃着的火绒已摁到了烟锅上。钟老把那支烟塞进烟盒,从包里拿出一只烟斗,朝金瑞老人伸出手去。金瑞老人会意地从口袋里摸出烟丝来,填到钟老的烟斗里,再用火镰替他点燃了。钟老吸了一口烟,问他,你听不懂我的话是吧?

金瑞老人说,怎么听不懂,当年我做砌墙保土经验介绍,就讲你这种官话。刚才你叫我什么?钟老说,伙计。金瑞老人说,这个称谓好像不对,据我所知,国字号叫"首长",省部级叫"领导",地厅级叫"兄弟",县处级叫"伙计",再往下就叫"卵仔""狗叼"和"野仔"。老夫一介草民,哪能配得上叫"伙计"。金瑞老人问钟老,你听说那个电话没有?钟老说,什么电话?没听过。金瑞老人说,那我说你听,喂,兄弟,领导来电,明天首长来视察,你跟县里的伙计们讲一下,让他们交待乡里那帮卵仔,督促村里那帮狗叼做好一点,莫让那帮野仔来上访。钟老说,真有这样的电话?金瑞老人说,编的,一级一级往下编,编到我们底层来了,不可采信的。

钟老吐出一口烟,问道,你老贵庚?

金瑞老人答,免贵,丁丑,属牛。

哪月?

正月二十五。

钟老说,老哥你是年头,我是年尾。

金瑞老人哈哈大笑,今日从天上掉下一个老庚。钟老问,老庚是什么意思?金瑞老人说,老庚就是同年出生的兄弟,当然,要结拜后才算。钟老说,你怎么不接受我给你点火?金瑞老人说,你也只能给我点这么一回,你走了我还得自己点,有了依赖就不好了。扶贫也一样，关键还得靠我们自己动手。

钟老说，你这么大岁数了还来工地干活儿，了不起啊！

金瑞老人说，我不是最大的，还有比我大的。说着朝不远处喊了一声，公生、公仆，你们两个野仔过来。叫"公生"和"公仆"的两位老人一面脱手套一面走过来。他们手上的手套已破得露出了手指。金瑞老人指着他们说，这两个野仔比我大，"公生"80，"公仆"82。我给钟老介绍道，他们三位就是当年砌墙保土的劳模，被称为当代"活愚公"。钟老跷起大拇指，了不起！了不起！当年愚公要搬掉太行、王屋两座山，而今你们要搬掉贫困的大山，我相信，有你们这种挖山不止的精神，贫困的大山一定能够搬掉。"公生"说，这位首长拔高了，山我们搬不了，我们只想把路修到家门口。钟老说，我不是首长，也不是领导，顶多就是兄弟，你们的兄弟。钟老感叹道，在城里，像你们这样的老人一天就在公园里下棋、遛鸟。"公生"说，鸟我们也遛的，早晨遛一次，中午遛一两次，晚上睡觉前遛一次，一天遛三到五次。"公仆"瞪他一眼，你这是欺负生人。对钟老说，你莫听他的话，他一天见到孙子吃奶嘴就馋，还涎着脸儿望着媳妇说，你吃不吃？不吃爷爷就替你吃了。"公仆"说，兄弟你也不容易，这把年纪了还坐飞机坐火车全国到处跑，大老远跑到我们红山村来了。

晚上，我们在村部围着火炉吃火锅。一只风炉燃着熊熊的炭火，风炉上架着一只大铁锅，锅里的水喧闹沸腾。围着温暖的火炉，我们以钟老为核心，依次坐着我、冰儿、国令、覃文科、覃理科、覃综合和屠夫蓝克琼。阿扬和阿才在乡府填表回不来，这段时间他们填表填得焦头烂额，已经很久没来村里了。今天屠夫蓝克琼宰了一头黑黄牛、一头黑山猪和一只黑山羊。按照村里的礼数，一般客人来杀鸡，重要客人来杀猪、杀羊。要是杀一头牛，那么这个客人就非同寻常了，非同一般了。这些礼数，钟老自然不懂，但我们懂。蓝克琼却说，钟老不来他也要杀牛、杀猪和杀羊的，他本来就是屠夫嘛。蓝克琼这句话，当然是搪塞，他平常主要是卖猪肉，羊和牛要很久才会杀个把，牛肉和羊肉不是群众天天都买得起的。我不能告诉钟老这些，告诉他那还了得。圆桌上除了黑黄牛肉、黑山猪肉、黑山羊肉和裙子鸡肉，还有香菇、木耳、干竹笋。主食是红薯、旱藕、南瓜和玉米饼。我们一面聊天，一面品尝锅里美味。每煮一个品种，我都向钟老详细地介绍一番。钟老说，味道很鲜美，我们在北京城里很难吃到这种土特产品。蓝克琼从桌下拿出一只塑料壶，扭开壶盖。钟老将那壶酒提过来，他发现酒壶上贴了一纸说明书：[名称]农家自酿葡萄酒。[成分]冰糖、野生山葡萄颗粒。[性状]本品为深红色或梅红色。[适应症]欢乐、喜悦、寂寞、忧伤等。[适用人群]年满18岁以上男女。[用法用量]一日一至两次，每次不超过500克。[不良反应]吹牛、狂躁、哭闹甚至惹事等。[注意事项]肝功能不全者慎用。[贮藏]遮光、密封保存。[有效期]48个月。钟老问他，你自己写的？蓝克琼说，当然，我店里有很多这样的壶子，有装陈醋、酱油、植物油的，不写个说明容易混淆。覃文科说，这酒不添加酒曲、香料和水，直接用葡萄和冰糖泡制，钟老您尝尝。他往杯子里倒了半杯酒，双手敬给钟老。钟老接过杯子，抿了一口，味道不错。酸甜可口，好像有点酒精度，这度数你没标上去。蓝克琼说，度数很低，估计不到10度。钟老说，这种低度酒还是少喝一点。蓝克琼说，我也不是经常喝酒，我是逢"午"才喝酒。钟老说，周五喝一餐吗？蓝克琼说，不是周五的"五"，是上午、下午和中午。钟老哈哈大笑，你还说你不经常喝酒，你简直是个酒鬼了。饭后，在安排钟老的住宿问题上我犯愁了。我们睡的是学生架子床、硬板床，让钟老也睡这样的床，我实在是过意不去。钟老却说，这比他当年下乡蹲点时睡的土炕强多了。

　　一大早蓝克琼就下到村部来，给我们送来了米粉。他说，你们可以吃泡面当早餐，钟教授不行。钟老说，你太客气了。吃了早餐，我们陪同钟老下到屯里去走走。工地上早早来了修路的群众，金瑞老人见到钟老就招呼道，下队去呀？钟老没有直接回答，而是说了一句，老哥，你们很快就不受苦受累了，政府马上给你们修路了。金瑞老人却很淡定，施工队来了，我们还会继续参与，而且我们不会跟包工头要一分报酬，因为这是修自己的路。钟老转身对国令说，这就是我们的人民，面对这样的人民，我们不好好为他们服务，到了那一天就没有脸面去见马克思和列宁。从工地上下来，我们走上羊肠小道，一路朝第二片区走去。钟老具体要看什么，昨晚上他没说，他只说随便走走，随便看看。路上，钟老边走边问道，红山村的林地面积有多少？这一问就把我问住了，我只知道红山村耕地面积，不知道林地面积，我在村里的相关表格上没有看到这方面的数据。覃文科、覃理科和覃综合三位村干部，也不知道。国令说，我查阅过统计报表，红山村没有林地面积的统计数据，只有生态林的统计数据。乡林业站解释说山上自然生长的杂树不算作林木，所以没有统计数据，全村的生态林面积有32000多亩。钟老又问，山上都长什么草类？覃文科、覃理科和覃综合三人用本地话嘀咕一通，覃理科说，本地话我们知道是什么草，官名叫什么，我们不懂。国令说，应该是马兰草、五节芒和石珍芒，此外还有不少灌木类。一路走去，我才发现山上的杂树渐渐长到地边来了，山腰的梯田也长满了杂草。再过几年，这些杂树杂草会不会长到地里来？把耕地都"占领"了呢。钟老走近几户人家，也不上门，就看牛栏和羊圈。钟老有些失望，他没看到几头牛，也没看到几只羊。他问覃文科，红山村目前牛羊的存栏数有多少？覃文科说，羊多一些，大约有1000只这样，牛不到300头。钟老对我们说，贫困户脱贫摘帽还是要靠产业，不能依赖政府发钱，更不能全靠政府"低保"来兜底，吃"低保"的人越少越好，比例越低越好。当然搞产业要遵循市场规律，农户家家户户都养猪养鸡，那么猪鸡就会掉价，农户一看不划算就不干了，贫困村的产业得有能人带动才行。钟老望了蓝克琼一眼，我看他就是个能人。蓝克琼两手作揖，感谢教授高看一等，能人谈不上，想法倒是有一些。

翻过一个山坳，蓝克琼把我们带到一个无人居住的峒场，一个四面环山的峒场，山上长着茂密的树木。整个峒场大约有300亩平地，地上没长山里常见的玉米、旱藕之类的作物，而是长满了杂草，几头黄牛躺在草地上晒太阳。蓝克琼解释说，地是水泡地，种不了作物。钟老却说，这是一片天然好牧场，你这个经济能人有什么想法？蓝克琼说，几年前我曾想包下这个峒场来养羊和养牛，可是启动资金不足就放弃了。冰儿说，现在机会来了，上面有小额信贷。建档立卡贫困户允许贷款5万元，可投给贫困户，也可投给村里合作社，由合作社负责经营，合作社每年发给贫困户红利4000元。蓝克琼算了一下，5万元一户，每年每户分红利4000元，相当于8分利息，不划算。钟老说，如果你只是贷款来养殖肯定不划算，牛羊不是养来看风景，你得把它们卖出去。如果有一家公司负责收你的牛羊，你就没有后顾之忧了。蓝克琼问，这家公司在哪里？钟老说，这样好不好，如果你的养殖合作社能够建起来，我负责给你联系一家食品公司。你养多少，人家公司就收多少，公司直接在这里加工，直接从这里运出去。随后我们参观蓝克琼的养殖场，有黑黄牛57头、黑山羊132只、黑山猪38头。钟老说，你这是小本生意，赚不了大钱，如果你想赚大钱，就得做大项目。钟老沿途还考察了农户的饮水、用电情况。返回村部的路上，钟老说，一路看了，也一路想了，咱们这里的困难在山，希望在山，出路也在山，还是要做好山的文章，希望你们好好谋划，闯出一条适合山区脱贫致富的好路子，探索出一种符合贫困山区产业发展的新模式。钟老对国令说，回头你跟益康食品公司孟总对接一下，他对绿色生态食品很有兴趣。3月4日—5日】

【早8点10分，乡党政办秘书小朵来电。这个三头两天给我们发短信的女孩第一次出现在电话里。电话里，小朵对我的称谓增加了一个"副"字。经常看文件的人素质就是不一样。小朵同志说，毛副书记你好，我是乡党政办的小朵。我说，小朵同志好，祝你节日快乐！小朵说，谢谢！省交通设计研究院的专家，今天中午到红山勘测铁索桥，县交通局蓝桓局长和乡书记杏福同志陪同，请做好接待安排。设计院的人终于下来了，这正是我们着急上火的一件事。姚总回到北京第三天，400万架桥资金就汇到了天马乡府的账户。资金到位后，冰儿就到县交通局，说出架桥的计划。我们计划是春节前做好设计，3月份工程招投标，确定施工队和监理部门，4月份施工队进场，完成架设前期土石工程，5月份钢索、桥板等设备运抵红山村，6月份通往上达的公路打通后架桥。秋天的时候，姚总是一定要见到铁索桥的，他要像雄鹰一样飞过桥去。秋天是什么时候？秋天就是9月份。现在已是3月，铁索桥才勘测设计，照这样的速度，9月份是无法架起桥来的。同样令我们焦心的还有其他项目，比如产业扶持、小额信贷等项目都还没下达。我们目前还在完善表格，迎接识别评估评分情况抽查复核验收。须知，距离12月份脱贫摘帽验收不到9个月了。农户家里养一头猪，也要一年时间。别的不说，就说上达屯那17个火灾户到现在都还没搬迁到易地安置点去。眼下即将进入雨季，难道就忍心让他们继续住在帐篷里，住在山洞里？一些受灾户等不到搬迁已纷纷下了基脚准备盖新房。受灾户自力更生建家园本应该提倡和鼓励，可盖了新房后他们不再搬到安置点去，就跟上级易地搬迁政策有冲突了。群众愿意搬迁的时候，我们搬不了；群众盖了新房不愿意搬迁，我们再去动员难度就大了。前天我给杏福打电话，杏福同志显得很轻松，他说受灾户搬迁是小事，他们确实要在原地盖新房也不影响搬迁。外面的安置房大人不去住，小孩可以去住嘛，可以就近入学就近就业嘛，反正有人搬迁就达到目的了。我的天！一切的一切都是为了应付。杏福感叹道，上帝是仁慈和公平的，他左手拿走你一样东西，右手就给你补回来。他们的房子如果不烧了，怎么有舒适的安置房呢？就像红山村不拆除天桥怎么可能有铁索桥呢？说句有失偏颇的话，如果不是我太过于敏感或者感性，那就是杏福同志有些麻木了。

省设计院一共来了六个人，他们车上装满了仪器。蓝桓和杏福坐另一部车，我说，局长大人你亲自来了。蓝桓说，主席驻的村我能不来吗？杏福与我握手，杏福很少和我握手的，一旦握手，说明他要公事公办了。果然杏福说了一句和邵仕同志一模一样的话：欢迎你到天马任职。我说，难道你还要开个见面会不可，省略了吧。杏福说，程序该有还得有，哪怕开两分钟也要开。在古榕代销店简单吃了饭后，我们就出发前往上达屯。我叫来覃文科，让他招呼几个青年，负责把仪器扛到天桥遗址。大伙听说要架铁索桥，一下子蜂拥而至，抢着背上车里的仪器。我说，大家先去修路，今天只勘测设计。突然想起一件事来，急忙招呼覃理科、覃文科和覃综合列队。覃文科喊了立正、稍息后报告，书记同志！红山村民委干部列队完毕，请您指示。我对杏福说，这就是接替吴海龙、胡宗强和黄春龙的三位新干部，并将他们一一介绍给他。杏福对他们说，你们三个一定要勤快，要撸起袖子、挽起裤脚来，不要手插裤袋吊儿郎当的，要全力以赴配合毛志平书记的工作，确保红山村如期实现脱贫摘帽的目标。我没想到杏福今天会来，杏福同志是不赞成架那么一座铁索桥的。那天在乡府，杏福得知账户进来这么一笔钱后激动不已。他说，乡府户头从来没有这么一笔巨款进账过，最多也不超过100万，这是撤销公社设立乡府以来直接打到账上最大的一笔资金。杏福脸上堆满笑容。当初我到乡府报到时，他的眼神和扶贫办主任刘峰同志的眼神一模一样，仿若一对孪生兄弟。杏福当时说，我以为你是残联的。我问他，残联又怎么样？我们这些"联"都是党领导下的人民团体。杏福说我晓得，晓得，可"联"不同"联"啊，比如残联有很多经费，曾经拨款给乡里修了两条屯级砂石路。我当时无言以对或者无话可说，甚至还有些无地自容。杏福说，依你看，修路了，铁索桥还有必要架吗？我说，当然有必要，公路只修到上达屯对面。再说，这笔钱是架桥的钱，不架桥人家要把钱收回去的。我心里面说，那里原本就有一座桥，我们拆除了，理所当然要架一座还给人家。我说出来的是，铁索桥架起来后，将成为红山村的一个旅游景点，现在上面正要求我们大力开发贫困村旅游资源，实施"旅游+产业"精准扶贫。杏福说，晓得，乡里边也在做这方面的方案。

　　路上，杏福对我说，我还是觉得，在一个只有几十户人家的屯子架设这么一座桥，不值得，白白浪费项目经费。我问他，听说日本一个火车站为一个人保留的事吗？杏福说，没听过。我说，日本有一个很古老也很有名的秘境车站，叫上白滝站，位于北海道纹别郡远轻町，是北海道旅客铁道石北本线上的一个站。由于当地人口锐减，车站的乘客越来越少。后来，乘客只剩下一名搭乘该列车上下课的女高中生。每天早上女高中生都在上白滝站搭乘列车，经过上川站到达旧滝站，傍晚又从旧滝站返回上白滝站。上白滝站为了这名女高中生一直保持运营，直到这位女高中生毕业了才废站。杏福说，真有这事？我说，真有。杏福又说，铁索桥应该用不到400万吧。我知道杏福的想法，这个想法与他不赞成架桥的想法一脉相承。我没有进一步探究，只是说，肯定不到嘛，桥还没架，税务部门已经扣掉"建设安装税"24万了。我告诉杏福，又有一笔项目资金即将到账。杏福兴奋起来，什么项目？我说，省发改委下达给红山村通屯水泥公路的项目。

杏福说，这事我怎么不知道。

我说，上个星期省发改委谭处长通知我的。

谭处长，你跟他很熟？你们是同学？

我说，我不认识谭处长。杏福感到不可思议，谭处长不认识你，怎么会直接下达项目计划给村里呢？我没有挑明，而是由他想象。杏福想象了一下，转过身来望着我，你肯定有背景。

杏福故意与走在前面的人拉开了一段距离，问我，铁索桥和通屯水泥路你打算由哪里来承包？我说，我没有打算，全部交由招投标公司来操作。杏福说，铁索桥是捐赠项目，我们可以直接邀标。我不知道邀标是不是属于直接指定之类，我再次表明我的态度，还是通过招投标公司来确定工程队和监理单位。杏福叹了一声，历来大项目都是上面直接操作的，从来不让我们本乡施工队沾边。我说，有些事我们不沾边还好，省神省力，还省许多闲话。杏福说，也是。我很想对杏福同志说，年轻干部的心思不要放在工程施工上，而是应该放在工程的服务上。年轻干部要学会避嫌、避邪，要学会洁身自爱。想想这些话儿不是我这个副职该说的就罢了，但我还是说了两句，我了解过了，我们本乡没有桥梁工程施工总承包二级以上资质的工程队。铁索桥就是直接让我们来架,我们也架不了。冰儿和蓝桓走在前面,她关心的问题和杏福一样,都是铁索桥的施工问题。杏福希望让本乡的工程队来施工,而冰儿希望工程队及早进场。蓝桓告诉她,这要取决于三个前提条件,一要看设计院能不能尽快做好设计;二要看工程招投标能否顺利进行,尽早确定施工队和监理部门;三要看通往桥址的公路什么时候打通。我对蓝桓说,前面两个你出面协调,后面一个我们负责。蓝桓说,没有问题。当然我也知道,不是我们有想法有计划了,一切就按照我们的想法和计划顺利地进行,这其中存在着很多不确定的因素。来到上达屯对面,我们分成两个小组工作,国令和覃文科带一组下到峒场底部再上到悬崖对面,我和冰儿跟一组在这边等候。杏福是第一次来到这里,站在遮挡墙后面他已看不见了天桥。而一座新桥即将在他眼前出现,不管他赞成与否。两个小组的人员隔岸呼应后,勘测工作立即开展。专家们一面通过仪器测量桥的长度,一面勘测将来桥桩所在位置的地质结构、地势和地形。架设这么一座桥确实不容易,光是勘测设计都要耗费很多工夫。我心里想,要是老章在现场多好啊,让他充分体验一下感受一下。他纸上的那些桥,不但缺乏灵性,更缺乏灵魂。

天黑下来,大队人马集中上达屯,分别投宿农户家,明天继续勘测。

晚饭后,我问杏福累不累。杏福说,还行。我说,如果你还能坚持,我们去看看韦鸣炮同志的爱人。杏福问道,老跛的爱人怎么了?我说,老跛住院了,是那种病。我有些奇怪,中午村干部列队时,少了老跛,杏福怎么没发现?老跛住院后我们提交的请假报告,还是杏福批的假,他怎么忘记了?我打着手电筒,带杏福来到老鹰屯。老跛家里静悄悄的,我敲了敲门,里边问了一声，谁呀？我说毛一。屋子里亮起昏暗的灯光，一中年妇女出来开门，冬梅摇着轮椅跟在后面。冬梅说，她是我二妹。我看见冬梅一张被泪水泡肿的面孔。不过一个月的光景，冬梅以往清秀的容颜已经变老。我指着杏福说，这是乡书记杏福同志，他专程来看望你。冬梅焦急地问道，你们是从市里回来吗？我家老跛怎么样了？是不是回不来了？我把在医院里对老跛说过的话跟冬梅重复一遍，你家老跛患有较重的酒精肝，不是什么大问题，治疗一段时间就会好的。冬梅说，真的是这样吗？我跟老跛签了生死合同的，他要陪我到100岁。老跛今年才52岁，他不能单方面撕毁了合同。3月8日】

【阿扬奉旨回村，传达上级精神。省督查组将于近期对各乡镇精准扶贫精准识别入户评估评分情况进行抽查复核，并进行验收。督查的主要内容是随机抽查复核《精准识别入户评估表》填写准确率情况，每个乡镇随机抽查3个行政村15个建档立卡贫困户《精准识别入户评估表》以及乡镇精准扶贫攻坚各阶段档案整理情况。乡里要求各村要高度重视，做好备检工作。各村要对所有结对帮扶贫困户进行重新识别打分，务必做好精准识别建档立卡各阶段档案材料收集整理归档工作，每个村两个屯、每个屯2—5户作为备检单位，并将与帮扶户合影的照片交到扶贫办。同时收集好结对帮扶人的姓名、性别、证件号码、政治面目、单位隶属关系，收集好后及时录入系统。阿扬说话期间，我的手机先后振动了四次，屏幕上相继跳出四条信息。

会议通知：县府定于明天（17日）上午10点在县行政会议中心一楼报告厅召开全县精准识别建档立卡迎

接验收工作部署会，要求书记、乡镇长、贫困村第一书记参加。（乡党政办）

　　各驻村第一书记：根据可靠消息，省考查核验组已到河城，请各村认真检查精准识别建档立卡归档材料是否齐全，是否漏项？是否存在漏填或者铅笔填写等情况？确保核验过关。（乡党政办）

　　各驻村第一书记：省考查核验组将于19日对我县精准识别建档立卡工作进行验收，为切实做好我县迎接省精准识别建档立卡验收的各项准备工作，县府将于18日对各乡镇精准扶贫识别建档立卡迎接验收工作进行督查。督查内容已发到扶贫群共享，请大家自行下载并按要求准备好迎检材料。（乡党政办）

　　各驻村第一书记：明天县督查组到我乡督查，督查内容是精准识别和建档立卡数据质量（每乡镇抽查30户建档立卡贫困户，检查采集信息与录入信息是否一致；核查精准识别入户评估表、建档立卡登记表是否填写完整，抽查名单由指挥部提供给各督查组），每个村准备好4个农户备检。帮扶需求（随机抽查2个行政村建档立卡登记表"八个一批"需求、村表、屯表需求是否填写清楚；贫困村、贫困户、自然屯基本情况，帮扶计划等数据是否准确完善）。目前尚不知抽查哪个村，请各村务必都做好准备，迎接检查，确保过关。（乡党政办）

　　我将手机递给冰儿，冰儿看了短信后说，此时此刻我们的感受和你一样，可以用两个成语来形容：如临大敌，如履薄冰。我说，不是感受问题，是开会的问题，你给我分析分析，明天上午

10点的会议到底还开不开？冰儿把四条短信又看了一遍说，我认为这个会议已经没有必要开了，县督查组明天不是直接下来先期督查了吗。不过，你最好还是跟乡里确认一下。我当即打电话询问乡党政办，明天上午县里迎接检查的部署会是否还召开？乡党政办秘书小朵同志说，目前没有收到会议改期的通知。

午饭后徒步赶到乡府，目的想搭杏福和黎明的便车去河城。在乡府大院，没见到杏福和黎明，见到一帮群众在上访。他们在跟乡府干部理论，我们为什么不是贫困户？我们的家境跟他们的一模一样。人群中有一个熟悉的身影，是诗人阿谋。我一把将他扯过来，你来上访？阿谋说，哪里？我是顺路来文化站领取杂志的，我的杂志都是寄到文化站来的。我问阿谋，为什么会有上访现象呢？阿谋说这很简单也很正常，如果我跟他们一样，说不定我也上访（附带说明一下，阿谋一家评分时也属于贫困户，但阿谋和覃文科一样自己退出了贫困户）。阿谋说的有一定的道理。随着扶贫政策的逐步兑现，随着一轮又一轮帮扶干部大规模的进村入户，给扶贫工作带来了一个新问题。这些贫困边缘户看到贫困户家中时常有人过问、帮助，看到贫困户有的纳入"低保"，有的享受易地扶贫搬迁，有的得到小额贷款和产业资金扶持，听说以后还分得猪仔鸡仔等等，他们心里开始不平衡了。阿谋小声道，别说非贫困户或退出户有意见，就连贫困户本身也有意见。某些贫困户主见到女帮扶干部跟他们照相，以为是给他们介绍了对象。一个老光棍见到他的女帮扶干部年纪比较大，而隔壁家的女帮扶干部年纪轻轻的就抗议，你们怎能这样安排呢？应该公正公平公开地抽签嘛。我说，你这是瞎编的，哪有这样的事？我又问他，上访人群里有没有我们红山村的？阿谋说，一个也没有。不过现在没有不等于将来没有，不要以为我们红山全村到处一片红，红山村，水深得很。我和阿谋走出乡府大院，结伴往候车亭去。阿谋也要去河城，他去参加一个诗会。为参加这个诗会，阿谋专门跟覃文科请了假，主动向村里缴纳300元修路误工费。阿谋说，这不是钱的问题，是对村里公共事业的一种责任心。每个群众都怀揣一颗事业心，都有一份沉甸甸的责任，村里的事情就好办了。阿谋要替我拎包，我谢绝道，现在不兴这样了。路过乡卫生院大门，看见宣传架上贴一张通告。

> 广大人民群众，本院全体医护人员即日起深入村屯开展精准扶贫，需要看病的群众请到乡人民政府去。本通告解释权在乡人民政府。

> 天马乡卫生院

阿谋说，这个俞平夫院长不是找死吗，他怎么能贴这样的通告呢？他就是有多大的理由多大的困难，也不能贴这样的通告啊，这不是公开跟精准扶贫对着干吗？看来他这个院长是当到头了。我问他，你认识这个俞院长？阿谋说，认识，医术高超，就是恃才自傲，属于南朝萧子显那样的人，自命不凡，好像老子天下第一。这天下，你能当第一吗？别说天下，在天马，你都当不了。在车上，我问阿谋，最近写了什么诗？阿谋说，没写，倒是从微信上看到一首转疯了的诗，写得挺接地气挺有意思的。阿谋给我念道：

> 老家镇上的表弟
>
> 把多年的小饭馆关了
>
> 转行开文印店
>
> 我问这能赚钱吗

表弟说

现在吃喝生意不好做

但乡里会多

精准扶贫天天要填表

复印

活儿都忙不过来

到河城一下车，收到乡党政办小朵短信：原定于明天上午10点在县行政会议中心一楼报告厅召开全县精准识别建档立卡迎接验收工作部署会，因故取消。如同冰儿的分析一样，会议最终还是没召开。可是这条短信为什么不能早一点发送呢？我很想对小朵同志说一句，你知道这条短信可以降低多少行政成本吗？3月18日】

【4月4日，清明节。天马乡信用联社韦寿标理事长带两位同志来到红山，对我们拟成立的专业合作社授信评估。根据农民专业合作社名称依次由行政区划、字号、行业、组织形式组成的规定，我们拟定合作社的名称是：河城天马红山绿色养殖专业合作社。业务范围：黑山猪、黑山羊、黑黄牛、裙子鸡的养殖和销售。法人代表是屠夫蓝克琼。屠夫蓝克琼如果成为河城天马红山绿色养殖专业合作社法人代表，就不能叫他屠夫了，得叫他理事长，和韦寿标理事长的称谓一样。来的两位同志中有一个小谭，我认识，省城一所大学文学硕士研究生毕业，其创作的中篇小说《挂在脖子上的石头》曾轰动一时，引起文坛关注。现在这位文学青年华丽转身了，不码文字码钱币了。挂在她脖子上的"矿石"，一看就知道品位很高，价值不菲。韦寿标理事长我见过一

面。某晚在乡府饭堂吃饭，杏福传达邵仕同志关于小额信贷投放的指示，强调小额信贷要大胆放、坚决放、毫不犹豫地放。韦副理事长说，不是你请我来吃饭我就放，不是你强调了我就放，该不该放、该怎么放我心里有数。杏福同志拍了桌子。韦寿标理事长没有理会，他没有说你拍桌子也没有用，而是说你用力强调、特别强调也没有用，天马乡谁借得起钱、谁还得起钱，我老韦一清二楚，谁守信谁是"老赖"我心里有数。我当然知道小额信贷的钱从上面拨下来，问题钱是从我这里贷出去的，三年后钱收不回来，我就这样了……韦寿标理事长把他前面的碗倒扣到地上，那是丢了饭碗的意思。他说，现在信贷员放贷跟法院法官判案是一样的，是要终身负责的。听说现在提名、考查、考核和提拔干部也一样了，也是要终身负责了。说心里话，我们很希望蓝克琼牵头成立红山村有史以来第一个专业农民合作社，他确实是一个经济能人。但我们不能为了响应上级号召而成立，不能为了挂牌而成立，不能为了成立而成立。有几个村，为了上新闻上头条就随意挂了几个合作社的牌子，应付上级的布置和检查。这种欺上瞒下、弄虚作假的行为，我们绝对不干，要干就真正把这个专业合作社做起来。最终促使我们下决心的是，益康食品公司孟总对红山实地考察之后，决定在村部建立一家食品加工公司，对应河城天马红山绿色养殖专业合作社。这就相当于为我们这个"女儿"找到了婆家，我们既要"不愁嫁"，也要"有处可嫁"。孟总同样对那个叫"龙沌"的峒场充满兴趣，他说如果蓝克琼放弃的话，他连养殖的项目也一起做了，这就彻底地解除了我们的后顾之忧。我问韦寿标理事长，清明节你不回家祭扫祖宗呀？他说，客户就是我最大的祖宗，不像杏福他们，领导是他的祖宗。我问他什么意思。韦寿标理事长说，杏福他们今早一大早就去领导老家祭祖了。他说他们去得早了，没有用的，下午4点27分29秒才进入清明。去早了祖先们去旅行或者疗养都还没回来，我看杏福他们是白白地去了。我和冰儿、国令商量，这个清明节，我们不回家，哪儿也不去，我们就去乡烈士陵园祭奠革命烈士，那里安眠着为解放天马而牺牲的18位英烈。

距离古榕代销店不远就是蓝克琼的家，四层砖混结构的楼房。覃文科说，蓝克琼家过去成分是地主，现在还是地主。旧社会他爷爷是村里的财主，新社会他是村里的土豪。国令说，照你的意思，现在的贫困户过去就是贫农。覃文科说，确实就是这样。国令否定了覃文科的说法，说不能一概而论，以偏概全，凡事要具体问题具体分析。目前蓝克琼在乡信用社没有贷款，只有存款，而且是信用社存款大户。韦寿标理事长每年除了跟他揽存款业务外，还动员他贷款，哪怕贷几万也行，蓝克琼就是不贷。乡信用社的同志看了蓝克琼的房子，翻了他的几本存折。最后看了蓝克琼的养殖场，确认蓝克琼的养殖场已具有一定的规模，而不是"空壳"。如果新成立的合作社是"空壳"的话，那就无法获得信用社的信任。韦寿标理事长说，本乡某村某户为了获得扶贫小额信贷，也搞了个养殖场，可是养殖场的猪都是跟屠夫们借来的，评估的人一走，就把猪还给了屠夫。韦寿标理事长说，这个屠夫蓝克琼，我现在就想贷款给他。

韦寿标理事长他们走了以后，我们立即着手填写表格、撰写各种材料。按照上级有关部门的规定，设立一个农民专业合作社，需要提交16个材料：1.农民专业合作社设立登记申请书；2.农民专业合作社法定代表人登记表；3.财务负责人信息；4.联络员信息；5.农民专业合作社成员出资清单；6.农民专业合作社成员名册；7.农民专业合作社成员联系方式；8.指定代表或者共同委托代理人证明书；9.住所（经营场所）登记表；10.住所（经营场所）使用承诺书；11.住所（经营场所）使用证明书；12.新注册非公有制企业党建工作情况申报表；13.农民专业合作社章程（内容包括总则、成员、组织机构、财务管理、合并分立和清算、附则）；14.农民专业合作社设立大会纪要；15.农民专业合作社理事长、理事任命书；16.农民专业合作社名称预先核准通知书。一听说提交16个材料，蓝克琼又犹豫了。他说，以前乡里也有些项目要扶持我，可是要填写很多表格，我就放弃了。冰儿对他说，上百万的贷款，你以为一页报告一张纸就能拿到手呀，没那么简单的，你吃粽子都还要剥皮呢。按照冰儿的说法，这只"粽子"共有16层皮。这16层"皮"，别说让蓝克琼一个人自己来剥，就是我们三个人帮他剥也感到吃力不小。

16个材料中难度最大的当数《农民专业合作社成员出资清单》，需要逐个认定填写，并签字盖章。次日起，我们分成四个小组，每组两个人，分别深入四片区。以片区为单位，召开贫困户户主会议，既落实成员出资清单，又对小额信贷投放进行宣传发动。县里要求我们要最大限度地做好小额信贷的宣传工作，要让贫困户知道有这么一回事，要动员他们贷款。关于小额信贷投放，上面规定每个建档立卡的贫困户可以贷款五万，款项可投放给贫困户，也可以贷给有实力的专业合作社。贷给专业合作社的，由专业合作社负责经营，合作社每年发给贫困户红利4000元。就是说，贫困户什么都不用干，一年就有4000元的收入。据我所知，小额信贷开始投放后，韦寿标理事长给贫困户的贷款最多是3万元，绝大部分只给1万到1.5万，主要是补助贫困户建房开支，真正用于产业扶持的很少。韦寿标理事长的解释是，他们本来就没有产业，我怎么扶持？户主会议后，我和冰儿、国令分别来到各自的帮扶户，也就是说，从自己的帮扶户做起。我的15个帮扶户，分布在三个自然屯，其中，中团屯六户，户主分别是蓝仕民、蓝少楼、蓝少华、蓝耀恒、蓝绍权、蓝耀宇；加卖屯五户，户主分别是黄若高、黄若西、黄振廷、黄明标、黄加冕；加威屯四户，户主分别是韦志同、韦世明、韦志田、牙志田。这些户主的名字都要记得，背得，还要掌握各户的基本情况，督查组抽查时要提问帮扶干部的，如果一问三不知，这个帮扶干部就失职了，就要通报批评了。督查组那个严组长，常常没打招呼就来到村里。那天他直接到第三片区中团屯去，正好进到我的帮扶户蓝少华家，他看了门板上联系卡我的名字和联系电话后，当场给我打电话。那天我正好在乡里开会。严组长问我，毛志平同志，我现在就在你的帮扶对象蓝少华这里，需要跟你了解一些情况，请你如实回答。我说，我正在开会呢。严组长说，你不要找借口，你现在就给我回答问题。我当然知道严组长正在督查，你了解情况直接问户主不就得了，何必拐弯抹角找到我。我只好在会场里回答他的问题。

严组长问，蓝少华家里有几口人？

我答，7口。

严组长问，劳动力有几个？

我答，5个。

正在讲话的杏福停了下来，台上台下的同志一致望着我，似乎他们也遇到了这样的提问。

严组长问，耕地面积多少？

我答，3.4亩。

严组长问，脱贫产业是什么？

我答，饲养本地母猪加劳务输出。

会场里发出哈哈大笑声，杏福同志也笑了。

严组长问，你本月入户几次？

我答，2.5次。

严组长问，怎么有半次出来？

我答，有一次路过农户家，我没有进门，因为急着往前赶路，只好站在路边了解情况，所以只能算半次。

严组长说，正确，这样的数据是不可以四舍五入的。

严组长又问，了解什么情况？蓝少华在那边替我回答，毛一站在路边的一棵椿树下问我，母猪怀孕了没有？蓝少华这个户主热情好客，我第一次上他家时，他说你现在来不好玩，等到春节了，我那三个妹仔从广东回来，你来就好玩啦！我虽然住在村里，大部分时间却耗在应付面上的工作，每月下到帮扶对象家里的次数也不是很多。每次下来也不是为帮扶对象而来，都是为了解决屯里的某件事顺路而来。每次下来，农户一致对我说，毛一，其他事情你不要管，你只管埋头组织我们搞路。只要有路了，就什么都有了。路一通，我们的楼房就会盖起来。我必须承认，作为一名帮扶干部，到目前为止，我只是入户拍照、合影、填表，春节前每户送了200元慰问金，与户主口头落实脱贫产业，具体帮助帮扶对象干成一件事，没有。

几乎所有户主听说小额信贷的钱不给个人给合作社，都想不通。表述得比较明朗的是户主韦志田和牙志田。韦志田说，我填的表、我签的字、我按的指印，身份证复印件是我的，结婚证复印件是我的，户口簿复印件是我的，钱怎么不是我的？牙志田说，蓝克琼拿我的钱去了，贷款到期后万一合作社搞不下去或者蓝克琼跑路了，这5万块是不是让我来还？韦志田和牙志田本来是一家的，牙志田是韦志田的老伴儿。这个"牙"不是姓，是壮语里的"老婆"，这个名字是个倒装句，"牙志田"就是"志田的老婆"。红山村这里有个习俗，家庭孩子成家立业后就得分家。父母也要分开，一般是父亲跟老大，母亲跟老满。分家后，韦志田跟了老大，老伴儿跟了老四。原本一个贫困户，分家以后，就成了四个贫困户。韦志田实际上一个人在家，老大长年带着媳妇在外面打工，每年只在春节回来一趟。韦志田总想到老伴儿这边搭伙，老四和媳妇没有意见，老伴儿却不同意，说搭讪可以，搭伙不行，主权问题不容谈判。我跟大伙说明，任何贷款都有风险，合作社贷款有风险，个人贷款也一样。我们的原则是，入股自愿，退股自由。每个贫困户可以选择入股，可以自行贷款，也可以什么都不干。我们只宣传，不强制。我说，总之贷款都是要还的。我跟大伙讲了当年棉布赊销的事。这个棉布赊销是指1984年1月和1986年1月商业部、国家民委、中国人民银行两次联合发出通知，对部分省、自治区的边远少数民族地区困难户发放纯棉布和絮棉赊销贷款，期限为五年。当时许多群众以为不用还，个个打抢要。后来衣服穿破了，被子睡烂了，还不是照样一分不少地还了。当初拿的是布，后来还的是钱。韦志田说，既然这样，贷款直接给我，我还不要呢。经过工作和反复测算比较，四个片区总共有96户愿意成为专业合作社的出资成员，总金额达480万元。当然，河城天马红山绿色养殖专业合作社最后能不能拿到这个数额的贷款，还要经过县金融扶贫领导小组审批。

合作社经营场所的落实比较顺利，那个名叫"龙沌"的峒场，本来就闲着，闲着也就白白地闲着，现在有人来承包，每年都有分红，何乐而不为。所有户主一听，很乐意地签字盖章了。原以为《农民专业合作社名称预先核准通知书》，需要等一等，因为要到县工商局去核验，没想到在乡办证中心就办妥了。所有材料上报给乡党政办后，杏福悄悄地对我说，上面只给天马乡一个合作社指标，也就是说只给一个小额信贷大额贷款指标，而且这个指标已经内定了，由河城一家混凝土公司来贷款。我一听，禁不住打了一个深重的寒噤，怎么能这样呢？我们的工作不是白白地做了吗？现在股民签字盖章了，合作社经营场所落实了，非公有制企业党组织建立起来了，农民专业合作社召开成立大会了，合作社理事长、理事都任命了，你让我们怎么回复群众？杏福说，这个我不管，我只问你，你们的合作社以后有利润分红吗？一年30多40万的红利，支付得起吗？你可要搞清楚了。我说，我们已经搞清楚了，因为我们有一家食品公司做后盾，这家食品公司就要进场了。杏福说，你搞清楚了我也没有办法，贷款指标只能给河城这家混凝土公司，这是领导交待的。我想起小时候玩过家家游戏，玩玩过瘾不负任何责任，没想到现实居然还有这种玩过家家的。我强忍心中的火气，悻悻地走出杏福的办公室。这个时候如果有记者问我幸福吗？我可能会给他一个巴掌。嗯，对不起！4月5日—10日】

【4月19日，谷雨。爱人来电：如果方便，回来一趟，老跛要见你。我急忙问道，老跛到底怎么了？爱人说，你回来就知道了。爱人补充一句，电话是老跛让她打的。来到乡府，街上没有车子开往河城，只好租一辆"五菱"出发，到河城后再包一辆出租车赶到市里。也怪自己，这段事务太多，没有时间去看一下老跛。老跛的病情只能通过爱人那里有所了解。病房里，老跛似乎预知我会来，靠着被子一直等候。阿夕说，阿爷一天就这样靠着。总体来看，老跛的精神状态还是不错的，气色也好，脸蛋红润多了。进病房前，爱人已告知老跛大抵情况，癌症病灶已经消失。当然，不能排除其死灰复燃，因为癌细胞是杀不死的。握过手，我在病榻前坐下来。老跛说，毛一，两个多月没见，你明显瘦多了。我说，村干部嘛，哪有长得白白胖胖的呢？老跛扑哧一声笑了，你这是套用我的话，不过，你哪能算上村干部。我说，只要在村里待一天，我就是彻头彻尾的村干部。老跛问，他们几个，理科、文科、综合配合怎么样？我说，很卖力，很尽职，不

错！老跛说，不可想象啊，打过你的人，居然让你培养成为村干部。我说，这完全得益于我们好的干部政策和措施。文科这个人本性是善的，有文化有想法，有担当敢负责，我们就需要这样的村干部。老跛一下子盯着我，盯得我紧张起来，他是不是知道病情了？是不是认为我隐瞒他的病情了？果然老跛说，我懂得我的问题了，感谢你毛一，让我得到及时治疗。我确实真的不想死，我死了冬梅怎么办？哪个给她洗脸？哪个给她洗澡？老跛呜呜地恸哭着。我赶忙拍他手背，安慰他，现在医学很发达，你也恢复得很好，没事的，我爱人说过了。我告诉老跛，我和杏福书记去看过冬梅了，她的二妹来照顾她。我说，冬梅让我转告你，你跟她签了生死合同的，你要陪她到100岁，你今年才52岁，不能单方面撕毁了合同。为了这份合同，你得好好地活下去。

老跛说，我现今人在医院这里，心一直在村里，梦里都是跟着你的屁股在工地上转。老跛从被子下面摸出一本笔记本，翻了几页折起来递给我。我接过笔记本，将他折起来的那几页看了，上面记录如下内容。

4月13日，到县交通局找蓝桓局长联系修建本村通屯公路项目，送蓝桓局长中华牌香烟2条、五粮液1件、现金5000元。蓝桓局长表示支持。

6月8日，到县扶贫办找刘峰主任联系扶贫项目，送刘峰主任"和天下"香烟2条、国公酒1件（黎明乡长说刘峰主任患有风湿病）、现金5000元。刘峰主任表示支持。

8月18日，到县财政局找黄焕政局长联系"一事一议"项目，送黄焕政局长真龙牌香烟2条、茅台4瓶、现金5000元。黄焕政局长表示支持。

10月16日，由副乡长韦达带去县府找分管副县长蒙谢显联系扶贫指标，带去山羊一只、米酒两桶，当天中午在富源酒店宰羊宴请蒙谢显副县长等领导吃饭。蒙谢显副县长表示支持。

我不知道老跛要传递什么信息，是反映抑或举报？但是透过笔记上的这些内容，我看到了老跛为修筑红山村通屯公路所耗费的心思和心血，看到了红山村各项事业艰难曲折的历程。

老跛说，毛一，我知道为了村里的通屯公路建设，你把个人稿费和单位专项经费都投入了。村里来过数不清的工作队员，从未有一个像你这样上心、用心，真心实意为群众干实事。我说的是实话，没有一点恭维的成分。可是毛一，这些钱远远不够，最终还得争取上面拨给资金，安排项目，还得投入很多很多的钱。昨晚阿夕给我看了一条微信，说得很有道理。微信这样写道，我年轻时以为金钱是世界上最重要的东西，等到老了才知道，原来真的是这样。我现在病成这个样子，是帮不上你什么忙了，但我这本笔记可能会有一点用处，也许能帮上你一点忙。在迫不得已的情况下，你可以把上面记录的内容，复印寄给他们。我老跛不是有意揭他们的短，扫他们的脸面，我也不是无情无义的人，我只是让他们记得有这么一回事，提醒他们不忘初心，兑现承诺。老跛啊老跛，真是难为你了，你都病成这个样子了，心里还记挂修路的事。你的出发点或者愿望是好的，可是你的做法是错误的。我问老跛，这些烟酒这些钱，你什么时候送的？老跛说，去年送的。我再问他，你送的礼、你送的钱从哪里来？老跛说，当然不是我的钱，我也没有这么多钱，所有费用是从县里拨给的生态林补偿经费中开支的。我说，鸣炮同志，你这是违纪违法你知道吗？他们几个收钱收礼违纪违法，你送钱送礼同样违纪违法。

这些钱都是人民群众的钱啊，你怎么能挪用呢？鸣炮同志。老跛争辩道，群众的钱用来修路还不是为了群众。我告诉老跛，如果只是为了修路，笔记本上那些内容就没有必要复印寄给他们了。我向老跛通报目前通屯公路的建设情况，我说下个月将由专业的工程队来施工，把红山村的通屯公路修成水泥路，省发改委下达项目计划了。另外，上达屯的铁索桥也要修了。老跛问道，什么桥？我说，铁索桥，在天桥遗址那里架设一座能通人、通摩托车的铁索桥。但是我告诉老跛，如果从教育干部挽救干部的角度出发，笔记本上的内容有必要复印给纪检部门。有一点必须明确的是，县里拨给的生态林补偿经费得一分不少地归还到村里的账户上。老跛一听，一把抢过笔记本，紧紧地抱在怀里，毛一，我已步入地狱，难道你还要把我送进监狱？我说，徐才厚也生癌了，同样接受检察机关的侦查。老跛脸色苍白，我急忙缓和语调。我说老跛，现在正在查处发生在扶贫工作中的违法违纪问题，这笔被挪用了的生态林补偿经费，必须归还村里，不然要出问题的。老跛把笔记本还给我。来到爱人办公室，我让谭主席提供刘峰、蓝桓和黄焕政的手机号码。谭主席问，你有事找他们？我说，是他们有事。得了电话号码后，我给他们三个发了同样一个内容的短信：去年韦鸣炮同志送给你的烟酒和现金是从生态林补偿经费中列支的，现在有关部门正在追查这笔资金的去向。发了短信，我就关机了。

　　来到养老院，父亲已经洗漱睡了，见我来到急忙爬了起来。父亲说了一句和老跛一模一样的话，你明显瘦多了。我说，这说明我对得起"第一书记"这个称谓。父亲说，我在这里很好，你不用牵挂，你自己要照顾好自己。父亲自己爬下床来，拉开壁柜拿出一只礼品盒，里面有两筒西洋参。父亲说，昨天下午一个中年男子送来的，他说他是市委贺书记的朋友，也是你的朋友。我让他带走，他非要留下来不可。我问父亲，是不是老干局的同志？父亲说，又不是逢年过节的老干局的同志来干吗，再说老干局的同志我哪个不认识。他说他要给我介绍个老伴儿，他的一个兄弟开了一家婚介公司。我说这事要办也是我儿子来办的，他说亲生儿子哪好意思办这种事情。父亲不好意思问儿子要不要媳妇，儿子也不好意思问父亲要不要老婆。此话不错，我有这个想法，却说不出来，因为我总是想起我的母亲。

潘副主席知道我回来，特意请我到办公室去了一趟，指导大家填表，完善档案资料。前段时间大家下去，主要是拍照，拍贫困户房屋、水柜、高低压输电线路、电灯或电条，拍贫困户参加新农合缴费的发票或代扣新农合的存折。拍贫困户有稳定收入来源的产业项目，养牛的拍牛，养羊的拍羊，养猪的拍猪，养鸡的拍鸡……拍贫困户家庭成员坐在电视机前观看电视节目，帮扶干部与贫困户户主合影。鉴于目前正在修路，通路图片要等到路修通了再补拍。外出务工的农户，自觉把工资收入证明或工资条的照片寄到文联。这些照片要复印粘贴，并做文字说明。对照26项脱贫摘帽清单，大家眼下要帮助帮扶对象填写《贫困户脱贫摘帽申请书》《贫困户产业申请表》。填写《脱贫攻坚精准帮扶手册》《帮扶责任人、贫困户基本信息情况登记表》《贫困户精准脱贫动态检测表》《贫困户脱贫后稳定收入来源计划表》《建档立卡贫困户学生基本信息情况登记表》。同时，帮助帮扶对象制订《贫困户"一户一策"计划书》。一大堆的表格，要一项一项地填写。我发现老黄跟贫困户女户主合影的照片都是三个人，除了老黄和女户主，旁边还站着一个男子。我问老黄，男的是老公吗？老黄说，是老公就好办了，旁边这个男人是证人，证明这张合影照的用途或者真相，相当于文字说明。现在网络太可怕了，万一有人把我和女户主的合影照发到网上去，我老婆误会是小事，酿成重大舆情那就麻烦了，所以，我留了一手。大伙讥笑老黄，谁不知道你是出了名的"妻管严"。我随手翻看大伙填写的《脱贫攻坚精准帮扶手册》，几乎每一本都被涂改液涂抹过，像一片片补丁一样，显然上面的数据已涂改了几遍。潘副主席说，乡里的同志讲数据不对，我们又拿回来重新计算重新填。那些指印一看就知道不是户主摁的，一看就知道是假的。我问，你们不怕上面核查指印吗？老章说，不怕，鉴定指印要花费很多工夫，不亚于破案，成本很高。我提醒大家，千万不要有侥幸心理，企图蒙混过关。前段时间督查时，有帮扶干部叮嘱贫困户回答问题时说本地话，再由乡干在旁边翻译。没想到督查组偷偷录了音，回去请人重新翻译，结果问题暴露出来了。大家反映《贫困户精准脱贫动态检测表》最难填写了，光是支出一项，就让人拿捏不准。比如红白喜事开支算不算支出？上面规定贫困户开支只能统计生产支出一项。可是上面不明白，偏偏红白喜事支出是群众最必要的支出，用一句话说就是人情大过天。老黄说，我有一个帮扶对象，家里养一头公猪，每个月都有收入。我问他，饲料支出多少？户主说，母猪方包吃了，还有营养餐（鸡蛋2只、大米5斤），还有专车接送。我说，有这么好的待遇？户主说，在外过夜待遇更加优厚。老章说，我有一户养了五头猪，问户主买猪仔开支多少？户主说，他家五头猪全是自家母猪生的，所以没有这项支出。我说，自家母猪也要配种，这配种支出也应该有吧。户主说，他家的母猪是纯天然放养，属于自然配种，自然怀孕，自然没有配种这项支出。我说，你们这都是瞎编的，谁信这些呢？

潘副主席跟我抱怨，单位财务亮了红灯。这段光下去填表就花了4万，还不算捐给农户的部分，把省文联拨给的培训经费挪用了。潘副主席说，一个月下村五趟花几万块钱，说实在话，下去就是填表，没能帮助贫困户具体做些什么，还不如把油费差旅费直接给了贫困户。潘副主席的"这笔账"，帮扶干部胡彩旗同志跟我算过，不少帮扶干部也跟我算过。所有单位都在算这笔账，他们都算得很实际，很有道理。然而，想法是丰满的，现实是骨感的。我对潘副主席说，该下去还得下去，该填表还得填表，这是规定的动作，得做。至于自选动作，可以量体裁衣，量力而行。

刚要出门，进来一位老板模样的中年人，直接进到办公室来，毛会长你好！称我为"会长"的人有，不多，久不久听到一声。我喜欢这个称谓，不是说我有多在乎这样的称谓，而是这个称谓听了自然顺畅，无需纠正或者更正。我与他握手，你是？他说，我是宏伟建筑装饰工程公司的，我姓李。我说李总好，不过我要提示你一下，我这里是文联，不是残联。

李总说，知道，我又不是文盲，门牌上的字我认得。我一听他的公司名称，基本上明白他的来意了，他不是冲着铁索桥就是冲着通屯水泥路来的。因为除了这两样东西以外，我们单位不可能有什么"业务"与他有关联。我们没有建筑工程项目，我们的办公楼不可能装修，也没经费装修。我们最多是隔两年给铁皮大门除锈粉刷一次，重新上一次油漆，每次投资不超过500元。这500元根本用不到"投资"这个神圣的字眼，可以说是亵渎了这个词语。我已经肯定到养老院去的那个中年人就是他。我说，感谢你去看望慰问我的老父亲，我谨代表抗美援朝老兵家属向你表示深深的谢意。听说你是贺书记的朋友，我打个电话跟他通报一下，我也快有两个月没向他汇报工作了。说罢拿出手机。李总连连摆手，不要打扰他，不要打扰他。仓惶逃出门去了。我确实想给贺书记打个电话，向他报告通屯水泥路实施情况，告诉他目前项目已经下达，工程队即将进场。顺便确认一下他这位"朋友"的身份，没想到这位李总经不起推敲。4月20日—21日】

【蓝彤峰一坐上车就问国令，听说你爷爷来过河城？国令回答，来过。蓝彤峰责怪道，来了怎么不报告一声。国令之前当过县长助理，理应报告蓝彤峰一声的。领导总有错觉，认为跟过自己的，自然永远是部下。国令说，我爷爷不让告诉任何人。蓝彤峰问，你爷爷是干什么的？国令说，我爷爷是个教书匠。蓝彤峰扭过头来，神秘兮兮的，一个教书匠，怎么可能调动这些重要部门的领导到红山村来，保密是吧？那天在村里送贺书记上车后，他也是神秘兮兮地问我，你跟贺书记是老乡？我说不是，贺书记是山东聊城的，我的祖籍是河南新乡。我发现河城的县乡干部有一个特点，凡是彼此熟稔的人都被认定是同学或者同乡。我们三人是昨天下午被通知到河城大酒店来的，具体任务是陪同重要客人吃饭。重要客人是省府办公厅荣副秘书长、省交通厅柯副处长、省水利厅曹副处长、省水产畜牧局朱副处长和省电网公司的林副总。席间，五位领导分别跟我们了解红山村交通、饮水和生产生活用电的情况。我们一一做了汇报。水产畜牧局朱副处长具体地问到了生态养殖合作社的筹办情况，问得很细。朱副处长这么一问，我心里有底了，这五位领导是专门为红山村来的，而且是受更高领导的指派来的。荣副秘书长说，辛苦你们三位跑了一趟，其实我们明天还要下到村里去的。原来叫我们来陪重要客人的，不是重要客人的意思而是县里的意思。不过既然来了，就把情况说得更具体一些，于是我把前面汇报生态养殖合作社筹办过程没讲出来的话补充讲了。在这种场合讲，属于汇报。过后再讲，就有打小报告的嫌疑了。我说，听说上面只给天马乡一个合作社贷款指标，而且已经内定了，是河城一家混凝土公司。荣副秘书长听罢，沉下脸来，瞪着蓝彤峰说，怎么能这样搞呢？蓝彤峰表态，这事我确实不知道。荣副秘书长说，我在这里跟各位讲清楚，谁要是在扶贫资金上动歪心思、耍小动作，谁就下台。这事蓝彤峰知不知道我不清楚，杏福没说交待他的领导是谁。杏福后来还告诉我，县里开始是发动各乡镇大力成立专业合作社，由专业合作社负责贷款，逐年发给贫困户红利。后来县里又改变了这一政策，把小额信贷资金打包给城投公司，由城投公司来具体运作。听说到目前为止，除了某家从事建筑和旅游开发的公司得到1000万贷款以外，全县只有一个养殖合作社得到小额信贷扶持。

一辆中巴车跟在我们的后面，上面坐着省里来的五位领导和县里对应部门的同志。蓝彤峰的座驾在前面开路，后排坐着我们三个人。这是一辆丰田霸道，车子还蛮新的。车改以后，按照规定，所有公务用车都必须归到服务中心平台统一管理，县委书记、县长不能再有专车了。实际上河城不但书记县长继续有专车，其他常委也继续拥有专车。他们的司机把车开到服务中心平台那里登记，溜了一圈，又将车子开回来。有一句话说是换汤不换药，他们连汤都没换。冰儿问蓝彤峰，你敢说这车不是你的专车？蓝彤峰说，不是专车，是相对固定用车。冰儿说道，巧立名目。蓝彤峰侧过身来，冷大记者，能不能讲点正能量的？冰儿没有搭理，望着我，同样的级别，你坐班车、坐公交车、坐出租车。我淡然一笑，革命事业分工不同，人家工作需要坐车，我的工作只靠步行。冰儿自言自语道，也是，就是犯人的戒具也是有区别的，有些戴手铐，有的戴脚镣。我心里倒吸一口冷气，这个冷大记者的嘴巴简直就像刀子一样。

两辆车的人一路走一路看，到天马乡府饭堂吃了午饭后继续往村里走。到了村里，我们直接来到公路建设工地。县里的工程队已经接手施工了，四台挖掘机同时作业。我们连续走了四个峒场，主要是看输电线路、家庭水柜，看农户的种养殖业情况，看生态养殖专业合作社经营场所和益康食品公司租用的场地。回到村部，荣副秘书长主持召开现场会，拍板定下四件大事：一、交通部门尽快做好天马乡到河城的二级公路勘察设计，改扩建天马乡府到红山村的村级公路，此两项工程明年初同时开工建设；二、供电部门于今年10月份完成红山村的电网改造；三、水利部门在全村四个片区实施四个集中供水工程，基本解决红山村群众饮水难问题；四、县扶贫办协调相关部门，完善红山绿色养殖专业合作社的各项手续，尽快将合作社成立起来；县水产畜牧局负责对接益康食品公司，配合做好公司进驻的各项工作。交通厅柯副处长问道，听说你们在搞一座铁索桥。冰儿回答，是的，目前工程队已进场开始土石工程。柯副处长又问，哪里的工程队？冰儿说，省交通厅下属的路桥公司。柯副处长说，好，有什么问题直接打我电话，你记一下我的号码。

荣副秘书长说，志平、国令，还有冷暖，我去看一下你们住的地方。我将荣副秘书长带上楼来，让他"参观"我们的宿舍和厨房。荣副秘书长连说，不容易，不容易。从楼上下来，覃文科来到了村部，他说饭菜做好了。昨晚在河城我连夜交待他杀一只羊，说有重要客人来，费用由我负责。荣副秘书长抬腕看了一眼手表，午饭吃过了，晚饭又没到时间，我们还是回去吧。我说，快5点了，回去路上也要吃，还不如在我们这里吃，也算是体验一下驻村干部的生活。荣副秘书长犹豫着，在哪里吃？我说，到村小学去吃。荣副秘书长说，学校不方便，影响不好。我说，今天是星期天，师生们都回家了。蓝彤峰劝道，客随主便吧。荣副秘书长走出大门，又转过身来望着楼房，饭应该在村部饭堂吃的。冰儿趋步上前，秘书长啊，您再给一栋楼，红山村委的饭堂不就有了吗？荣副秘书长说，那就把它打掉吧，这房子也是年久失修了，重建一栋三间三层的村级服务中心，再建一个篮球场和一个戏台。我们三个欣喜若狂，欢呼雀跃。冰儿对我说，以后得把那块村级服务中心的牌子重新挂上去。国令说，必须的，生了孩子得有名字嘛。冰儿问他，弟妹是不是有了？国令笑而不答。

　　覃文科往杯子里倒酒时，荣副秘书长说，不能喝酒的。覃文科说，现在是下午时间，可以喝的。荣副秘书长说，下午也不能喝了。覃文科说，人民群众敬您一杯应该可以吧。荣副秘书长说，那就喝一杯，只能喝一杯。我轮流给每位领导都敬了酒。荣副秘书长提醒我道，你超过规定了。我说，我就一杯，总量控制。其实我没有控制，我这天破例喝了很多。敬了省里来的领导，我又给蓝彤峰、刘峰、蓝桓和黄焕政他们敬了一轮。刘峰悄悄问我，听说韦鸣炮主任住院了？蓝桓和黄焕政跟着围了过来。我说，鸣炮同志目前恢复得不错，身体状况良好。想起那晚给他们发的短信，心头有些不适。我的心脏不是很好，有心慌、心悸和心律不齐的毛病。我后来开机，分别收到他们三个回复的短信，内容一模一样：主席老兄你发错短信了。我不知道他们仨是不是共同商量过，专题研究如何给我回复短信。当然，这已不是我要关心的问题，那天在乡府开会时，覃文科告诉我，村委户头进了3万块钱，问我是不是单位打进来的钱。我吩咐他，这是生态林补偿经费，马上造册发给农户，越快越好。席间，冰儿、国令也喝了不少酒——这是我们驻村以来最舒心最开心的一天。送走荣副秘书长他们不久，伍老和"老党"送孙子来到学校。我问覃文科，餐桌收拾了没有？覃文科说，蓝理事长他们几个还在喝。我问哪个蓝理事长？覃文科说，就是屠夫蓝克琼嘛。我说，洞房未闹，先当新郎官了。我拉着伍老和"老党"进餐厅来，报告他们，我今天喝酒了。伍老说，今天这酒，得喝！我和"老党"一路来已经听到群众在议论，今天这个日子，将写进我们红山的村史。"老党"指着我们三个，你们，改写了红山村的历史。国令说，不是我们，是党和政府。"老党"说，我今晚不回去了，跟孙子睡学生宿舍。我劝伍老，你也别回去了，跟我们住到村部，今夜我陪你二老喝个开心。覃剑校长和几位老师陆续回到学校，他特意把外乡几个青年教师带到餐厅，对他们说，明年天马乡通二级路了，村里通标准四级路了，你们要安心在这里工作了，以后啊，谁想来宜居山村——红山村当老师，可不那么容易了。吴海龙突然进到餐厅来，几个月没见，仿佛换了个人似的，变得精神了许多。我问他，你出院啦？吴海龙过来握着我的手，我今天出院了，老跛也快要回家了。我问老跛恢复得怎么样，吴海龙说，跟我一样好。"老党"对他说，如果没有毛一，我们可能给你开道场了。吴海龙说，是啊是啊，毛一是我今生今世的贵人。伍老说，回来了就好好休养身子，别再熬夜做法事了。吴海龙说，不做了，不做了，我叫宗强和春龙也不做了。我让吴海龙坐下来，他说他是顺路进来报告一声，他得赶回家了。吴海龙一走，我突然想起一件事来，我对覃剑校长说，记得提醒需要复检和定期检查的老师，别把自己的生命耽误了。

学校熄灯前，我们回到村部。路上冰儿不断问我，没事吧？我说，没事，我清醒得很。宿舍里，伍老跟我和国令彻夜长谈。喝了酒的伍老，异常兴奋。伍老总结道，脱贫攻坚，派不派工作队是不一样的，有没有能力的工作队更是不一样的。伍老给我们传递一个信息，第三、第四片区部分群众已烧砖烧瓦，准备大兴土木建新房。伍老说，志平同志，我跟你讲过了，只要路通了，山里群众的楼房就会盖起来的。至于盖房子的钱哪里来呢？你们不要去问，反正不是帮扶干部填写出来的，不是工作队员统计出来的，是群众自己真正创造出来的。伍老的话，让我想起一件事来，上达屯那17户人家被火烧掉房子之后，灾民报上来一个损失数据：大火烧掉藏在家中的现钞共计24.7万元，其中一户6万元。他们的钱不存银行，而是藏在家里。当然，这些数据无法确认。5月15日】

【端午节上午，铁索桥钢索运抵红山。六只磨盘般的钢索卷盘，卸在古榕代销店附近。装钢索卷盘的卡车走后，又有两辆卡车进来。我无法想象他们在村级公路上错车的情形，就是如何会车。听说外地有一个司机，夜里拉设备到天马，天亮后返程，车开不出去了，为什么？他看到了路坎下的万丈深渊。两辆卡车运来的是猪仔，即"扶贫猪"。跟在卡车后面的是各帮扶单位帮扶干部的车子，五花八门，有越野车、小轿车、微型面包车、皮卡车，还有摩托车等。坐微型面包车的是市县帮扶干部，乡府和乡直机关距离村里较近，他们坐摩托车来。单位潘副主席和老黄、老章他们竟然开了医院一辆旧的救护车来。开始我以为爱人来探亲，心跳加速了一下。车上卸完人，却没见爱人身影。老章这才解释，没有办法，上面统一时间了，需要浩浩荡荡大场面，需要镜头上新闻，租车公司的车都租完了，又不允许私车公用，只能找到嫂子帮忙解决。实在没车了，运尸车我们也得坐。我心里面说，其实你们完全没有必要下来的，难道农户不会挑猪仔回家。村部前面的空地上，热闹非凡，人语畜声，相互交织。从1月份到现在6月份，驻村工作队员和帮扶干部一直纠缠在各种花名册和各种数据上，直到今天终于见到表格上的实物。早在2月份，各村就按照上面要求做了产业扶持调查。上面安排每个贫困户产业扶持资金2000元，让我们先调查贫困户意愿。贫困户普遍意愿是养牛和养羊，可上面说只能养鸡和猪，其他的不能养。当然养牛养羊成本高，一头种牛1万多2万，一只种羊也要1000多

2000。我们只好重新入户，做群众的解释工作，把表格上养牛养羊的改为养鸡养猪。养猪养鸡的成本自然相对少一些。表格修改后重新上报，等待上面发话。上面发话下来，不给现金给实物，实物统一由政府采购。等了蛮久没见实物到位，上面又发话，让我们动员农户先自行购买鸡仔猪仔，过后验收了给农户资金。如果农户家养有两头大猪，只要他认定是政府给的猪，签字后也可以给他现金……如此折腾到年底，是不是时间到了就自然脱贫？我们正纳闷，正准备再次登门入户时，上面再次发话了，政府统一采购的鸡仔猪仔，近期发送，第一轮发放猪仔，第二轮发放鸡仔，要求我们随时随地做好发送准备。这两卡车是第一批猪仔，一共240只，先分发给120个贫困户，每户两只。冰儿指着装猪的卡车，毛一，你看这车上的装置一格一格的，多像我们填报的表格。我说，哈哈，人家那是纸质版，我们的是电子版。冰儿说，人家装填这些"格子"不到一顿饭的工夫，我们却耗费了整整四个月。养殖场的猪，四个月都可以出栏了。

帮扶干部们从车上卸完猪仔，仍没见有几个贫困户来。昨天我们按照乡府提供的猪仔发送花名册，一户不漏地通知了，时间也交待清楚了。我们甚至预想这个场面将会很热烈隆重，但眼下热闹非凡的场面属于干部而非群众。几名干部好似等不及了，用已准备好的扁担挑着猪笼上路，可走了一段又挑回来，原来他们是让电视台记者拍镜头。

眼看接近中午，终于陆续来了贫困户。有几户是老黄的帮扶对象，老黄已帮他们选好了猪仔。一个农户看了猪笼里的猪仔，白猪啊，我以为是本地黑猪呢。农户说的"白猪"有两层意思，一层是指这种杂交的"约克夏"猪，另一层是指这猪是白得的猪。老黄不明真相，两车都是白猪，没有一只黑的。农户把两只猪笼拎起来，掂来掂去，猪仔在笼子里嗷嗷地哼叫着，似乎不满意这位挑剔的新主人。农户说，这么小，估计不到20斤，不值1500元（鸡仔500元、猪仔1500元）吧？一个农户问老黄，猪仔打针了没有？是不是病猪？我家里还有两头本地母猪，上万块钱，都死了谁赔我。老黄上去对他说，绝对是好猪，你放心挑回去养。我以后送玉米来，你不要喂饲料，春节前我来跟你买回去。农户说，你说话不上税，谁信呢？老黄拍着他的胸口，你信这个，良心。过几天你再挑鸡回去养，养大了我来买。老黄交待他，这两只猪仔你挑回去不能杀也不能卖，我以后每个月要到你家探猪一次，跟猪照相。你实在要卖，也要等到扶贫验收了才能卖，明白吗？农户说，肯定要杀一只的，杀一只敬了祖宗，祖宗才保佑另一只健康成长。说着挑着猪仔走了。老黄急忙追上去，老乡，真的不能杀，我求求你了，要杀也要等到验收了才能杀。农户终于答应他，好吧，我不杀，我要是把猪仔杀了，你这个帮扶干部就挨卵（处分）了。老黄一脸惆怅，我离婚的时候都没有这么狼狈。

到了下午，还有46只猪仔没发出去，农户没来领取。帮扶干部们只能自己送下去了，我这才意识到干部们还真的来对了。我对电视台记者说，你们一路跟着拍，刚才那些镜头失真，往下的镜头才逼真。两只猪仔不是很重，但要沿着刚修出的凹凸不平的公路挑到农户家去，还是蛮费劲的。冰儿问我，为什么群众对我们发送的猪仔不感兴趣？我说，我个人认为至少有两方面因素，一方面是群众养殖习惯。这里的群众养的多是本地黑山猪，对良种猪（群众说的"白猪"）不感兴趣，不愿意接受。另一方面是群众担心销路问题。群众跟我们帮扶干部一样，干部包里装着计算器，群众心里也装着算盘。干部帮群众计算收入的时候，群众自己也在一一得一，一二得二，三下五除二，群众的数据比干部更接地气。国令却说，我还真希望农户别养这么多的猪，如果每个村、每个乡、每个县都大量养猪养鸡，就会出现供大于求现象，就会影响到农村的市场，而应该从品种或者品牌去考虑。国令说得没错，某地曾发生农户大量饲养"扶贫鸡"而滞销的现象，县政府只好动员干部和老师购买，小学教师每人一只，中学教师每人两只，乡镇干部三只，县直机关干部五只。国令说，如果猪把农户家里的粮食吃完了却卖不出去，或者卖不到好价钱，这些"脱贫猪"就会变成"拖贫猪"。所以，接下来如何帮助农户打开销路，把这些猪卖出去，应该是我们的一个最重要的工作环节。这个环节处理不好，群众就会戳我们的脊梁骨，操我们十八辈的祖宗。冰儿说，所以，我们的合作社建起来了，益康食品公司可要尽快运营了。国令说，很快了，你没见到冷链设备都拉来了吗？

夜里，老跛从市里回来，我们三个到古榕代销店等候。蓝克琼在煮夜宵，厨房里飘出鸡肉炖蘑菇的香味。坐了一下，一辆面包车停在了门前。覃文科和覃理科从车上扶下老跛，他们一大早就到市里去接了。我迎上去握住老跛的手，还好吧？老跛说，报告毛一，嫂子讲了，我目前情况良好，我也感觉良好。简单吃了夜宵后，覃文科他们陪同阿夕护送老跛回老鹰屯。我叮嘱老跛，你安心养病，村里的事不用操心。老跛说，我回家稍作休息后就跟你们干。我说，你不要着急，养好身体，恢复体质是你目前的头等大事。望着消失在暗夜里的老跛，我突然想起一个词——"造化"。往后的一切，就看老跛的造化了。夜里，我糊里糊涂地给爱人转发了一条微信：人啊！能爱就爱吧，几十年后一个坑就是人生的终点，你睡你的，我睡我的，QQ、微信都屏蔽了；人啊！要互相珍惜，不要争执，不要斗气，弄丢失了，上百度也找不回。爱人回复：喝酒了吧？早些休息！我明儿有四台手术。6月11日】

【6月21日早9时，杏福和黎明来到村部，随行还有乡扶贫站袁站长。杏福楼上楼下转了一圈才坐到会议室来，坐到会议室后又东翻西翻各种工作台账。表面上看是检查，是履职，实际上是酝酿，是在打腹稿，是另有目的，是底气不足准备不充分的表现。我们全体队员和村干部静静地坐着，等待杏福开腔。杏福终于开腔了，还是广东那笔钱的问题。杏福说这个月底如果再不花掉，县里就要"挖"人了。我发现杏福同志除了善于拍脑袋做决策以外，在对待资金的态度上也有矛盾。比如他对铁索桥和通屯公路的资金很感兴趣，总希望我们能截留一些下来，用以拓展或者延伸其他项目。而对广东这笔25万元的产业扶持资金，他恨不得一夜之间将它用完。当然，后者的态度是有关部门责成的。为了花掉这笔产业扶持资金，我们可是耗费了不少精力。

3月份的时候，杏福曾带上述同志来过村里一次。当时杏福说，眼下正是水果种植季节，时间不等人，乡府决定将25万产业资金用于种植四月桃、砂糖橘或者山葡萄，让我们选择其中一项，反正这25万块钱一定要花出去，不能再拖了。前面从养牛到种沃柑，我们论证了一番，现在要从四月桃、砂糖橘或者山葡萄中选择。同志们是负责的，是认真的，讨论也是热烈的。覃文科回忆说，四月桃在隔壁村红柳村有过种植，可到挂果期桃树不挂果或极少挂果。红柳村和红山村接壤，土质、气候非常接近，说明红山村同样不适宜种植四月桃。砂糖橘目前在河城地势较平坦的乡镇有种植，在土地贫瘠的山区村没有种植历史。山葡萄曾是河城的主打产业，种植成本低，管护要求不高，销路不成问题，就是卖不出去，农户也可酿酒，自酿的葡萄酒很有市场。覃综合却说，红山村以前也种过山葡萄，种下两三年后，几乎没有一兜成活，红山村现有的山葡萄是野生的，自然生长的，营养杯种不了。覃理科提到了另一种果树，他说红山村还响应号召，种植过珍珠李，也没成功。杏福生气了，你们这是什么态度？这也不是，那也不行，一说起发展种养殖产业，都是谈虎色变，畏首畏尾，还要你们这些村干部做什么？四月桃和砂糖橘你们在红山村没见过，但见到过山葡萄，既然野生山葡萄能够生长，同样的品种也应该能够成活吧。国令说，文科你讲山葡萄管护要求不高，实际上山葡萄种植的管护最关键。覃文科说，你是专家，你有发言权。国令说，如果我们还是把果苗分发到农户各自种植，重蹈历史覆辙的可能性很大。他建议集中这25万资金在红山村建立一个山葡萄种植示范基地，通过基地示范引领农户种植。袁站长同意这个建议，要大家当即落实基地种植山葡萄的亩数，以便上报苗木、种植所需的水泥柱、铁线和肥料。当时正值公路紧张施工期，家家户户的劳力都上了工地。我们不得不动员加卖屯群众返回家来，集中力量种植山葡萄。为了让全村群众知晓知情，我们召开全村党员、村民小组长会议，传达县扶贫办产业资金使用要求和资金使用方案，通报山葡萄种植示范基地事宜，大家均无异议。为了打消群众顾虑，增强发展产业信心和激发群众积极性，我们又组织村委干部、部分群众和贫困户代表到隔壁乡龙眼村参观了山葡萄园，收到较好的效果，群众创业劲头很足。基地涉及到农户的动员工作、土地丈量、签订租地协议于4月中旬顺利完成，随后发动群众按照技术要求，挖坑、填土、和粪、立柱、架线。每个坑都达到"80×80×60厘米"的高标准，每个坑填的都是农家肥，每一个步骤、每一个环节都当作精品来做，以确保未来的每一粒葡萄都是甜的。一切工作准备就绪，却迟迟不见山葡萄苗运来。彼时其他村已陆续种植结束，我问袁站长，为何不安排给红山村山葡萄苗？袁站长答复，今年全县乡镇都种植山葡萄，只有一家供苗公司，苗儿供不应求，让我们耐心等待。等待的日子令人焦虑不安，农村有这样一个说法，清明节后一切种植都是白搭，何况彼时已是5月的中旬。

皇天不负有心人，期盼已久的苗儿终于运来。5月下旬的一天，袁站长电话通知我们，山葡萄苗次日凌晨3点钟运到河城。有两个领取葡萄苗的时间段，一个时间段是早上7点半，另一个时间段是到第二天再领取，因为车子要把苗运到别的乡镇。红山村的葡萄苗不是很多，只能自己找车子运回。我们选择第一个时间段去领葡萄苗，通知村委三位同志组织加卖屯群众当天集中种植。那天正是乡党代会开幕会，我们三个工作队员不得不请假去现场接葡萄苗。早上7点不到，我们已在领取葡萄苗地点等候。看那苗儿，犹如见到新生早产儿，不忍心伸手去触碰。问苗儿为何如此嫩弱，货车师傅答道，今年河城大面积种植山葡萄，厂家来不及培育，苗儿比往年弱小是正常的，只要管护到位，问题应该不大。国令问道，是问题不大，还是应该没有问题？师傅答，我也说不清楚。冰儿问他，现在已超过种植季节，是否影响种植效果？师傅笑而不语。装好苗就往村里赶，群众如约到场，当即现场培训、现场种植。原以为种完山葡萄基地的苗，"花钱"任务算是完成了，没想袁站长打来电话，山葡萄种植属于扶贫办无偿援助项目，不能算作产业扶持项目。瞎忙了三个月，25万产业资金还是没花掉。

我直接问杏福，这回钱应该怎么花？杏福简明扼要，搞裙子鸡养殖基地。国令说，25万搞不了基地。杏福说，先搞鸡棚鸡舍、管理房、水电和便道等基础设施……我接过杏福的话道，改天再买鸡仔？杏福思索了一下，将"改天"替换成了"下一步"，下一步我们再跟扶贫办联系，争取资金购买鸡仔。杏福同志的"下一步"和他的"改天"，异曲同工，都属于遥遥无期。

杏福直到最后才跟我们亮出底牌，省里将于7月初到县里督查各项产业资金使用情况，特别是严查历年的资金，发现存在资金使用不当或者逾期不用的现象，要严厉追查问责，我们无论如何要在这个月底之前把这笔产业资金花掉。从杏福说话的语气和神态可以窥见事态的紧迫性和严重性，这次督查非同寻常，这一次狼是真的来了，而且是有目标了。黎明说，明天就把资金转到你们红山村的账户。袁站长坚持原则，不行，明天先拨付50%作为启动资金。一旦工程完工，再一次性拨给剩下所有的钱。

杏福他们走后，我们立即动手修改产业规划，草拟资金使用方案，填写资金规划表格。第二天一早，覃文科用摩托车送冰儿到天马。盖好公章后，冰儿再搭面包车到河城，将所有材料送到县扶贫办，并跟产业组负责人具体对接。负责人让冰儿等候，他把材料送给刘峰主任审批。冰儿等到快要下班时，刘峰将资料退给她，说不能变更资金用途，养牛就是养牛，不能朝令夕改，肆意妄为。冰儿无奈，当即电话问我，怎么办？我说，回来，我们的绿色养殖专业合作社，有牛棚羊栏，有猪圈鸡舍，有牛有羊有猪也有鸡，应有尽有，无需变更，也无需备案。6月22日—27日】

【严组长见到我说，给你们擦屁股来了。严组长在这句话里用的是"擦"，而不是"查"。据我了解，严组长他们的工作职责主要是"查屁股"，而不是"擦屁股"。"查"和"擦"在临床医学上也不一样，临床的"查屁股"主要是检查各种高低位复杂性肛瘘、各期各型混合痔、陈旧性肛裂、脱肛、肛周脓肿、坏死性筋膜炎、肛周化脓性汗腺炎等。通俗地说，就是检查你的屁股有什么问题。引申到现实生活中，就是查你的屁股有没有屎。这个

"屎"，具体是指经济等方面的问题。当然，查的对象主要是国家公职人员，尤其是领导干部。医院里的"擦屁股"就温馨了，温暖了，是护士对病人的一种体贴呵护，是救死扶伤，是人道、博爱、奉献的红十字精神。引申到现实生活中来，性质就变了，变得相当的严重了，是收拾烂摊子的意思。冰儿说，严组长啊，话可不能这么讲，我们的屁股是干净的。严组长说，我也纠正你一下，每个人的屁股或多或少都沾一点屎的。冰儿说不跟你废话了，幸好我吃了早餐。随严组长来的还是上次那两位同志，其中一位姓陈的跟我们说明了来意，陈同志说，此番下来，是调查核实红山村群众信访事项。根据陈同志的意思，还是属于"查屁股"的范畴。陈同志的表述很严谨，他使用了"信访"一词，但我还是听出了意涵，我们让人告了。告状很正常，要正确对待。正确的态度是，有则改之无则加勉。我问严组长，需要我们配合还是回避？严组长说，该回避的回避，该配合的配合。哦，那就走呗。

时下人们常说，人生需要一次说走就走的旅行，不为跋涉千里的向往，只为漫无目的的闲逛。不为人山人海的名胜，只为怡然自乐的街景。或走、或停，原则就是看心情。从一个地方到另一个地方，弄明白生活的意义。其实，这些日子以来，我和冰儿、国令每天都是在旅行。我们分别从三个地方来到一处叫红山的景区，这里芳草萋萋，溪水潺潺，空气清新，民风淳朴。我们走在蜿蜒曲折的乡间小道上，走在树缠树藤勾藤的林荫下，走进农户的房舍、牛栏、羊圈和菜园。我们或围着温暖的火炉或坐在夜风习习的晒谷坪上，与善良好客的山民拉家常，听他们讲述山里的故事、传说，跟他们学讲本地话。几个月过去了，冰儿、国令已能听能讲本地方言。刚来的时候，国令曾被本地一句"你好"的方言蒙骗过。不知情的他逢人就说"你好"，害得人家面红耳赤。原来那句"你好"却不是真的"你好"，而是一句脏话。如今，国令已经可以运用本地方言跟群众交流，就像游客出国旅行不需要翻译一样。语言上的融合，进一步密切我们同当地群众的联系，赢得他们的信任和支持。这一趟旅行，我们充分见证了党的光辉政策照耀下的贫困山区正在发生的深刻的变化，见到了洒在山民脸庞、眉梢甚至睫毛上的雨露和阳光。点点滴滴，是那样的生动和鲜活。

从村部到上达屯的公路上，两台过面机械正在作业。路面一边已经硬化，另一边路面正在平整等待硬化。来到天桥遗址，见到铁索桥两边的桥墩砌好了，正在保养，下一步就架设钢索铺上桥板了。施工现场除了工人，还有不少群众。他们见过修路，参与过修路，但没见过架桥，更没见过架铁索桥。他们在思忖和分析，堆放在路边的那些钢索届时是如何架到对面去的。他们每天都来观看，生怕工人们趁着他们不在场的时候，悄然将钢索架到对面去了。我们走访或者调查核实的第一户，就在上达屯。这一户向县指挥部反映，他家和隔壁家的情况一模一样，同样是两眼砖混结构的房子，同样是3.2亩耕地面积，同样是两个劳动力，为什么隔壁家是贫困户，而他家是非贫困户（属于2015年退出户）。严组长说，如果该户反映情况属实，那就是"漏户"了。"漏户"是一个非常严重的问题，它直接关乎到已经建档的贫困户数，关乎到整个河城贫困户数的比例问题。听严组长说明后，我就知道是哪一户了。这一户的情况我们清楚，户主姓蒙，叫蒙老台。精准识别评议阶段，蒙老台对他家的分数提出过异议，认为大伙评给他家66分，高了。当时，贫困户"录取"分数线尚未确定，但我们能感觉到这个分数在红山村，绝对"录取"不了。为了慎重起见，我们决定对蒙老台一户再次评估打分，可我们组织相关人员登门上户时，蒙老家已到广东打工去了，他登记在手册上的电话号码也打不通。群众义务集体修公路时，全村只有三户劳动力没上工地，其中就包括蒙老台一户。说到义务修公路，还发生过一起运输纠纷事件。第四片区有一个农户到天马供销社买了化肥，租村里一辆农用车运进村来。农用车司机开到古榕代销店那里就停车了，让他们卸货挑进山去。农户问司机，别人都可以运到屯里去，你为什么不走？司机说，车坏了。第二天，另一个农户运回化肥，也遭遇了车坏的现象。这两个农户电话反映到帮扶干部老章那里，老章无奈道，我这人只会拿画笔，不懂得用扳手啊。意思是农户跟他反映也没有用，因为他不会修车。实际上农用车没坏，是这两户没参加义务修公路，群众要惩罚他们一下。想到这里，我吩咐覃文科往前赶路，通知第三、第四片区的党员代表、村民小组长到上达屯与我们会合，重新对蒙老家户进行评议。调查组来调查核实，我们也只能这样配合，用事实说话。央视的焦点访谈，也是用事实说话嘛。我问严组长，是不是这样操作？严组长说，我们也是这样想的，评估表都复印来了。

我们在坡岭上碰面了，蒙老台正拎着包走下来，覃文科跟在他后面。我说，老蒙，我们来你家呢，这是县里来的领导，要了解你家的情况。蒙老台说，我没空，我有事要出门。严组长说，你是蒙老台吧？蒙老台说，我就是。严组长说，你反映问题的信件我们收到了，今天下来核实，请你配合。蒙老台说，对不起！我今天有事要外出。严组长对旁边的陈同志说，陈炳国，录像。陈同志打开摄像机录着。严组长说，你有什么事比这件事还重要？不重要你给我们写信干什么！你一封信把我从大老远召来。我来了，你竟然躲避不见，你这是什么态度？你不会是故意耍我们吧。蒙老台低头不语。严组长说，你现在就带我们到你家去。

党员代表、农户代表、村民小组长陆续来到蒙老台的家。严组长说，我们是县里派来的，你反映你家贫困数据失真，现在我们进行核实。陈同志把评估表发给我们，一人一份，重新按照住房、家电、农机、机动车、饮水、用电、自然村通路情况、健康状况、读书情况、劳动力、务工情况、人均土地、养殖业、种植业等及加分项和减分项逐项对蒙老家户进行评估。记得当时蒙老台家里没有电视机、电冰箱和洗衣机，现在这"三大件"却摆在那里。我调出手机照片出来看，确认当时确实没有，可能当时他藏了起来。当初打分评估时，确实有一些农户转移了财产。我问蒙老台，电视机、洗衣机和电冰箱新买的吧？蒙老台说，旧的，都坏了，摆做样子而已。如果他说是新买的，那么家电这项就不能给分，因为当初我们没有发现。现在他说是旧的，等于承认原来就有了。现在需要核实的是，它们究竟是不是坏了，是不是只摆做样子？冰儿上去开电视，屏幕亮了，出现电视节目，画面还蛮清晰的，冰儿调出了央视一套节目。国令打开洗衣机，里面泡有满满的一桶衣物。扭动开关，洗衣机的滚筒转了起来。覃文科打开电冰箱，里面装有青菜和肉块。覃文科拿一瓶"天龙泉"出来，老蒙，人家冻啤酒，你冻白酒呀？老蒙的脸顿时变成了猪肝，禁不住低下脑袋。严组长说，都给我录下来。仅家电这一项，蒙老台就多出了5分。当初打分时，蒙老台否认他外出务工，说他和妻子都在家种地。冰儿问蒙老台，怎么没见你去修公路？蒙老台说，他长年在广东打工，不知道家里修公路，不是消极对待修路或抵触修路，确实是不知道。蒙老台的坦白又给自己增加了6分，上次评分，"务工情况"一项是0分。蒙老台说他家情况跟隔壁家一模一样，其实并不一样，比如"读书情况"一项，蒙老家户的分值是最高的那个档次，8分，因为他家里无一个在校生，而隔壁家有两个在校大学生，分值是0分。再次评估结果，蒙老台这一次得分77分，比上次评估多出11分。蒙老台说，我就是不服气不承认，为什么像我这样勤快的人被退出来？好吃懒做的人反而成了贫困户，享受国家扶持政策，分得猪仔鸡仔，还有小额信贷资金，国家的政策到底是扶勤还是扶懒？严组长义正辞严道，这个问题不属于我调查核实的权限，我今天是核实你信上反映的问题，是不是真实的。现在，我当面答复你，你所反映的问题不真实。

在上达屯，我顺路走访了几个火灾户，得知他们已领到安置房的钥匙，秋季开学就送小孩过去读书。然后我们前往加威屯，该屯有农户反映，春节前各家各户领到的慰问金不一样，有的户得100元，有的户得到200元，最多的得1000元，是不是工作队截留了一部分？这个问题呢有些令人啼笑皆非，但不能笑。我们三位同志坐在一片竹林下等候，也算是回避，让严组长他们自己入户核实。春节前，上面要求各帮扶单位和帮扶干部，要深入联系点和帮扶农户开展慰问活动。慰问标准或慰问金额没有统一规定，慰问金由各单位或帮扶干部自己筹集，上面没有专门下拨慰问金，给多给少不是我们工作队所能操控的。有的帮扶单位经济实力较强，给的慰问金可能多一些。我知道工商联的同志下来慰问时，有老板跟着，慰问金给到每户1000元的可能就是他们了。挂职副县长韦俊昌同志第一次登门就给每户2000元，第二次上门时发现家里的电视机不见了，农户以为他会送贵重的实物来。我说他，不要怪农户，都是你的错，因为你在误导农户。巴红屯有27个贫困户，县扶贫办干部包20户，7户由村小学老师包。扶贫办干部给每户慰问200元，老师给每户100元。过后老师给这7户孩子每餐饭多分一个鸡蛋，让他们回去告诉家长。那20户家长知道后不干了，闹到学校来，覃剑校长不得不取消了这项特殊规定。很多单位包括我单位的帮扶干部，都是自掏腰包慰问帮扶对象的。跟胡彩旗同志来慰问的那位女干部，她的爱人刚做完肾脏移植手术，花掉所有积蓄后，还欠了一屁股的债，可是她还慰问每个贫困户100元，她的帮扶户是11户。我和冰儿、国令要替她垫支，她死活不同意，一定要自己慰问。我们又建议她给50元表示意思就可以了，她说，50元怎么能拿得出手。同志，你能说她给少了吗？其实啊，我们的帮扶干部中，也有不少是贫困户。农户的心也是肉长的，你把他当亲人，他就把你当亲戚。县党史办老裴以前当过乡书记，农村工作很有一套。每周星期六，他就召集帮扶户在河城读书的孩子到他家去，请他们吃一餐饭，一次给50到100零用钱。帮扶户很感动，每次老裴来屯里填表，农户都很配合，而且告诉他真实的数据，并保证第三方来验收时，全部讲老裴的好话。春节前，帮扶户联合杀了一头大肥猪，送到河城去答谢老裴。

严组长气喘吁吁地爬上来，一个劲儿地摇着头，不知道是累得说不出话来，还是核实结果让他不满意。接下来的问题严格来说不属于信访，老家在加坡屯的雷启兰院长给谢市长写了一封信，谢市长把这封信批转到县里来。严组长坚持认为，凡是来信反映问题，都属于信访问题。雷启兰院长在信上反映，县水利局原本把集中供水工程的取水点和供水点放在加坡屯。工作队违反群众意愿，擅自变更工程方案，将取水点和供水点放到了加拉屯。这个情况国令清楚，为了这个集中供水工程的选点定点问题，他跟县水利局技术员三次深入加坡屯和加拉屯实地勘察设计，最后确定取水点和供水点落在加拉屯。理由很简单，加拉屯有水源，处于最高位置，能够满足周边四个自然屯的供水要求。加坡屯地处峒场底部，如果取水点和供水点放在这里，只能解决该屯九户人家的饮水问题，周边四个自然屯的群众只能望"水"兴叹。冰儿说，雷院长一定要在他家搞集中供水工程，他可以额外跟水利厅争取指标嘛，怎能与民争利呢？喂喂喂，国令打断她，你这成语描述不当。雷院长家里也没人住在屯里，他这也是为父老乡亲争取嘛。让我们感到意外的是，加坡屯的群众丝毫没有意见，他们认为能用上水就是了，他们压根儿不在乎取水点和供水点放在哪里。有几户群众围着我说，毛一，我们没告你的状，我们对天发誓。我一一给他们敬烟，将他们仰望的目光拉回平地来。

回到村部，天说黑就黑了。我们到村小去，最后一个信访问题在学校核实。一些农户反映，有《精准扶贫手册》的学生在校能享受国家补贴，没有的则自己为孩子充饭票。覃剑校长证实，目前教育部门对义务教育阶段的学生，不论是否贫困户，都给予一视同仁的营养餐和寄宿生补助，具体补助金额是：1.小学（含校点）每个学生每个学期得到营养餐补助400元；每个寄宿生每个学期得到补助500元；2.中学每个学生每个学期得到营养餐补助400元；每个寄宿生每个学期得到补助625元。上述补助费均打入学生家长的银行卡（存折）户头，学生家长再为其孩子充饭票。红山村小学不存在所谓的"有贫困户贫困手册的学生在校能享受国家补贴、没有的则自己为孩子充饭票"的问题，所有学生人人一样。不过《精准扶贫手册》让学生带到某些学校后，学校为此制定的一些资助政策确实引起非贫困学生、家长和教师的强烈不满。比如以前的国家助学金是给那些品学兼优的家庭困难学生的，可县里要求把助学金重新分配，规定有《精准扶贫手册》的学生一律享受一等助学金。这些学生享受待遇后，认为理所当然，受之无愧。不但不懂感恩，而且丧失了目标，上课玩手机打瞌睡，课后抽烟喝酒。班上有这些学生的老师，个个口袋里都有一瓶风油精，时不时要蘸了些涂到脑门上。为什么？头疼啊。当然，红山村小学没有这种现象。农户反映上述问题的小孩就在村小学读书，严组长他们写好调查答复意见后，直接交给学生周末回家时带给其家长。严组长他们对"擦屁股"工作一丝不苟、高度负责的态度，令人感佩，他们坚持做完一切后才吃饭。严组长匆匆吃完饭要连夜赶回，我说在村里将就住一晚吧。严组长问我，住哪里？你村部那儿还差一张床，难道让我睡到冷记者的宿舍去，不妥吧。

送走严组长他们，我们坐着继续聊天，聊天是山里夜间打发时光最好的一种方式。大伙重新坐下来不久，个个都掏手机出来了，桌上我说一句，他讲一段，眼镜却盯在手机屏幕上。陈帧伟老师偷偷给我看微信上一篇小学生作文——《当贫困户坐上动车》。

　　我家是山旮旯里的一户农家，家有4口人，分别是爷爷、奶奶、爸爸和我。我不知道妈妈是什么模样，爸爸告诉我，妈妈是他外出打工的时候认识的，妈妈生了我跟着爸爸来见爷爷奶奶的第二天就出走了。爸爸说，妈妈因为见到家里太穷才出走的。我家有一亩三分地，其中旱地0.3亩，畲地0.4亩，林地0.6亩。全年种地收入约有600元，爸爸在周边打零工平均每月1000元。因为爷爷奶奶老了，我又还在读书，就他一个劳动力，他不能去太远的地方打工。

　　今年三四月份吧，乡里的领导和帮扶干部来我家，说是扶贫调查，问了爷爷奶奶很多话，还填写了很多的表。此后每月都有干部来我家调查，同样是问了很多话，然后再填写很多的表格。他们说，我家今年可以脱贫致富了。我们家人听了特别高兴。

　　6月，我家领到两头小母猪和30多只鸡，帮扶干部来家告诉我们，年底前两头小母猪可以生下几十只猪仔，这些鸡可以生出几百个蛋，孵出几百只鸡，这样我们家收入就达几万元，不仅脱贫，还可以奔小康了……此后，干部依然每月来调查一两次，那些表格上填写的数据越来越多，虽然爸爸打工的收入没有增加，虽然我家每天依然吃着玉米粥、每月只能吃一两次肉的情况没有改变，但我看到每次干部来调查填写的表格，我觉得我们家生活越来越好了。

我提醒陈帧伟，这些微信都是心术不正的人瞎编的，没有哪个小学生会这样写的。你不要相信，更不要传播扩散出去，造成干扰和影响整个精准扶贫工作大局的不良现象。我建议陈帧伟，在确保绝对安全的情况下，你们可以组织学生到公路、电网、供水项目施工现场，到铁索桥建设工地，到合作社和食品公司的场地去参观，现场体验和感受扶贫工作的火热场景，写出真实、真正反映精准脱困场面的小学生作文出来，这才是主旋律的精品，才是正能量。陈帧伟表示，过后和覃剑校长好好策划。我忍不住对陈帧伟说了一句，每天朝阳明明就在你窗前升起，可你偏偏把它当作落日。纵然夕阳，也是无限的好。今天还收到一个不好的消息：我的一位同事——省国土资源厅派驻邻县驻村第一书记曾朝仓同志，从省城赶回村里的路上遭遇车祸去世，享年59岁。7月6日】

【昨夜一宿没睡好，没睡好的原因是今天要办"大事"。其实"大事"也不是多大的事儿，只不过红山村群众习惯把某些比较重大的事项都归为"大事"，比如婚丧嫁娶、做灶盖屋、小儿满月、老人做寿等等。打开一楼大门，覃文科、覃理科和覃综合他们三个早已坐在下面。覃文科说，看天色还早，想让你再睡一会儿，所以就没有敲门。我说，我一夜就没眯过眼。覃文科说，我们在蓝克琼家也是说话说到天亮。我问他，场地布置得怎么样了？覃文科说，按你要求都布置好了。说话间，冰儿、国令提着我们的行李从楼上下来。覃文科推来了手推车，将行李装上去。从今天起，我们搬到益康食品公司的活动板房去办公和住宿，村部办公楼要推倒重建，今天将举行村级服务中心奠基仪式。这是今天要办的"大事"中的一件。手推车刚推走，一辆"武装押运"的车子开到村部，乡信用社韦寿标理事长乐呵呵地迎上来，递过来一袋小笼包，估计你还没吃早餐。我接过小笼包不客气地吃了。车上跳下两个武装押运员，头戴钢盔，身着防弹衣，手里端着冲锋枪。只有我和韦寿标理事长知道，车上装了38.4万现钞。我说，你们来早了。韦寿标说，我们是按时辰出门的。关于给股东兑现红利问题，事先我已跟韦寿标商量过了，我认为还是给农户银行卡或者存折。韦寿标说，我当然也希望这样，这样可以省事许多，但群众有个摸钱的习惯，他要摸到了钱才相信眼前的事实，就像要狠狠地掐一下大腿，才能确定这是不是梦。

五辆小轿车跟着开进村部，一帮人簇拥着邵仕走过来。邵仕远远地朝我伸着手，我急忙也伸过手去。邵仕却说，把手机给我。我愣了一下，莫名其妙地递过手机，什么意思嘛？邵仕说，我才调走几天，不少人就把我的号码删除了，我给他们打电话，他们问我，你是哪个卵仔？我把通讯录翻给他看，这不是你的号码吗？邵仕同志拍了拍我的肩膀，够兄弟，你没有删除我。邵仕同志属于"官复原职"或者"离而复任"，他于6月初调离河城，任邻县县委书记，县长蓝彤峰同志被公示接替他的职务。6月18日晚，我从微信上看到某省委召开"强化贫困县党政正职责任坚决打赢脱贫攻坚战"谈心谈话会，省委书记在会上指出，贫困县党政正职不脱贫不调整，不摘帽不调离，脱贫摘帽后仍要保持稳定一段时间。我就猜测邵仕同志很可能重新"回锅"或"官复原职"，果然真的"离而复任"了。邵仕复职后，出台了《关于坚决打赢脱贫攻坚战的实施意见》，提出贫困乡镇党政正职除领导班子换届和特殊情况必须调整以外，原则上在贫困乡镇摘帽之前不得调整岗位，即"不脱贫不调整"。同时又明确"不脱贫要调整"，规定了不适宜脱贫攻坚工作的十种具体情形，明确将工作落实不到位成效不明显、"等靠要"或攀比思想严重、身体不适应脱贫攻坚繁重任务等纳入调整之列。目前已有4名乡镇正职、6名乡镇副职因扶贫工作推动不力被调整，其中就包括天马乡的杏福同志。刚刚接替杏福书记职务的黎明同志，现在就擎着一把太阳伞一步不离地跟在邵仕同志的身后。

我带邵仕同志来到益康食品公司场地。公司三排活动板房已经搭好，食品加工场地的钢架棚也已搭成，正在进行车间布置。孟总在大门前迎候，热情地与邵仕同志握手。孟总从公司进驻红山的第一天就来了，其间只回了两趟省城总部，大部分时间都是在村里遥控指挥。接触孟总后，我们才发现这个专门从事肉类加工的老板，竟然是个素食者，滴腥不沾，连鸡蛋也不吃。我见过酒厂厂长不喝酒的，见过烟草公司老总不吸烟的，但没见过肉类公司老总不吃肉。第一次一起吃饭时，冰儿怎么也不相信这个事实，比划着问孟总你是不是受戒了。孟总说，我和大家一样，同一个组织同一种信仰。冰儿又问，那宰杀牲畜的时候你看不看？孟总说，怎么不看，从牲畜进加工场地到肉类包装出厂，我每一个环节都跟着。冰儿听罢，更是摇头不已。参观完场地，孟总引导我们来到村小学。学校已经放假，却有两个教室里还坐着学生，是益康食品公司新招员工接受上岗前的培训。覃剑校长说，教室里的PPT设备是孟总安装的，以后就归我们学校了。孟总说，那当然，我用你的教室，你也没要我的租金嘛，双赢，双赢。邵仕往教室里看，怎么都是女生？孟总拉他到第二间教室，男生在这边。邵仕问，学员都是来自红山村的青年吗？孟总说，大部分是，还有少部分是邻近的新民村、寺门村和红柳村。邵仕说，你这家公司早应该进来了。孟总说，明年天马二级路修通后，公司将拓展经营规模和经营范围，扩大到火麻、旱藕和红薯等养生食品加工。

粤海驾校谭福源校长带两名工作人员来到学校，我赶忙迎上去握手，并把他介绍给邵仕同志。邵仕说，我能不知道谭校长吗？县里几次重大活动都跟你借中巴车，你的车是最好的。谭福源校长说，我们今天直接来村里招学员，就在这里报名，免得学员们跑去河城一趟。我悄悄告诉邵仕同志，谭校长免费为红山村培训100名驾驶员。邵仕重重地拍了谭福源校长的肩膀，积善人家，必有余庆。

群众陆陆续续来到益康食品公司，在村干部的引导下进入会场。电视台女记者在现场说，今天，红山村96位贫困户户主喜气洋洋来到这里，参加精准扶贫产业资金入股签约仪式，拉开了河城小额信贷"资金入股、固定分红"扶贫模式的序幕……接着镜头对准主席台上的横幅标语：红山村精准扶贫产业资金和扶贫小额信贷资金委托经营签约暨入股分红发放仪式。村委会副主任覃文科宣布仪式开始，96位贫困户户主先后上台与河城天马红山绿色养殖专业合作社法人代表蓝克琼、益康食品公司董事长总经理孟景先生签订协议，当场签字领取当年入股分红4000元。这是一个漫长的过程。户主要分两次签字，一次在协议书上签字，一次在分红花名册上签字，领取现金后要当场点清。女记者拦住一位手里攥着钞票的股民，请他谈谈此时此刻的感想。股民说，这感想嘛，就是不要以为国产的东西不行，比如我手攥这把东西就很管用，我一直都在用，唯一的缺憾就是老断货，未来愿景就是越攒越多。不晓得我这样的感想，你满意不满意？女记者两眼望天，愣在那里。仪式结束后，贫困户户主集体前往河城天马红山绿色养殖专业合作社场地——龙沌屯参观。益康食品公司发给每位户主一把雨伞、一只面包和一瓶水。通往龙沌屯的水泥路已经修通，在弯台上看见峒场底部的草地上，100多只黑黄牛在悠然地吃草。电视台记者现场采访了一位贫困户主，这位贫困户户主说，以前听人讲过投资，但我们农民哪里晓得什么叫作投资，现在政府给我们贷款投资，我们才知道原来钱是可以这样赚的，心里很高兴。现在有了政府贴息贷款，既能拿到固定入股分红，又可以就近务工，还没有什么风险，值得。返回到村部后，接着举行村级服务中心动工奠基仪式。我对邵仕同志说，今晚村里有一台文艺晚会，如果你不是很忙的话，请你跟红山村的群众共同度过一个愉快的夜晚。邵仕同志说，你都这样讲了，我还好意思走吗。

下午5点，潘副主席带领50余位文艺志愿者来到村小学。原先只带有两支文艺演出队伍，到了河城后，谭主席又带着他的两支队伍跟上。一到学校，大伙立即投入舞台布置和安装音响的紧张的工作中。邵仕同志握着潘副主席的手，你们干得好，偏远山区群众就需要这样的精神文化大餐。在我们身后，食品公司的员工们在摆桌子，将整一块操场都摆满了。我跟邵仕解释，今晚按照村里习俗，搞个长桌宴。我进一步解释，这个环节本来应该请示你，不过，今天是大暑，是村里的一个节日，我们入乡随俗。邵仕同志说，你都铺垫好了，还讲，多余。

晚上7点，文艺晚会正式开始。开场节目是歌伴舞《再唱山歌给党听》，这个节目是我们文联旗下"晨曦艺术团"的保留剧目，多次获得过各类演出大奖。接下来的舞蹈《在希望的田野上》，由益康食品公司新招员工登台奉献。尽管她们昨晚只排练了一个晚上，但一招一式都很到位甚至接近专业水平。邵仕说，山里也有人才啊。我说，这叫作青春无敌。

展现中国力量，弘扬民族精神。主持人模仿"武林风"节目的口吻说，接下来是一场精彩的75公斤级散打比赛，对决的双方是，曾获全国大学生运动会散打70公斤级冠军、武术套路长拳冠军、中国农业大学博士研究生、红山村扶贫工作队员钟——国——令！身着白色T恤红色运动裤、戴红色拳套的钟国令率先登场。冰儿、阿扬和阿才从人丛中站起来齐声喊道，国令，加油！主持人说，他的对手是，曾获省军区散打擂台赛65公斤级冠军、退伍军人、村委会副主任覃文科。身穿黄色T恤蓝色运动裤、戴蓝色拳套的覃文科，敏捷地从台下跃上舞台。益康食品公司员工站起来，齐声喊道，文科，加油！文科，加油！主持人说，有请裁判员覃综合。身着黑色运动衣、手戴白色手套的覃综合上台，将两人招呼到左右两边，检查他们的拳套，提示比赛规则，然后宣布：比赛开始！两人拳套一碰，随即摆出格斗姿势。彼此一番试探后，覃文科突然一记摆拳袭来，国令低头躲过，踢出一个低扫腿，覃文科趔趄了一下，他立即弓腰稳住身子，嗖地飞出一个后摆腿，啪的一声击中国令头部，国令踉跄着蹲到地上。覃综合上去读秒，一、二、三、四、五……邵仕紧张地碰了碰我，真打吗？我说，表演的。邵仕说，我怎么看都是拳拳到肉，招招致命。我说，表演更要逼真，不然不像比赛。国令刚摆好格斗姿势，覃文科已跃步跟前，左拳虚晃一下，国令没有躲闪，而是迎前击出一记重拳，砸中覃文科额头，跟着一个高鞭腿击中覃文科脸部，两人缠抱在一起。覃综合将两人分开。邵仕又碰了碰我，真打可不好哦，工作队和村干部打架，传出去就不好听了。我有些紧张起来，两人毕竟真打过一次，而且覃文科被国令KO过，现在他有可能借机复仇。覃文科跳跃着，嗖嗖地击出组合拳，国令左右躲闪，没想漏出空当儿，覃文科转身扫来一记鞭拳，国令避让不及，脸部被重拳击中，整个身子摇晃着，覃综合一把抱住了他。国令双手挥了挥拳，示意没事。覃综合将两人拉到两边，现在宣布比赛结果。他将覃文科的左手举了起来，蓝方KO获胜。两人拥抱在一起，台下欢呼声一片。这时，一个身穿食品公司蓝色制服的女孩，抱着一束油菜花大大方方地走上舞台。她的背后印着一行醒目的文字：选择益康就是选择健康。女孩双手将鲜花献给覃文科，踮起脚尖搂了他一下。台下众人喊道，来一个，来一个。女孩在覃文科的脸上吻了一下，台下尖叫声一片。

主持人说，下面有请驻村第一书记毛志平同志、驻村工作队员冷暖同志真情演绎《天边》。台下掌声如雷。我拉着冰儿的纤手，走出人群，走上舞台。晚会本来没有我和冰儿演唱的节目，是国令一定要我们登台的，说是给全村群众展示一下驻村工作队员的精神风貌。国令还说，要是你们不登台，我也不比武。我只好答应。自从母亲去世后，我已经很久没听歌，更没唱歌了。今晚，这个场合需要我破例。原本我想演唱《母亲》或者《父亲》，但我放弃了，我担心演唱时控制不了情绪。后来确定演唱《天边》，因为冰儿也会唱这首歌，而且可以对唱。星光璀璨，夜色迷人。优美的旋律在寂静的夜空荡漾开来，我一下子就被词作者吉日格楞带进那个不寻常的年代，带进绿草如茵的大草原。我深情地唱道：

　　天边有一对双星
　　那是我梦中的眼睛
　　山中有一片晨雾

那是你昨夜的柔情
我要登上，登上山顶
去寻觅雾中的身影
我要跨上，跨上骏马
去追逐遥远的星星，星星

冰儿唱道：

天边有一棵大树
那是我心中的绿荫
远方有一座高山
那是你博大的胸襟
我要树下，树下采撷
去编织美丽的憧憬
我要山下，山下放牧
去追寻你的足迹，足迹

我和冰儿合唱道：

我愿与你策马同行
奔驰在草原的深处
我愿与你展翅飞翔
遨游在蓝天的穹谷，穹谷

夜里，我给隔壁发了一条微信，冰儿，今夜唱歌，我发现你有了白头发。屏幕上立即有了反馈，毛一，这正是冰儿要跟你反映的问题。7月28日】

【8月16日是中元节，俗称"七月十四"，农村群众称之为"鬼节"。"鬼"在红山这里有三种解释，一种是某些宗教或迷信的人认为人死后的灵魂，叫作鬼魂；一种是指某个计划、方法或手段特别高超，叫作鬼码；还有一种是某个人特别聪明，叫作鬼子。这里的"子"不念子，念"仔"，叫鬼仔。这天村里一下子来了很多的干部，很多到底是几多？有100多个，就是说所有的帮扶干部都下来了。群众就有些纳闷，干部那么鬼，他们不过"鬼节"吗？过呀，其实干部也想过节啊，可是过不了，他们下来搞"双认定"了，省里统一布置的。精准扶贫从去年10月份开始到现在，经历了识别评估、建档立卡、落实项目（包括易地扶贫搬迁、劳务输出）和扶持产业等环节。按照实施方案的要求，现在进入到脱贫摘帽"双认定"阶段，紧接着就是核查验收，第三方评估了。用冰儿的话说是，胜利的小红旗即将插遍地图上所有的高地。那么，什么叫"双认定"呢？就是帮扶干部和帮扶对象双双在一张《贫困户脱贫摘帽"双认定"验收表》上认可签字。帮扶干部肯定没有问题，他们都迫不及待了。关键是帮扶对象要认可，这就不那么容易了。俗话说，请神容易送神难。稍前开始了"认定"工作的干部说，前段时间的"送鸡"活动，群众反响不错，当前的"双认定"就是进入见机（鸡）行事和无稽（鸡）之谈的环节，需要斗智斗勇。你看看，这话说得太不像话了，太不像一个帮扶干部了。不过群众确实反映，你们发给的猪仔还小，都还没到发情期，猪仔的仔都还没生，这么快就让我们认定了。见到干部又从包里掏出表格来就说，之前填表认定我们戴帽，现在填表认定我们摘帽，难道我们的贫与富表格说了算。态度强硬一点说，我就是不认定不脱贫，你能把我怎样？你

敢搞行政干预，我就告你，让你这个帮扶干部下岗，你试试看。这确实需要"斗智斗勇"，需要做实做细做透思想工作了。

《贫困户脱贫摘帽"双认定"验收表》的内容并不复杂，具体就是对照"八有一超"来认定。其中，有收入来源方面，有劳动能力的家庭，具备下列条件之一视为达标：1.人均耕地0.5亩（含）以上；2.人均山林地1亩（含）以上；3.有经营场地（铺面）等稳定的资产性收入；4.有养殖收入；5.家庭成员中有外出务工半年以上或自主创业有收入能解决生产生活的；6.有其他收入。享受最低生活保障政策，有最低生活保障，视为达标。有住房保障方面，有砖混或砖木或土木或木制结构的住房，房屋主体稳固安全，无倒塌危险，人均住房面积13平方米（含）以上；新建且已完成工程量50%（含）以上，半年内可以完工的，均视为有住房。属于易地扶贫搬迁的贫困户，以县（市、区）人民政府确认的搬迁安置房及面积为准。有基本医疗保障方面，家庭成员均参加新型农村合作医疗保险或城镇居民基本医疗保险。有义务教育保障方面，适龄未成年人可以接受义务教育，没有因贫辍学的适龄未成年人（因重度残疾、精神病或重大疾病等原因不能正常上学的除外）。有路通村屯方面，20户（含）以上的自然村（屯）通砂石路（含）以上的路，机动车能通行。有饮用水方面，通过打井、水柜、水窖，饮用山泉水、自来水等方式解决饮水问题。有电用方面，家中接通生活用电。有电视看方面，家中有电视观看，能收看中央或省电视频道，了解党和国家方针政策及新闻信息。"超"，就是年人均纯收入超过国家扶贫标准，家庭当年人均纯收入超过国家现行扶贫标准（2016年3100元不变价）。以上各项，达标的在方框内打钩，未达标的在方框内打叉，并在备注栏内注明未达标原因。

"双认定"分三步走。第一步是带着表格再次登门入户，双方在表格上同时认定签字。事实上帮扶干部已经认定了，关键是做通预脱贫户思想工作，让他们真心实意或者心甘情愿认可或者认定。思想工作其实就是跟农户讲明，你们现在脱贫了，但未来三年仍然享受贫困户待遇，政府各种扶持政策不变。某些县为了激发预脱贫户树立脱贫光荣的思想，规定只要农户在"双认定"表上签字，一次性给予每户3000元的奖励，群众听说后一下子就签完字了。可是河城没有这样的激励政策，邵仕同志说，我们不搞那种"物质刺激"。第二步是召开由村民代表、党员代表、各村民小组长和村委会干部组成的村级评议小组会议，对在"双认定"表格上签字的预脱贫户进行评议。第三步是乡镇公示、县级审定公告，就是走程序了。这"三步走"，第一步至关重要。我到老鹰屯后，委托阿夕通知中团屯户主蓝仕民、蓝少楼、蓝少华、蓝耀恒、蓝绍权、蓝耀宇，加卖屯户主黄若高、黄若西、黄振廷、黄明标、黄加冕，加威屯户主韦志同、韦世明、韦志田、牙志田集中到加威屯韦志明家统一认定。这样做的目的是为了节省时间，减少工作量。这样做当然也没有违规，所有的表格我已经填写清楚了，只等户主在表格上签字。大伙拿到了表格后，埋头认真查看上面的内容。说实在话，对这15户的软硬件我都是充满自信的。收入来源方面，他们均是红山生态养殖合作社和益康食品公司的股东，不久前刚分了红利，家家户户都拿了4000元。各户还有稳定的种养产业，还有劳务输出收入。住房保障方面，这15户全部落实了危房改造指标，已经盖起新房。基本医疗保障方面，所有家庭成员全部参加新型农村合作医疗保险。义务教育保障方面，没有一个因贫辍学的适龄儿童。通屯道路方面，第二、第三、第四片区的水泥路已全线贯通。饮水方面，四个片区的集中供水工程即将竣工，且家家户户之前已建有家庭水柜。用电方面，电网改造正在进行，各家各户原先都已接通生活用电。有电视看方面，15户人家全部有电视机，都能收看中央或省电视频道节目。最后一项"超"，即人均超过3100元这个国家现行扶贫标准。我不敢保证我计算得精确，起码算得准确。我知道有些干部计算贫困户的收入纯属闭门造车，凭空想象，连贫困户都不知道自己有这样的收入。我本人可是逐家逐户登门，实地查看，实地计算。大伙看了一遍后，我以为开始有人签字，可是没有。我每人都发了一支水性笔，达到人手一笔。那笔可不是一般的笔，而是一种专用笔，笔杆上写有"投票专用"，体现了民主权利。阿夕在旁边说，哪个不会写字，我可以代劳。没有人回应，应该都会写。记得前面几次填表，农户们都是自己签的名。农户自己签名最好，可以避免很多误会。有一位户主反映表格上的名字不是他写的，严组长找到帮扶干部去核实。干部说，他是个残障人拿不了笔。再问那个农户，农户说，哪个讲我写不了字，为了办个残障人证书，我练写我的名字练了三个多月，你让我写给他看看。这位帮扶干部因为农户签字造假，受到了通报批评。

中团屯蓝仕民举手请求发言，他说毛一，既然你今天召集大家来集体认定，那么我们想集体商量一下，不好意思，请你暂时回避。我一听，心里有些不快，有什么话不能当着我的面讲呢？我还是出门来，跟阿夕来到屋外废弃的操场上，距离够远了，听不到他们的说话声。阿夕说，毛一你别上心，这些人就是这样，你一摸他屁股，尾巴就翘起来。我跟阿夕说了他爹的病情，阿夕说，阿爷讲下个星期他要恢复工作了，不能这样躺着拿国家的俸禄。正说着话，蓝仕民到晒谷坪上喊道，毛一，你可以回来了。回到屋里，蓝仕民说，认定之前，我们15个预脱贫户需要发表一下各自的意见。我说，好啊！有什么问题，请大家摆出来。我在单位年年都开民主生活会，红红脸，出出汗，那是经常的事。

蓝仕民说，我先讲吧。我家的问题反映在"超"的数据上。我细算了一下，就是加上股金分红，我家人均只有2930元。你表上填写我家人均3492元，夸大了，有水分了，我现在摸这表格都感到是湿的。按照你填写的数据，我家确实"超"了，超了不少，可这"超"不是真"超"，是假"超"。蓝仕民看着我，所以这个字啊，我眼下还不能签。我心头一颤，但愿他开的这个头，到此为止，不要引起连锁反应。蓝少楼接着发言，我家的问题在住房保障方面。上面的规定是新建并且已完成工程量50%以上、半年内可以完工。我家新盖的房子，目前只完成工程量30%，半年之内根本无法完工。蓝少楼是蓝仕民的儿子，长期与其父不和，押的不是一个韵，没想在这个场合竟然跟他父亲押韵了，对仗了，工整了。蓝少华问他，你讲完了没有？蓝少楼表态，我也暂时不能签字。蓝少华说，我的问题很简单，我家距离公路有400米，这一截路是青石板路，不是砂石路，不通机动车，这"八有"我只有"七有"，还缺"一有"，缺路。蓝耀恒、蓝绍权、蓝耀宇、黄加冕、韦志同这五户是易地扶贫搬迁户，属于通过易地扶贫搬迁达到脱贫摘帽。他们一致表示，到目前为止还没拿到安置房的钥匙。我告诉他们，安置房正在装修，钥匙很快就发给大家了。蓝耀恒说，晓得，可我们拿到钥匙以后才能签字。黄若高指出，表格上他有辣椒收入一项，其实他家没种有一棵辣椒。我说，这是你爱人提供的数据。黄若高说，我老婆是个瞎子，瞎子摸象的典故你肯定知道。她若是"瞎子磨刀看见亮了"，我们家早就脱贫摘帽，今天无须来认定了。黄若西跟着说，我家同样存在冒报事项，毛一你到我家看见的碾米机早已废弃，因此根本不存在碾米收入一项。黄若西家碾米收入这一项，我是有依据的，我查看了他家的用电发票。他家一个月400多度电，照明哪里用得这么多。不过，那台碾米机是不是废弃了，我倒是没有鉴定过。这是评估漏洞。黄振廷的问题也是"收入来源"方面，他认为我将他家列为"家庭成员中有外出务工半年以上或自主创业有收入能解决生产生活的"一项错了。他家就他一个人务工，但从不外出，都是在本地打工，打的是季节工，一年只有三个月这样，就像他家的水柜一样，一年只够吃三个月。黄明标反映的问题，有些"尖锐"了。他说他家的产业就是政府扶持的两只猪仔和50只鸡，目前猪仔鸡仔还没长大，已经吃掉了两大米仓的米，如何认定？是扶贫还是复贫或是返贫？韦志田和牙志田反映的问题属于"一家子"的问题。韦志田说，老大在广东打工的那家工厂老板跑路了，打工钱一分没得，谈何脱贫？牙志田认为，他们原本是一家人，虽已分家，但自古以来公不离婆秤不离砣，老公都不脱贫，老婆怎么摘帽。韦志明户是未达标户，我帮扶户中唯一一户未达标户。他说，本来我是不需要发言的，可我还是要讲两句。毛一你在表格上注明我家未达标的原因是"因病因学"。这个原因符合实际，我没有任何意见。可你在红蓝两本手册上填写不一致，一本你写"因病因学"，另一本你写"因学因病"，前后不一致。这不是我故意找你毛病，是核验组挑出来的，我只是向你反馈，也算是提醒你注意……一路听下来，我听得心跳耳热，听得胆战心惊，听得惊心动魄。每一句话都像一根骨刺一样，戳在我心上。我没想到存在这么多的问题，没想到户主们的意见是如此的巨大，没想到群众不满情绪是如此的强烈。我不得不做出深刻的反思和反省，我在工作中确实犯了形式主义、官僚主义和经验主义的错误。具体表现是作风漂浮、主观武断、凭空想象、恣意妄为、脱离实际、高高在上、过于自信、盲目乐观。存在这些问题的主要根源是，没有树立正确的世界观、人生观、价值观和政绩观，好大喜功，没有充分意识到扶贫脱困的复杂性和艰巨性。片面追求工作成效，忽略具体过程和细节，忽视人民群众的愿望和呼声，麻木不仁，得过且过。

后面发言的户主虽然没有表态是否签字，实际上也是拒绝签字了，因为他们没有一个人动笔。在这份"双认定"的表格上，只有我这个帮扶干部自己认定，自己签字。这是单方面的行为，自然是无效的。我跟户主们收回表格，他们热情地与我握手，毛一，请你理解，理解哦。我说理解，理解。可我实在是无法热情起来。我试图构建一种可以被看作理解或者和谐的表情，可嘴角的肌肉并不买我思想的账，绷得很紧，冻僵了似的，只能遗憾。按照此项工作要求，下一步需要逐户逐项重新核实，重新填写各项表格，重新在"双认定"表格上认定签字。一句话，就是整改落实。可是我没有"下一步"的时间了，或者说已经来不及了，乡里即将组织评议了。我个人的失误或错误，将会影响全乡工作的进度和效率。我很懊丧，很失败，这种感受驻村以来，从未有过。

随后归来的冰儿和国令，一身疲惫，一脸沮丧。我明白他们和我一样遭遇了拒签的问题，果然冰儿有6户、国令有3户户主拒绝签字认定。而阿扬、阿才他们的帮扶户昨天全部认定签字归档了。冰儿说，回来的路上，我想了一路。这些问题你要说是问题，它也是问题。你说它不是问题，也不是问题。群众拒绝签字认定，也有他们的道理。群众要签字认定，也完全可以——这都是我们自己的推测或者猜测，没有实际意义，甚至说只是一种牢骚。在实际工作中，牢骚一点用处都没有。我们唯一可做的工作就是补救。当然，我们三个是无法自己补救的，也补救不了，就像自家着火，唯有邻居帮忙或者消防部门救援。我让国令给覃文科打电话。那晚散打比赛他们两人确实是表演的，表演得很像那么回事儿。覃文科那一记鞭拳 KO 了国令，也收获了他的爱情。覃文科与食品公司那位女员工已经订婚，准备摆酒席了，拳术成了他们的媒人。我希望覃文科他们去找一下伍老和"老党",由两老出面,分别跟这24户(我15户、冰儿6户、国令3户)预脱贫户沟通一下,交流一番。这是唯一可以做的工作了。如果这两位德高望重的老人再劝不动他们,我们只好举手投降。当天夜里,覃文科打来电话,毛一,这些人家的户主集体蒸发了,我们一个户主也没见到。这扭耳朵的事儿,覃文科居然说得四平八稳,一点也不着急。当然这完全可以理解,处在热恋中的人的心情就像盛夏的天空一样,万里无云。偶尔有一两片羽毛一样的云,云底下也不会有雨的。很快,关于红山村24个预脱贫户集体拒绝在《贫困户脱贫摘帽"双认定"验收表》上认定签字的信息,被层层上报。先从我们这里上报乡里,乡里再报到县里,县里又报到市里。这是必须上报的,因为这是重大的情况或情报,需要引起高度重视。我提醒冰儿和国令,做好接受组织处分的思想准备。冰儿很淡定,毛一你放心,从驻村那一天起,我就没想过要立功。8月17日—21日】

【8月23日,处暑,严组长第三次带领调查组来到红山村。这三次是"大摇大摆"地来,还不包括那些"偷袭"似的暗访。我心里很愧疚,要是别的村都像红山这样,还不把严组长他们给累垮了啊。严组长刚下车,市委贺书记就打进电话,志平啊,你要正确对待群众的批评意见。干群关系搞得好不好,检验的主要标准是看人民群众敢不敢批评我们,是否把我们当成自己人。什么时候老百姓敢于批评我们,把我们看作自己人,那我们就无愧于人民了。我眼眶子一热,书记,你都知道了?贺书记说,知道了,你要正确对待啊。贺书记问我,驻村笔记整理出来了没有?我胸口涌上一股说不出的滋味,报告书记,快了。严组长看着

我，邵仕书记电话？我说，你怎么不想到是市委贺书记呢。我握着严组长的手，比以往每一次都用力、用情，一只手不够，又加上了一只，摇了又摇。我说，又麻烦你来擦屁股了。这一次可不再是"查"，而是真正的"擦"了。严组长望了冰儿一眼，又望了我和国令，欲言又止。严组长的目光像考场里的考官，又像法庭上的法官。

傍晚，严组长一行回到临时村部，问道，晚饭有酒没有？国令说有，喝"土茅台"还是农家葡萄酒？严组长说，两种都上。冰儿看着严组长喝完第三杯酒，小心翼翼问道，组长啊，调查得怎么样呀？严组长搁下酒杯，冷记者，我发现你这次态度特别好，比前两次都好。冰儿说，接受调查的人，首先要端正态度嘛，坦白从宽……严组长阻止道，别，别，别。他端起酒来，我敬大家一杯，这段时间同志们辛苦了。喝了酒，严组长示意我们坐下。他拍了一下我的肩膀，我感到有些突兀，因为严组长这种身份的人是不轻易拍别人的肩膀的。严组长的短袖衬衫上，是一圈圈盐化的汗渍，充分验证了他无可挑剔的工作态度和尽职尽责的职业精神。冰儿主动敬了严组长一杯酒，严组长说，你先听我讲完。这24户我们都见面了，他们都点赞你们，你们所填写的数据没有问题，他们全都认定……冰儿说，可他们没有签字啊。严组长说，你这个人就爱插嘴，你以为唱歌要和声啊。冰儿赶紧抿了嘴唇，担心抿得不牢固，又用一只手捂上了。严组长说，户主们认为一旦签字你们就走人了，就再也不回来了。如果他们一天不签字，你们就一天不离开。只要他们拒绝签字，你们这支小分队就永久驻下来，永远不走了。冰儿的手被一声感慨撑开，或者感慨穿越了指缝，哦！原来如此。国令说，知道这样，让你带上表格就对了。严组长摆了摆手，这是两码事，路归路，桥归桥，我的任务是调查预脱贫户为何不签字，至于如何让群众签字，那是你们的事。严组长抬起头来，微醺的目光有意无意地引导我们移到屋外。夕阳西下，旷野上、山腰间，暮归的人们朝着各自的目标移动。是的，人都是有目标的，像飞机的航站，轮船的码头……移动的人中，有一些在逐渐靠拢或者会合，最后形成一支队伍。这支队伍也是有目标的，他们朝着临时村部这边走来。渐行渐近，原来是我们三位队员的帮扶户户主，我们的亲人。8月24日】

图书在版编目（CIP）数据

驻村笔记 / 红日 著. -- 北京：作家出版社，2017.7
ISBN 978-7-5063-9595-3

Ⅰ. ①驻… Ⅱ. ①红… Ⅲ. ①长篇小说－中国－当代
Ⅳ. ①I247.5

中国版本图书馆CIP数据核字（2017）第168209号

驻村笔记

作　　者：红　日
责任编辑：兴　安
装帧设计：王一竹
封面题字：溪　翁
出版发行：作家出版社
社　　址：北京农展馆南里10号　　　　邮　　编：100125
电话传真：86-10-65930756（出版发行部）
　　　　　86-10-65004079（总编室）
　　　　　86-10-65015116（邮购部）
E-mail:zuojia@zuojia.net.cn
http://www.haozuojia.com（作家在线）
印　　刷：三河市北燕印装有限公司
成品尺寸：152×230
字　　数：150千
印　　张：13.5
版　　次：2017年8月第1版
印　　次：2018年12月第6次印刷
ISBN 978-7-5063-9595-3
定　　价：30.00元